背徳銀行

江上 剛

Egami Go

文芸社文庫

目次

第一章　傲慢《ごうまん》――ルシファ

1

　私は最近、寝苦しくて目覚めることがある。以前は、こんなことはなかった。一度眠りに陥れば、朝の光が輝き始めるまで、死んだように眠るのが常だった。そしてまるで正確な機械のように瞼《まぶた》が開き、背伸びを一回すると、全身にエネルギーが充満したものだ。

　ところがここ数ケ月というもの、目覚めることばかりでなく、眠るのでさえなかなかままならなくなった。ベッドに入っても、すぐに眠りが来ない。目を閉じ、なんとか寝ようと思うのだが、頭の中がざわついて仕方がない。子供たちが私の頭という部屋の中で騒いでいるようなものだ。いくら注意しても聞き入れない子供たち。やがて叱り疲れて、こちらが眠ってしまうという具合だ。

　夢にうなされることさえある。以前は呻《うめ》き、寝汗をかいているだけで夢の内容までは覚えていなかったのだが、最近は同じような夢を繰り返し見て、その内容まで覚えているようになった。

*

私は悲鳴を上げて、目を開けた。あまり大きな声だったので、隣に寝ていた直美《なおみ》が目を覚まし、

「どうしたの！」

と身体を揺すった。

恐ろしい夢だった。怪物のような男が、目を異様に大きく見開き、髪の毛を振り乱し、鉤《かぎ》のような爪を持った手で私を鷲《わし》づかみにした。私は恐怖で声も上げられず、ただ足をばたばたさせるだけだった。男は、口を開いた。燃えるような真っ赤な口の中が見えた。動き回る舌が、紅蓮《ぐれん》の炎のように目の前に迫ってくる。

男は無造作に私を頭から口に入れた。まず頭の半分が男の鋭い牙《きば》によって嚙《か》み砕かれた。板を割るような音が響き渡る。血が迸《ほとばし》り、脳漿《のうしょう》が溢《あふ》れ出す。痛い。当たり前だが、頭が砕かれているのだから、痛くないわけがない。

これは夢だ！

私は必死で叫ぼうとするのだが、口の中がねばねばで唇が開かず、声が出ない。男の牙は、頭の全部を砕いてしまった。こうなると考える脳も叫ぶ口もないはずなのに、

まだ私は恐怖に慄《おのの》き、痛みに耐えている。頭が割れるように痛いとはなんという矛盾なのだろうか。

男は私の首、腕、胸を引きちぎり、口から骨などを吹き飛ばし、周囲に撒《ま》き散らしている。男の周囲には、私の足や腕が散乱していた。痛みも恐怖も何も感じなくなって、ようやく私は目が覚めたのだ。

どこかで見たことがある景色だった。私は、直美に今の夢の内容を話した。

「それって、ゴヤの絵にあったような気がするわ」

直美が眠そうに瞼を擦《こす》っている。

「ゴヤか……。スペインだったな」

残念ながら私は絵の知識に乏しい。

「そうよ。裸のマハで有名な画家よ。確か、ゴヤの絵に、怪物が人間を頭から食べている絵があったような気がするわ。こんどちゃんと調べて教えてあげるぅ」

直美が目を閉じ、唇を突き出し、甘い声を鼻の先から響かせた。

直美は私の部下だ。部下との不倫などという如何《いか》にも安直な道を選んだものだが、出来たものは仕方がない。

「何回も同じ夢を見る。それにだんだんとリアルになって行くんだ」

「かわいそうに、いつもガジガジされるの」

直美が白い歯を音を立てて、嚙み合わせた。

「いつからかなぁ。こんな夢を見るのは……」

私は記憶を探った。

突然、頭取の八重垣惣太郎《やえがきそうたろう》の顔が浮かんだ。

八重垣はスバル銀行グループのトップだ。スバル銀行グループは財閥系の芙蓉《ふよう》銀行と東洋銀行が平成十四年四月に合併して誕生した。

八重垣は金融界では強面《こわもて》で通っていた。メタルフレーム眼鏡の奥で光るその目は鷹《たか》のように鋭く、相手を威圧するような雰囲気をもっていた。一部ではカリスマ頭取という称号を得ていたが、本当にカリスマかどうかは私が一番よく知っている。

八重垣が芙蓉銀行の頭取に就任したのが平成十年四月だから今年で七年目に入る。合併したスバル銀行の頭取として今年の四月には満二年を迎えることになる。世間では期待も込めて今年中には交代するのではないか、と噂《うわさ》されていた。

私は、八重垣の秘書として仕えてきた。彼が頭取に就任してからずっと傍にいるから、同じく七年目にもなる。その間、私は単なる頭取秘書から秘書室長になり、現在は常務取締役秘書室長だ。

私は、私立の名門麻布《あざぶ》高校から東京大学法学部を卒業して、昭和五十年に芙蓉銀行に入った。公務員上級職にも合格したが、民間に職を求めた。それは可能性の問題だった。官僚のトップになるのと民間のトップになるのと、どちらの確率が高いかと考えたのだ。

銀行の役員は、私に向かって君を頭取にすると約束した。口約束だとは思ったが、私はそれを当然と受け止めた。官僚ならともかく、民間銀行で私より優秀な者がいるとも思えなかった。私はかなりの確率でトップになれる自信があった。銀行の同僚はみんなレベルが低かった。予想通りだった。私は当然のように順調に出世した。

大きなチャンスにめぐり合えたのは八重垣に仕えたことだった。八重垣とは営業部で出会ったのだが、彼も私と同じ「麻布、東大」であることも私にとって幸運だった。

「君は麻布か」

八重垣は、いつもの鋭い目を細くして、私を見つめた。

その言葉をかけられて以来、私は八重垣の懐にすっと入り込んだ。

八重垣は、「私の部下として忠誠を誓うか」と訊《き》いてきた。私は、なんの躊躇《ためら》いもなく「はい」と答え、膝《ひざ》を折った。

それからは八重垣の出世が私の出世だった。しかし彼の寵愛《ちょうあい》と威光だけで私の地位が上昇したわけではない。私の実力が群を抜いていたからだ。八重垣が、私の力を認めたのだ。

八重垣が私を完全に手放せなくなった事件がおきた。それは平成九年のことだった。

当時の大蔵省官僚に対する接待疑惑事件だった。

2

現在は金融庁と財務省に分離されてしまったが、当時は大蔵省が銀行に対して絶大な権力を握っていた。

事件が起きた時、八重垣は副頭取だった。既に前頭取から頭取の内示めいたものをもらっていたに違いない。彼が、行内の人事や仕組みについて、従来以上に積極的な発言を繰り返していたところからも容易にそれは想像できる。私は八重垣が頭取になれば、更に将来の飛躍が期待できるポストに就任するべく、彼のサポートに余念がなかった。私は大蔵省担当、いわゆるＭＯＦ（ミニストリー・オブ・ファイナンス）担だった。

私は、通常は企画担当専務、もう銀行から出てしまったから仮にＡとしておこう、彼に仕え、全ての情報を彼に上げなくてはならなかった。それが組織というものだ。

しかし私は、それではＡの権力が大きくなるばかりだということを懸念した。Ａは頭取レースにおいて八重垣のライバルだったのだ。通常は、八重垣が副頭取で順当に頭取に昇格して行くのだが、まれに気まぐれが起きることがある。なぜ気まぐれが起きるかと言えば、決めるのがその時の頭取だからだ。だからたとえ「次は君だよ」と耳許で囁《ささや》かれていても安心はできなかった。いつ気まぐれが起き、逆転するかもしれないのだ。

私は八重垣に近づき、大蔵省の情報は全て報告すると申し出た。八重垣は、怪訝《けげん》そうな顔を私に向けた。

「A君が企画担当役員なのだから、彼に報告するのが筋ではないか」

彼は言った。

「その通りでございます。しかし大蔵省情報は、頭取の最も気になさるものでございます。これをA専務に独占させてもよろしゅうございますか」

私は言った。目じりに薄笑いを浮かべていたのではないだろうか。

私の申し出を受けて、八重垣は口元を強く引き締め、目に力を込めた。彼の脳の中の神経細胞がフル稼働していた。

大蔵省情報は、銀行の死命を制するものだったのだ。だから大蔵省担当の役員であるAや私は神に仕える神官のようなものだった。頭取に直接、神、即ち大蔵省の御託宣を伝えるのだ。この御託宣に誰も反論できない。当然のことだ。それが経営に重大な影響を与えるようなものであっても、大蔵省に再確認などできはしないからだ。大蔵省担当の言葉をそのまま受け入れるしかないのだ。

例えばある新しい金融商品を考案したとしよう。金融商品などは法律上、大蔵省の認可事項でもなんでもなかった。こんな商品を販売します、と報告さえしておけばいいのだが、実際は認可制のようなものだった。絶対に、特定銀行の抜け駆けは許さないのだ。そこで私のような大蔵省担当が、せっせと課長補佐を接待して商品の説明をする。

「まあいいだろう」

課長補佐が、赤ら顔で高級ワインのグラスを揺らしながら答える。これで晴れて金融商品が世に出ることになる。大蔵省の課長も局長もましてや次官などは、その商品のことなど全く知らない。だから銀行のトップも確認のしようがないのだ。なぜこんな仕組みになっているかといえば、もし後日この商品に問題が発生した場合、誰に責任を負わせるかということになるからだ。もしも書類で提出され、大蔵省の幹部や銀行幹部が内容を熟知していれば、責任は免れない。しかし酒席で課長補佐と大蔵省担当が、阿吽《あうん》の呼吸でやったことであれば、なんとでも言い逃れはきく。

「銀行の責任です。私たち大蔵省は関与しておりません」

こういう風にしれっとした顔で答えればいい。

ところで大蔵省の官僚を接待するのは、段階があった。大蔵省担当者は、主に検査局の検査官を接待した。その理由は二つだ。ひとつは、大蔵省検査の日時を事前に知ることだった。大蔵省検査の結果が悪ければ、経営の責任にまで及ぶことになる。そのため検査の実施日を事前に知り、行内で準備をしておくことが必要だった。

　今から思えば、無駄なことに壮大なエネルギーを費やしていたのだが、当時はそれなりに必死だった。検査官は接待を受けるのが当然のようだった。検査日時を事前に銀行に教えるのは、公務員としては犯罪なのだが、どの銀行も事前に知っていた。接待が普通のことだったからだ。

　検査官は喜んで銀行の接待を受けた。彼らは楽しんでいたのだ。大蔵省担当という東大卒の銀行員をはべらすことを。というのも彼らは高卒であったり、名もなき私大卒であったりすることが多い。彼らはいつも年次で呼び合う東大法学部卒のキャリアと呼ばれる腰掛官僚に苦々しい思いを抱いていた。自分たちが十年かかっても到達できない位置に彼らは何もせずに、何も傷つかずに一年で到達する。その出世のスピードは光と音ほどの違いがあった。

　そのキャリアたちと同じ東大法学部卒の銀行員が目の前で自分に酒を注《つ》ぎ、女の世話をしてくれるのだ。面白くないはずがない。彼らは競って接待の場に現れ、時に自ら接待を要求した。

　私は接待がうまかった。彼らの懐に飛び込み、痒《かゆ》いところまで手を届かせた。何も酒や女ばかりではない。こんなことはどこの銀行の大蔵省担当もやることだ。私は彼らの生活の隅々にまで入り込んだ。例えば住宅を買いたいと言えば、高級物件を格安で提供し、無審査で低金利のローンを提供した。また息子や娘が就職だと言えば、銀行だろうが、一流企業だろうが、どこにでもコネクションをつけて放り込んだ。これには、

「やっぱり銀行はすごい」

と彼らは目を丸くした。

「ご子息が優秀だからですよ」

私が、こう答えると、彼らは見事に相好《そうごう》を崩した。

彼らはなぜ銀行が接待してくれるのかを十分に承知していた。そこで大蔵省検査の日時をそっと囁いてくれる。

「何月何日、阪神タイガースが優勝だよ。御堂筋《みどうすじ》でパレードだね」

その時、阪神タイガースが最下位で苦しんでいたとしてもだ。彼は、大阪、それも御堂筋沿いの支店に検査に入ることを示唆《しさ》しているのだ。

この情報を受けて、企画担当役員は頭取に報告するとともに御堂筋沿いの支店に検査準備を指示する。大蔵省検査官が御堂筋沿いの支店に入検したときには、チリひとつ落ちていないことになる。

もうひとつは決算対策だ。

不良債権化した融資を無税償却するためには、検査官の承認がいるのだ。この承認があれば、国税は無審査で無税償却を認めてくれることにルール化されていた。通常の企業ならば、売掛金が焦げ付いたとしてもなかなか国税は無税償却を認めてはくれない。それは企業の費用を増やし、収益を圧縮し、結果として税収が少なくなるからだ。ところが銀行だけは健全性の名のもとに特別な配慮がなされていた。同じ大蔵省仲間であっても国税に銀行は馴染《なじ》みがない。そこで検査官になんとか頼み込んで無税償却の承認をえようとしたのだ。この融資の中には、政治家や官僚、闇の世界の住人たちも多く含まれていた。

3

接待には段階があったと言ったが、その通りで、MOF担である私は日常的に官僚接待を繰り返していた。それはほとんど毎日、毎夜と言ってよかった。休日にはゴルフに出かけた。時にプライベートなゴルフもあったが、全て大蔵省相手と書けば、問題なく経費処理された。

八重垣や頭取、そして企画担当役員のAはそういうわけにはいかなかった。彼らの接待は、私が設営した。相手は銀行課長であったり、審議役、局長であったり、時には次官であることもあった。

用件などなかった。くだらないことを笑い合うだけだ。時には、お互いのゴルフのハンディを競うことぐらいはあった。とにかく会うことが重要だったのだ。大蔵省の幹部に知己《ちき》がいるということが、どれだけ銀行の中で力を発揮したことか。だから大蔵省担当役員の経験が頭取への登竜門だったのだ。

八重垣にはそうした大蔵省関係の仕事をした経験がなかった。はるかにAのほうが経験豊富だった。だから八重垣のライバルはAと目されていた。

私はそこに目をつけた。Aを差し置いて八重垣を大蔵官僚に売り込むために、接待の場を多く設営した。主にゴルフが多かった。土、日のいずれかに八重垣と大蔵省幹部とのゴルフを入れた。もちろん、私も同行した。八重垣は大いに喜んだ。ゴルフを通じて、大蔵省に太い人脈を築くことが出来た。

まさかこれが後日問題になり、そしてなによりも私の計略の正しさを証明するとは思わなかった。

降って湧いたように東京地方検察庁が銀行と大蔵省との癒着を贈収賄として暴き始めたのである。某銀行の総会屋に対する利益供与事件を調べる間に、大蔵省と銀行との癒着を示す材料が、大量に出てきてしまった。

八重垣は焦った。もうすぐ目の前に頭取の座が見えているのに、大蔵省官僚との接待疑惑などに巻き込まれては大変なことになると恐れた。

「君が私を頻繁に誘ったりするからだ」

八重垣は、普段の豪胆さもかなぐり捨てて私をなじった。

私は彼の前に進み出て、

「大丈夫でございます」

と微笑を浮かべながら答えた。

「何が大丈夫だ。いい加減なことを言うな」

「副頭取はほとんど大蔵省と関係を持たれておりません」

「な、なんだと」

「そうではありませんか。直接の担当はA専務でございます。ですから接待もA専務が行われております」

「言っていることがよくわからん。私は確かに直接の担当ではないが、あれほど頻繁に彼らとゴルフをしたが……」

「お忘れください。それらは全てA専務がなされたことです」

私は辞儀を深くした。

八重垣は黙った。何かを思い巡らせるように上目遣いになった。そして笑みを零《こぼ》した。

「そういうことか」

「そういうことでございます」

私も笑みを返した。

「君は考えが深い。まるで悪魔のようだ。私が恐れなくてはならないのは、君かもしれない」

八重垣は、嬉しそうに声を弾ませた。

「滅相もございません。私はいつでも副頭取の忠実な僕《しもべ》でございます」

私は思いっきり謙《へりくだ》りながら、その実、八重垣を呑んでいた。

私は、大蔵省幹部との接待をAとやったことにしておいたのだ。あらゆることがAの責任になるはずだった。これは最初から今日《こんにち》を予測したものではないが、なんとなくの危険予知が働いたことは間違いない。そこは私の優れているところだ。

「もし地検に呼び出されても、君は私を売ったりはしないな」

八重垣は、私の目の奥まで覗《のぞ》き込まないと安心できないような顔つきになった。

「決して、副頭取の名前は出しません。その代わり、A専務の名前を出すことになりますが……」

私はわざと苦汁を飲み込むような口調になった。八重垣は、私の苦しそうな声に呼応して、自らも天井を見上げ、

「銀行と言う組織を守るためだ。仕方がないだろう」

と呟《つぶや》いた。

この時点でAは切られた。私と八重垣の手によって。そして私は八重垣を手に入れたのだ。

私は頻繁に東京地検に呼び出しを受けた。大蔵省との癒着について事情聴取された。贈収賄はもとより、横領着服だとまで酷評された。私はそこでも取引をした。全てを正直に話す代わりに、銀行や自分自身の免罪符を手に入れたのだ。私は検察官に言った。

「私は単なる使い走りです。A専務の指示で動くだけです」

「それではAの行状と関係した官僚の名前を言え」

私は検察官に媚《こ》びるように接待の実情についてつまびらかに話した。八重垣の名は告げなかった。官僚たちの行状については、全ての情報を提供した。

私は八重垣に言った。

「頭取に、A専務に責任を取らせるように言ってください」

「それはなぜだ？」

「A専務に責任を取っていただかなければ、地検が収まりません」

八重垣の顔がほのかに色づいた気がした。満足げに微笑したようだ。

「君から頭取に伝えてくれないか。A専務を切ることが、地検の意向だとね」

この時、八重垣の表情は苦渋に満ちていた。

私は無言で頷《うなず》いた。

八重垣の部屋を出ようとしたとき、

「君には感謝する」

という声が聞こえた。私は振り返った。そこに八重垣が立っていた。その顔はわずかに微笑《ほほえ》んでいるように見えた。彼は頭取の座を百パーセント手中にしたと確信したのだろう。

4

平成十年一月の終わり、大蔵省金融検査局の中から逮捕者が出た。私や八重垣とよくゴルフに行っていた検査官だった。そして逮捕者以外に自殺者も出た。彼もよく知っている検査官だった。私は、彼が自殺をしたというニュースに接して、心が痛まないわけではなかった。なぜなら地検と司法取引をしたようなものだからだ。私は検査官たちとの癒着を包み隠さず検察官に話した。勿論《もちろん》のこと八重垣のことは話さなかった。何故《なぜ》話したか？　話すことで私は罪を免れたからだ。一切のお咎《とが》めはなかった。

官僚に、いいように翻弄《ほんろう》される哀れな銀行員という姿を演じきった。

私は八重垣を守りきった。その代わり、Aは銀行を去った。

Aはしきりに私に尋ねた。あの接待は自分だったのかどうか、と。記憶にないはずだ。それらは八重垣が行った接待だったからだ。

Aはもともとトップになるには脇が甘い。自分の接待もプライベートも区別が付かない男だ。地検に逮捕されなかっただけでも儲《もう》けものだと思えばいい。

八重垣はその年の四月に無事頭取に就任した。私は彼の秘書に登用された。それも単なる秘書ではなかった。特命担当秘書という立場だ。これは八重垣が自分の周りに優秀なスタッフを集めておきたいという希望から創られた制度だった。いわば頭取直結のお庭番のようなものだ。八重垣は私を含めて五名の特命担当秘書を任命した。私はその時、四十五歳で、年次的には銀行内部で次長か副部長程度だったが、リーダーとなった。

八重垣は、私を任命するとき「よろしく頼む」と肩を叩いた。他の者に対するのとは雲泥の差の親密振りだった。この肩を叩かれたことによって私の行内での地位が定まったといっていいだろう。

私はまさに「頭取の威を借る狐《きつね》」として振舞った。だが頭取の威を借りようとも、借りる側にも実力がなければ何もならない。私には実力があった。私は、八重垣を自分の意のままにコントロールできたのだ。

平成十年は金融界にとって酷《ひど》い年だった。大手銀行の一角を占める芙蓉銀行でさえ破綻《はたん》してしまう可能性があった。どの銀行も不良債権の重荷に耐えられなくなっていた。銀行や証券会社の破綻が相次いだ。次はどこだ、と世間は疑心暗鬼になった。そうなると、それが格付けの低下をもたらし、海外からも資金が調達できなくなってしまった。また国内の資金余剰金融機関も、芙蓉銀行といえども資金を出さなくなった。八重垣は一歩間違えば、破綻するかもしれない綱渡りの経営を強《し》いられていた。そのため意思決定を速くし、自分の意のままに動く特命担当秘書ポストを必要としたのだ。

八重垣は、この苦境を乗り切る経営計画の策定を私に命じた。具体的な数字などは企画部が決めていたが、私が大きな経営の枠組みを決めることになった。

私は、徹底した資金の回収と合併を提案した。

取引先からの資金の回収に八重垣は異論を挟んだ。

「そんなことをしたら顧客基盤が崩れるではないか」

私は八重垣を見つめ、彼に言った。

「基盤が崩れるか、芙蓉が崩れるかどちらかです。あなたは、芙蓉最後の頭取になりたいのですか」

私の言葉に八重垣は口をつぐんだ。

私は、その八重垣の態度を了解と受け止めた。私は、全店に資金回収の指示を出した。

営業を司《つかさど》る部長、支店長から怨嗟《えんさ》の声が津波のように押し寄せてきた。私は全ての声を無視した。方針に逆らう者を見せしめに容赦なく降格させた。一方、全店の部店長会議において、八重垣から資金回収に優れた実績のあった支店長を名指しで褒め上げさせた。これは効果があった。悪い支店長は数多くいたから、全てを列挙すると、かえって反発を受けることになっただろう。しかしよくやった支店長を褒めることは、他の支店長の刺激になったはずだ。

「目に見える褒賞を授けてやってください」

私は八重垣に申し出た。

八重垣は、私の申し出に従い、資金回収に奔走した支店長を役員一歩手前である理事職に昇格させた。これには他の部長、支店長も目を見張った。なぜならとても理事職になどなれる支店長でなかったからだ。皆は、ひそひそと噂をした。

「あいつは三階級も特進したぞ」

「その逆で、あいつは三階級も降格させられたらしい」

「全体でプラスマイナスがゼロということか」

「そのようだな。恐ろしい時代になったものだ。金を貸さずに回収した奴が偉くなり、貸した奴が降格だなんて……」

「お前、めったな陰口を言うんじゃないぞ。お前に火の粉が降りかかるぞ」

私の耳には色々な話が入ってきた。ほとんどは雑音という類《たぐい》のものだったが、私には心地よかった。なぜなら誰もが私に恐怖を感じ始めていたからだ。

「頭取の背後にはあいつがいる」

「あの特命担当秘書か」

「そうだ。あいつが頭取を操っているらしい」

「情けない。頭取が秘書に操られているのか」

私は権力というものが、どうやって築かれていくのかを学び始めた。それは恐怖だ。相手を恐怖で縛り付けること、これが一番の権力を生み出す方法だ。それもあからさまな恐怖ではない。もっと柔らかで、気づかない間に忍び込んでくるような恐怖だ。

他にも、八重垣の背後に私がいるところをいつも見せ付けるようにした。会議中、八重垣に囁きかけるのも私、出張に同行するのも私、という具合だ。こうすることによって自然と人々は私に注目するようになった。私に逆らってはいけない。そう信じるようにしむけた。

事実、営業方針を巡って、私と鋭く対立した部長が、関係会社の役員に出向させられたときなどは、うるさいほどの噂が飛び交った。そのこと自体は偶然の一致だった。彼の出向の時期と、私との対立の時が、たまたま一致しただけだ。しかし周囲はそうは思わなかった。勝手に解釈し、誤解し、私が八重垣に讒言《ざんげん》して飛ばしたのだということが定説になった。

それが静まるころには、私の行内での力は八重垣と同等、いやそれ以上になっていただろう。誰も私の言うことに意見を差し挟むようなことはなくなった。

これほど愉快なことはなかった。私はこの手に芙蓉銀行を握ってしまったようなものだった。

この恐怖政治的な統治方法によって、芙蓉銀行は経営危機を乗り切ることができたと今でも私は確信している。

5

「最近、頭取と疎遠になっているのじゃない？」

直美が相変わらずの鼻にかかった声で訊いた。

私はどのような顔を直美に向けていいのか迷った。

「以前は、頭取の行くところにまるで先回りでもするみたいにいたのにね……。最近は、斉藤《さいとう》常務の方が頻繁に頭取室に入っているような気がするわ」

直美の言う斉藤とは、私の一年後輩である斉藤誠《まこと》だった。企画担当の彼が頭取といる時間が長いというのは不思議なことではない。しかし直美から改めて言われると、なんとなく胸がざわついてしまう。

「そうかなあ」

「そうよ。絶対に斉藤常務は何かを考えているわ」

直美はその豊かな胸をシーツからはみ出させた。私はその一番先のまだ固いさくらんぼのような乳首を指で摘《つま》み、くるりと回した。

「ふん」

直美が腰から気が抜けるような息を吐いた。

「どうしてそう思うのかな」

「頭取の部屋に行くでしょう。するとたいていは斉藤常務がいるのよ。それも大声で笑ってね」

直美は笑い声を真似《まね》た。それは斉藤の笑い声に似ていた。引きつるような、無理に笑いをつくっているような声だった。

実は私も気にはなっていた。最近、ある建設会社に融資を継続して私的に再建すべきか、再生法を申請して公的に再建するべきかが問題になった。その時、八重垣は、

「斉藤君を呼んでくれ」

と言った。それは今までにないことだった。今までなら、

「君ならどうする？」

という質問に対して、私が答えて終わったことだ。ましてやその企業に対しては私の意見はきちんと述べた。融資を継続するべきだと。ところが、私の戸惑いを無視して八重垣は斉藤を呼んだ。斉藤は私の顔を見るなり、薄笑いを浮かべた。それは私だけがそういう気になっただけかもしれないが。

その場で八重垣は、私に対してと同じ質問をした。

「君ならどうする？」

斉藤は、その質問に対して、

「再生法を申請して、公的に処理すべき段階に来ていると思います」

斉藤は、私と全く正反対の答えを言った。それに対して八重垣は、

「考えてみよう」

と答えた。そして後日、その建設会社は民事再生法を申請することになった。

今までこんなことはなかった。私の意見を無視するなんてありえなかった。私は極めて腹立たしい思いがした。彼の薄笑いは決して目の錯覚ではない。

私は、このことを努めて忘れるようにしたが、今、直美の話から思い出してしまっ

た。思い出すと無性に身体が熱く火照《ほて》ってきた。私は、直美の白い乳房を鷲づかみにした。軟らかい肉の感触が、指先に伝わってきた。直美は、目を閉じ、息を大きく吸い込んだ。

「もう一度、来る？」

直美が訊いた。

「俺を差し置いて、あの野郎」

私は乳房を摑《つか》んだ手に力を込めた。直美の顔が歪《ゆが》んだ。

「どうしたの？」

「斉藤の野郎だ」

斉藤誠は、いかにも誠実そうな顔立ち、雰囲気を持っていた。四角い顔に黒い縁の眼鏡、小さな口、きちんと分けられた髪の毛、何処《どこ》から見ても銀行員か堅物の役人だった。それに、八重垣の靴を懐に入れて温めかねないほどの気配りを持っていた。私のようにずけずけと意見を言わないし、何事も控えめだ。それでいて仕事に間違いはなかった。

「斉藤常務の方がかわいいいんじゃないの」

「なに、あんな米搗《こめつ》きバッタに何が出きる」

「おかしい」

直美がくすりと笑う。白い歯が見えた。

「なにがおかしいんだ」

「だって子供みたいじゃないの。頭取にかわいがってもらうなんて」

「ばか、俺が頭取をコントロールしているんだ。それを斉藤ごときに邪魔されたくない。それだけだ」

私は、直美の白い首筋を噛んだ。うっと直美がうめき声を上げた。

「上司を馬鹿にするようなことを言うからだ。罰を与える」

私は、少し強く噛んだ。

「痛い！」

直美が声を上げた。慌てて口を離すと、うっすらと赤く歯の形が直美の白い首に浮かんでいた。直美がその部分を指先で触れた。

「腫《は》れてない？　他人に見られたら、どう言い訳するの。明日は銀行よ」

直美の銀杏《ぎんなん》のような形のいい目が怒っていた。

今日は日曜日だが、昨日から頭取のゴルフに付き合うと言って家を空けてきた。直美と落ち合って、この修善寺の「嵯峨沢館《さがさわかん》」という隠れ家的な旅館に宿泊していた。

この旅館は部屋に露天風呂もついていて、他人と顔を合わすことがない。直美と極秘に来るには都合のいい造りになっていた。勿論、風呂も料理も満足の行く水準だ。

「大丈夫だ。気にするほどではない」

私は舌でその傷をゆっくりと舐《な》めた。直美は堪えるように唇を噛んだ。

6

次の課題は合併だった。

八重垣は、記者に問われると金融再編という言葉を口にした。しかし実際、どこの頭取も合併の難しさを嫌というほど知っている。にもかかわらず合併をしたいというのは、権力を握った者にしか分からない欲望のようなものだ。今よりも大きくしたい。トップになるとより大きな支配を望むようになる。ローマ帝国が、拡大につぐ拡大を遂げたように。

しかし八重垣に具体的な合併のイメージがあったわけではない。漠然とした希望だった。だが、私は違った。合併こそが芙蓉銀行を生き残らせる唯一の手段だと思っていた。金融当局も大手銀行の再編を望んでいた。

ツー・ビッグ・ツー・フェイルという言葉がある。企業が大きくなれば潰《つぶ》せないという意味だ。しかし実際はそうともいえない。潰れる銀行は、潰れてしまう。しかし大きくなって、運がよくて生き残ることができれば、大きな力になるというわけだ。

何もしないで潰れるか、一か八かにかけてみるかの違い程度しかないのかもしれない。

私は八重垣に合併をやるべきだと進言した。慎重論を唱える役員も多くいたが、そんなことはおかまいなしだった。

「頭取、合併は必ず成功させます。成功したら、一流経営者の仲間入りです」

私は強い口調で八重垣に迫った。

八重垣は自分で考えようとはしない。あえてそうしないのかもしれない。私の書いたシナリオにうまく乗る才能が抜群だった。それをカリスマ性をもって演じる。この能力に八重垣は長《た》けているといっていいだろう。その点、おそらく私より大人なのかもしれない。私の方は、何事も私が考えた通りでないと気に喰わないというところがある。またそれが必ずうまく行くという自信や他者より一歩、いや半歩でも先を歩いているという自負もあった。他人の指示に従うのは、虫唾《むしず》が走るのだ。この傲慢な性格を改めねばならないのだろうか？

八重垣は私の、合併による芙蓉銀行の建て直しについて、

「うまく行くのか。今まで幾つかの合併行を見ているが、うまく行ったためしがない。うまく行っていたと思っていたあの銀行も不祥事でダメになったではないか」

八重垣は、総会屋に食い込まれて甘い汁を吸われた大洋朝日銀行のことを引き合いに出し、判断を逡巡した。

「うまく行くとか、うまく行かないとか子供のようなことをいうものではありません。合併しなくてはならないのです」

「なぜだ」

「やらなければ他がやるからです。手をこまねいていたら、カスを噛むことになり、こちらまでカスになってしまいます」

合併というものは陣取り合戦のようなものだ。当局の意向が金融再編にあると知った瞬間に、どこに唾《つば》をつけるかが重要だ。だから普段から、トップたちは銀行協会で交流したり、同じような大学を出て、同じようなキャリアを積んでいたりするのだ。こうしておけばいいざというとき、お互いの気心も分かっていて、合併合意が得やすくなる。

「君はどこがうちにふさわしい相手だと思うのかね」

「それは東洋銀行だと思います」

私は八重垣の問いに間髪いれずに答えた。彼は驚いた。芙蓉と東洋。片や財閥系、片や新興企業や個人取引を得意とする中堅規模の都銀。

これは八重垣の予想もしない答えだった。なぜなら東洋銀行は合併に消極的だと思われていたからだ。芙蓉と同じレベルにある銀行は、東洋の堅実な経営を自分のものにしたいと願っていた。しかし東洋は独立路線を主張していた。

私は八重垣の戸惑う表情を見て、心の中で快哉《かいさい》を叫んでいた。この考えは私がここしばらくの間、温めていたことだったからだ。

東洋銀行は、東洋グループの中核銀行ではあるが、財閥系ではないため目立つ存在ではない。しかし東洋グループ内にある商社や保険や不動産などは業界でも堅実な企業が多く、業界での地位も芙蓉グループ内の同業者より高いところもあるほどだ。

銀行合併において最もネックになるのは有力取引先の反対だが、業界内できっちりとした地位を築いている東洋グループ内の有力企業なら、反発するのではなくより大きく、より強靱《きょうじん》になるために芙蓉グループ内の同業者との提携や合併を検討し始めるだろうと考えた。銀行は芙蓉主導で合併したとしても、彼らは自分たちが優位に業界の再編を進められると考えるに違いない。

八重垣は無言で考え込んでいたが、しばらくすると私を見つめて、にやりと笑った。

「相手はうちのことをどう思っているだろうか」

「そこはご心配なく。頭取の決断しだいだと考えます」

私は八重垣に花を持たせる言い方をした。

「そうか、私の決断しだいね。まさに決断だな」

八重垣は満足そうに顎《あご》を撫《な》でた。

私は八重垣の指示を受けて、東洋銀行に出向いた。勿論、思いつきで八重垣に提案したわけではない。私は東洋に独自の太いパイプを持っていた。東大の同期が向こうの企画担当をしていたのだ。まだお互い役員ではなかったが、相手も行内では一目置かれる存在だった。私は合併の話を持ちかけた。すると、今までの独立路線とは打って変わって、意外にも待っていたかのように乗り気になった。なんでも四和銀行からも合併の打診があったが、あの銀行のあくの強さを頭取が嫌って、破談になったらしい。その点、芙蓉銀行なら、四和ほどあくどくなく、基本のところは分かり合えると思うという話だった。

私と彼とで話がとんとん拍子に進んだ。お互いの頭取を何処で会わせようかという話になった。八重垣と相手の頭取である山口泰三《やまぐちたいぞう》の共通点を探した。両者とも東大法学部出身で神奈川県に住み、ゴルフが好きだというデータが揃った。そこで神奈川県下のゴルフ場で二人をプレーさせることにした。財界人がよく来場するメンバーの少ない極めて閉鎖性の高いゴルフ場なら、二人が偶然出会ってプレーをしたという演出ができるということになった。

その週の土曜日、二人は晴天の下で思いっきりボールを打った。私は二人の邪魔にならないようにクラブハウスで待った。どんな顔で八重垣がクラブハウスに戻ってくるか、不安と期待が入り交じった気持ちだった。彼は、楽しそうに笑みを浮かべながら戻ってきた。相手の山口の顔にも一切の緊張は見えなかった。私は合併の成功を確信した。私の期待通り、計画は順調に進展した。

　私たちが合併合意を発表する前に大洋朝日銀行、三友銀行、興産銀行の三行統合が発表になった。世間は三行統合によって生まれる新銀行の巨大さに舌を巻いた。そしてこぞってその決断を誉め称《たた》えた。

　八重垣は、先越されたことを悔しがった。しかし私はたいしたショックを受けなかった。御者のいない三頭立ての馬車がうまく走れるわけがないと思っていたからだ。近い将来、ばらばらの方向に向かって暴走し始めるに違いないと確信していた。

「大丈夫です。世間が騒いでいるのは今だけです。彼らは三人よれば文殊の知恵ではありません。同床異夢の野合に過ぎません。あるときは二対一、またあるときは三者ばらばらになります。とりあえず倒れそうになった三者がお互いよりかかっただけです」

「そうなのか」

　八重垣は私の解説に聞き入った。

　統合発表直後から私の耳には頻繁に三者の不和の情報が入ってきた。それは、大洋朝日は合併行、三友は財閥系、興産は旧政府系という三者の歴史の隔たりの大きさによるものだった。

「必ずや頭取の決断を世間はより賞賛いたします」

私は自信を持って八重垣に進言した。彼は私の強い言葉を聞いて、安心したように、

「君ほどの自信家はいないだろう。私もあやかりたい」

と軽く微笑んだ。

八重垣と山口は手を結んだ。芙蓉銀行も不良債権の重みに耐えかねていたが、東洋銀行も予想に反して苦しんでいたようだ。外からではなかなか窺《うかが》い知れないのが他家の台所だ。

合併発表の日、八重垣と山口は無数のカメラフラッシュの前で堅く握手を交わした。八重垣はわざと眼鏡を外して鋭い眼でカメラマンを睨《にら》みつけたが、山口は感極まって涙を滲《にじ》ませた。山口の涙を見つけた八重垣は、傍で見ていると赤い舌を伸ばして、その涙を舐めるのではないかしらん、という素振りをしてみせた。これは思わぬ効果をもたらした。対等と発表したにもかかわらず、今回の合併が芙蓉による東洋救済と世間には映った。この山口の涙は、合併後の行内の力関係に微妙に影響した。

あの健全経営と言われていたはずの東洋銀行の頭取の目に涙が滲んだ。これは記者にとって、大事件だった。

記者会見が終わった後、八重垣は私に「ありがとう」と深々と頭を下げた。私はどうかって？　私の方も八重垣に「ありがとうございます」という気分で心を弾ませた。なぜならこれで世界最大級の銀行のトップになれる道が目の前に開いたのだから。私

は自分の信じる道を堂々と腕を大きく振り、靴音高く踏み鳴らして歩きさえすれば、八重垣後を狙うことが出来る。私以外にこの巨大銀行を動かしていくことが出来る人間がいるか！

私は八重垣に「あなたも私の手の内で動いていることを自覚しなさい」と叫びたい気持ちだった。あの時ほど愉快な時はなかった。全てが私の構想どおりに進んでいたからだ。

私は八重垣を見た。彼のカリスマ性を生み出しているメタルフレーム眼鏡の険しい風貌がそこにあった。それは私が睨めと合図すると睨む、ロボットだ。いい役者だ、と私は声にならない声で言い、笑いを嚙み殺した。

7

「頭取は、交代しないのかしら」

直美が私の首に手を回しながら耳元で囁いた。

「それだ」

私は思わず直美に言った。直美は私の表情の変化に戸惑いつつ笑いながら、

「どうしたの？　何がそれなの」

と訊いた。

「私が不可解な夢を見るようになったきっかけだよ」

「分かったの？」

「ああ、分かった」

「なあにぃ。教えてぇ」

直美が私の耳朶《じだ》を噛んだ。刺激が身体を貫いて走ったが、私はそれに身を任せる気にはならなかった。

数日前のことだった。八重垣と頭取室で雑談を交わしていた。八重垣がふと珍しく優しい眼で私を見つめた。口が動こうとしている。私は長年、八重垣に仕えたために彼が今から何か言いにくいこと、心にわだかまったことを口にする気配を察した。八重垣のいつにない穏やかさとは裏腹に私は緊張した。

私は予測した。今から八重垣の口をついて出るのは、自らの交代に関することだ。さすがにそのことだけは私がアドバイスするわけにはいかなかった。

しかし私は期待していた。もう八重垣に交代してもらわなければ、私への順番が回ってこないのではないかという懸念が多少おきないでもなかったからだ。私は今年で五十二歳になる。まだまだ若いという人もいる。しかし一方では、もう五十二歳か、という声もする。この年は微妙な年齢なのだ。

来年、八重垣が交代するとして、合併行の習いで東洋銀行出身の人間が頭取に就く可能性が高い。彼に四年間、頭取をやらせると私は五十七歳になる。ここで頭取になれるだろうか、ということだ。他の銀行では、すでに五十四、五歳で頭取が出始めている。そうなると八重垣の後の頭取は、東洋には悪いが、私がやるべきなのだ。そのためには八重垣に、後任は君だ、と言ってもらわねばならない。そうはいうものの、この判断も年齢同様に微妙だった。

もし私が今、五十四、五歳なら、もう後はない。諦めるか、今に賭けるかどちらかしかない。五十二歳だと次の次の可能性が微妙に残っている。東洋銀行に頭取をやらせておいて、その次を狙える可能性は残っている。だからこそ私もいよいよ自分の行動について決断が必要な年齢になったのだ。

私は八重垣の言葉をじっと待った。長い時間に思えた。彼の唇が動き始めた。私は彼の言葉に衝撃を受けた。

「もう少し頭取を続けるからな」

八重垣は僅《わず》かに視線を泳がせた。いつもの強い視線ではなかった。

私はその言葉を聞いたとき、一体どんな顔をしていたのだろうか。彼は私の表情を探っていたに違いないが、私は自分の表情に不安を覚えた。一瞬、顔を伏せたような覚えがある。

「もう一期続けて、この合併を仕上げるよ」

八重垣は自分自身に言い聞かせるように言った。

彼は今、六十七歳だ。もう一期ということは、任期満了の来年六十八歳から、後二年ということだろうか。そうなると彼は七十歳まで頭取をやるつもりなのか。おいおい、よしてくれよ。冗談だろう。七十歳の頭取が、この多忙で変化に富んだ時代を切り抜けられると思っているのか。いい加減にしてくれ。人間、辞め時が一番難しいんだぞ。もし彼が七十歳まで頭取をやったら、私は五十五歳になってしまう。その時、東洋側に頭取のポストが移ったら、その人間が二期やるとして、私に順番が回ってくるのは五十九歳か六十歳だ。八重垣の時代ならいざ知らず、今の時代に六十歳の頭取は難しい。世間が許さないだろう。それに私自身がそれまで我慢できるかどうか、分からない。

「どう思う」

八重垣は、私に問いかけた。私は顔を上げない。

「頭取の他に、頭取にふさわしい人を見つけることはできません。合併もまだまだ道半ばです。よろしくお願いいたします」

私は俯《うつむ》いたまま答えた。何を話しているのか、自分でもよく分からない。口からすらすらと出てくる言葉と頭の中で考えていることとが全く違う。上の空、という感覚があるとすれば、今のような状態をいうのではないだろうか。私は心にもない言葉を発し続けた。

「よかった」

八重垣は、硬かった表情を和らげた。私も顔を上げた。しかし私の顔はきっと青ざめていたに違いない。身体から体温が引いたような感じがしたからだ。

「君も賛成してくれるのか」

「賛成もなにも、頭取のご判断のままです」

「感謝するよ。君は本当によくやってくれる。君にふさわしい処遇を考えているからね」

八重垣は、満面に笑みを浮かべて私を見つめた。目の奥が、冷たく冴《さ》えているように光ったのは錯覚だろうか。

私はつんのめりそうになった。それこそ全身に冷や水を浴びせかけられたような感覚になった。

君にふさわしい処遇？

いったいどういう意味だ。私にふさわしい処遇を考えるなら、今すぐ頭取のポストを私に譲るべきだ。本来は私がそこに座るべきだ。あなたこそ私の代わりに座っているだけだ。それを一番分かっているのはあなただろう。今までの意志決定は、ことごとく私の書いた筋書きで行ってきたことではないか。あなたが自分で考えたことなどあったか。もしあったとしてもそれは、海外の投資家への説明会の旅程くらいだろう。それさえもテロなどで大きく変更になったはずだ。

私の頭の中では激しい怒りが渦巻いていた。額に汗が滲んだ。ハンカチでそれを拭《ぬぐ》った。

「まだまだこの銀行は私を必要としている。山口さんとも話したが、私が頭取を続けることに異論はなかったよ。もっとも私が頭取でいる限り、山口さんも会長で居座ることができるからね。あれはいいポストだよ。何もすることがないのだからね」

八重垣は心地好さそうに笑った。

何がいいポストだ。頭取が銀行経営の全てのポストを握っておいて、会長などお飾りに過ぎないではないか。権力のない地位などになんの魅力も山口は持っていないだろう。八重垣が頭取の座にいる限り、バランス上、降りることが出来ないだけだ。

私は思い切って問いただしたかった。私にふさわしい処遇とは？

だが、訊く事が出来なかった。私はそのまま頭取室を辞した。

8

「頭取はまだ続ける気なのよね」

　直美が言った。

「なぜそんな風に思う？」

「だってこのところすごく機嫌がいいのよ。私にも冗談をよく言うのよ」

　直美は八重垣に直接仕えているのだ。だから私より日常の彼の本当の姿をよく知っている。私が直美と関係を持っているのも、彼の生の情報が得られるからという理由もあった。

「そんなに機嫌がいいのか」

「ええ、この間も斉藤常務と笑って話していたわ」

「斉藤と？」

「確か斉藤常務が、あのスーパーダイコーの相談にお見えになった時だわ」

　スーパーダイコーはかつて売上高二兆円以上を誇ったが、不動産に頼った資金調達が仇《あだ》になって、巨額の負債を抱えていた。このスーパーの再建がわが国の不良債権問題の解決の試金石となっていた。スバル銀行は四番手の銀行としてメインの動きを見ていた。この問題は斉藤が担当していた。斉藤には情報を入れるように言っていたが、彼は私をあまり協議の場に入れなかった。八重垣と直接にやっていた。面白くはなかったが、お手並み拝見と私は様子を見ていた。それが笑っていたとなると心が穏やかではいられない。

「なぜ笑っていたのだろう」

「それは分からないわ。問題がうまく解決する見込みになったのか、それとも全く別の話で盛り上がったのか……」

直美の言い方に私は微妙に焦りを感じた。八重垣が言った、ふさわしい処遇という言葉を私は忘れていた。いや、忘れようとしていたのだ。なぜなら私なしで八重垣は存在しえないとまで思い込んでいたからだ。それが違う方向に舵《かじ》を切られようとしている。

「抱いてぇ」

直美が唇を突き出した。

「あの夢のことがまた気になりだして、その気にならない」

「そんな下らない夢のことなど気にするなんておかしいわ」

「気になるものは仕方がない」

「弱気になったのじゃないの。あなたは強引で、傲慢で、その自信過剰のところが魅力なの。それに惹《ひ》かれるのよ。そんな夢なんかどうでもいいじゃない」

直美が腕に力を込めた。乳房が柔らかく胸を押す。

「その気にならない」

私は首に回された直美の腕を解いた。

「いじわるぅ」

直美が小さくなじる。

私は直美を自分の身体から離すと、布団の上に胡坐《あぐら》をかいた。

「そんなに意地悪したら、私も斉藤常務に乗り換えるわよ」

直美が笑いながら言った。私は振り向き、直美を睨みつけた。

「おお、怖い。怒ったあなたも好きよ」

直美は裸の胸を晒《さら》して、オーバーに腕を伸ばした。

「ばか」

私は一言、言い放つと、立ち上がって部屋の隅に置かれた座卓に近づき、そこで胡坐をかいた。

座卓の上には、直美が剝《む》いた林檎《りんご》があった。直美が自宅から持ってきたものだ。白い実が幾切れかに分けられていた。私は、皿に添えてあったフォークを使わずに、手でひと切れを摑んだ。それをわざとらしく高く掲げて、口を大きく開け、上から口に入れた。林檎は空気に晒していた時間が長かったため、表面の蜜は蒸発していたが、ざくっという音と一緒に嚙むと、果肉にこもっていた蜜が口中に広がった。もうひと切れ、摘んで、口にいれた。なんともいえない腹立ちを抑えるためにわざと大げさな食べ方をしていた。

「あっ、思いだしたわ」

直美が布団の中から、私に向かって言った。

「また何を思い出したんだ」

「ゴヤの絵の題名よ」

「私の夢とよく似た絵のことか」

「そうよ。林檎を大きな口を開けて食べているあなたの姿を見て、思い出したの」

「この林檎が人に見えたのか」

「あなたみたいに大きな口を開けて人を頭から食べているのに、眼が不安そうというか、悲しそうというか、複雑な顔をしているのよ」

「それは私か、それとも絵か」

「絵の話だけれど、あなたも今、そんな目をしているわ」

「なんていう名だ、その絵は」

「確か、わが子を喰らうサトゥルヌスっていったはずよ」

「わが子を喰らうサトゥルヌス？」

「サトゥルヌスっていうのはサターン、土星の神様、農耕神だっていう話だわ」

「サターンって悪魔という意味か」

「そうじゃない。あれはサタン。スペルが違うわ。サトゥルヌスは別名クロノスといわれてギリシャの神様よ」

「ギリシャ神話か、ちょっと話してくれ。知っているだけでいい」

私は直美に頼んだ。直美は布団に身体を包ませたまま、少し得意げに「いいわ」と答えた。

「サトゥルヌスは大地の神を母に天空の神を父にして生まれたの。父神の横暴を嘆いた母神がサトゥルヌスに鎌《かま》を渡して、父神の男根を切り落とさせるの」

「痛い話だな」

「そうよ。あなたもそうならないようにね」

直美は悪戯《いたずら》っぽい目で私の股間を見つめた。

「馬鹿なことを考えるなよ」

「それで父神からサトゥルヌスは神々の王座を奪い取ったわけよ。彼はなかなかの神で世界を形作ったといわれているわ。ところがやはり傲慢になり、慢心したのではないかしら。母神からこんな予言をされるのよ」

「どんな予言だ?」

「あなたは自分の子供に王位を奪われるというものよ。それで彼は生まれてきた子供を次々と食べてしまうの」

「それでどうなったのだ。奪われずにすんだのか、王座を」

「それがね。やはり予言は当たって、自分の子、ゼウスに奪われることになってしまうのよね」

「予言は当たってしまうのか」

「わが子を信じられなくなってしまうなんて、かわいそうな神さまね」

直美が呟いた。

直美は林檎を大口を開けて食べる私を見て、サトゥルヌスの伝説を思い出した。私はわが子を食べているのだろうか、それとも食べられているのだろうか。

「直美、私はどっちだ?」

「どっちって?」

「食べているサトゥルヌスなのか、食べられている子供なのか」

私は直美に顔を向けた。

「どうしたの? そんなに真面目な顔をして……。さあ、どっちかしらね」

「答えてくれ」

「あなたは頭取より力があるわ。あなた自身も周りもそう思っている。だからあなたが頭取を食べているのよ、今はね。でもあまりにあなたの強さが頭取を凌《しの》ぐことになれば、それは傲慢だといって頭取に食われるかもしれないわね」

「やはりそうだな」

私は軽く頷いた。

「どうしたの？　あなたらしくないわ。負けても勝ってもいいから、突き進むのが魅力ではなかったの」

直美がからかうように鼻で笑った。

「今は負けるわけにはいかないんだよ。そういう時もある」

私は自分に言い聞かせるように呟いた。そして立ち上がった。

「どうしたの？」

「外の風呂に行ってくる」

「こんな時間に……。もう午前三時よ。風邪引くわ」

直美が制止するのを無視して、私は部屋を出た。廊下にはひんやりと冷気が籠《こも》っていた。

ほんのりとした行灯《あんどん》の明かりに照らされた廊下を進むと、坪庭が見えた。庭の竹が、月明かりに青く照らされている。

「夢告の湯」と名づけられている。戸を開ける。誰もいない。さすがに温泉でも、こんな時間に風呂に入ろうとする酔狂な人間はいないようだ。

私は脱衣所で浴衣を脱ぐと、浴室に入った。湯気が湯面をすばやく走る。私は身体の周りに動く湯気を手で払うようにして、湯船に一気に身体を沈めた。熱い湯が全身をひりひりと刺激し、やがて優しく揉《も》み解《ほぐ》していく。

私は大きく息を吐いた。足をゆっくりと伸ばしていく。湯船の縁に身体を預ける。眼の前の大きなガラス窓の向こうに竹林がある。全てが深い海の底のように静かだ。風もないのか、葉は動いていない。

私は呟いた。

「喰われてたまるか」

この銀行の頭取は、確かに八重垣だ。しかしシナリオを書き、今日まで彼を動かしてきたのは私だ。もし八重垣が、私を突然、舞台から降ろそうとしているのなら、私が彼を引きずり下ろしてやる。私を無視しては何もできない、むしろ無視すればどんなことになるか、八重垣に思い知らせてやる。

私は湯船にすっぽりと身体を沈めた。熱い湯が全身を包み込む。湯の中で眼を閉じる。暗闇が広がり、肉体の感覚が無くなっていく。その闇の中にサトゥルヌスが胡坐をかいて座っている。その顔は私だ。右手を高々と天上に掲げている。彼が握っているのは頭部のない人間の身体だ。彼の口には血をしたたらせた頭部が揺れていた。それは苦痛に歪んだ八重垣の頭部そのものだった。

私はかつて米国の投資銀行家に言われたことを、ふと思い出した。

「君の名は、デーモンの名前に似ているね」

「デーモン？　悪魔？」

「そうだ。ルシファだよ」

私にはリュウシバと聞こえた。

「志波隆《しばりゅう》を逆にしたってことだな」

「そうだ」

「それはなんのデーモンなのか？」

「インサランス、即ち傲慢の悪魔だよ」

彼は、自分のジョークに声に出して笑った。

その投資銀行家とは、今もいい付き合いをしている。

私は、身体全体を湯に泳がした。まるで死体になったような気分だった。

第二章　嫉妬《しっと》――リバイアサン

1

私は、自分のことを傲慢《ごうまん》な人間だと思っていたが、それ以上に、いやそれに加えてと言った方が適切かもしれないが、嫉妬深い人間だと知った。それは、八重垣と斉藤との関係を考えると正気を失いそうになるほど苛々《いらいら》とし、考えがまとまらなくなるからだ。

理由は分かっている。直美の言葉だ。彼女が何気なく言った言葉が、旅行から帰ってきても頭にこびりついて離れない。

その言葉とは、「斉藤常務の方があなたより頻繁に頭取室に入っているような気がするわ」というものだ。

私の目の前に頭取のスケジュール表がある。まさに分単位の過密スケジュールだ。その過密なスケジュールを縫うように斉藤の文字が見える。週に数回、あるいは日に数回も八重垣と斉藤は会っている。このスケジュールに斉藤の名前が明記されてなくても、取引先に同行している可能性がある。

いつの間に？

私は、そのスケジュール表を食い入るように見つめた。目の前にいる秘書たちに八重垣のスケジュールから斉藤を外すように指示したいと思ったが、そういうわけにもいかない。いつ頃から斉藤は、これほどまでに八重垣に取り入るようになったのだろうか。私はスケジュール表の斉藤の文字に激しい苛立ちを覚えた。どうしてこれほどまでにささくれ立った、胸を掻《か》き毟《むし》られるような思いがするのだろうか。

この苛立ちが嫉妬だ。嫉妬は女の特権だという認識をもっていた。しかし男の私にも嫉妬の心があるのだ。

嫉妬というのは、広辞苑によると自分よりも優れた者をねたみ、そねむとある。また自分の愛する者の愛情が他に向くのをうらみ憎むともある。

斉藤の能力が私より上であると思っているのか。まさか！　あんな小役人的な男が私より優《まさ》っているなどということはありえない。そんなこと考えるだけでも無駄なことだ。

それでは誰かの愛情が斉藤に移るのを憎んでいるのか？　私は、それには思い当たることがあった。八重垣の愛情、あるいは信頼、そうしたものが私から斉藤に移って行く可能性があることに重大な懸念を抱いていた。なぜ八重垣が私よりも斉藤に愛情を注ごうとしているのか、その理由は分からない。また実際、そのようになろうとしているのかどうかも定かではない。

しかしこれほどまでに頻繁に八重垣と斉藤が接していれば、気持ちが通じ合うこともあるだろう。そうなれば、古くから身近で八重垣を支え続けている私より、新しく付き合う斉藤のほうが良くなるかもしれない。古女房より新しい愛人を好むようなものだ。

最初に嫉妬という感情をいだいたのは蛇だ、とある宗教学者から聞いたことがある。それで嫉妬の象徴が蛇になった。

旧約聖書の創世記《そうせいき》に蛇が出てくる場面がある。次のような場面だ。

『神は土のちりから人を創る。アダムである。その人のあばら骨の一つから女、イブを創った。

神は二人にエデンの園で暮らすように命じ、「あなたは園のどの木からでも心のままに取って食べてよろしい。しかし善悪を知る木からは取って食べてはならない。それを取って食べると、きっと死ぬであろう」と告げた。

ところが蛇がイブに近づき、「どの木からも取って食べるなと神が言ったのか」と訊《き》く。イブは蛇に嵌《は》められているとも知らず、正直に「園の中央にある木の実は食べるなと言われている。死んではいけないから」と答える。そこで蛇はイブに「死ぬことはない。それを食べるとあなたの目が開き、神のように善悪を知る者となることを神が知っているのだ」と木の実を食べるように唆《そそのか》す。イブは改めて木の実を見た。とても美味《おい》しそうだ。イブはアダムとともにそれを食べた。二人の目は開き、自分たちが裸でいることに恥ずかしさを覚え、イチジクの葉で腰を覆ったのである。

神は約束を破ったアダムとイブをエデンの園から追放し、荒れ野に生きることを命じ、蛇には「お前はすべての家畜、野の全ての獣のうち、最も呪われるであろう」と言い、「腹で這《は》い歩き、一生ちりを食べるであろう」と怒りの言葉を投げた』

昔から絵にも頻繁に描かれた「アダムとイブの楽園追放」の場面だ。

蛇は何に嫉妬したのだろうか。神がアダムとイブばかりを寵愛《ちょうあい》することにか。あるいはアダムとイブがいつも仲良く睦《むつ》み合っていることにか。おそらく両方に嫉妬したのだろう。

私も蛇のように八重垣と斉藤が仲睦まじくなることに嫉妬しているのだろう。このざわざわと落ち着かない気持ちは二人の仲を引き裂かない限り収まりそうにない。

2

私は神田駅に降りた。改札を出ると、サラ金や牛丼屋の看板に交じっていかがわしい看板が林立している。私は人に見られないように通りを歩いた。

線路沿いにしばらく歩き、手に握ったメモを確認した。

「この辺りだ」

私は、顔を上げた。メモは夕刊紙の切り抜きだ。『リバイアサン探偵事務所』。私が訪ねようとしているところだ。

「あれだ……」

数十メートル先のビルに薄汚れた看板が見える。それに『リバイアサン……』と書いてある。

私は足を速めた。通りに人はほとんど歩いていない。右はＪＲの高架だ。絶えず大きな軋《きし》み音を立てて電車が走っていく。

ビルの入り口に立った。隣接するビルとはほとんど隙間《すきま》がなく建てられた間口の狭いビルだ。建築後何年も修繕をしていないのか、外装がところどころ剝《は》げ落ちている。

私はエレベーターのボタンを押した。ガタンという耳慣れない音を発しながら、エレベーターが降下してくる。目的の事務所は五階だ。ドアが開き、中に入る。エレベーターの中に、ゴミを出す日程などの張り紙がある。なんとなく侘《わび》しさを感じさせる。

再びガタンという音とともにエレベーターが揺れた。

五階に着いた。すぐ目の前に『リバイアサン探偵事務所』があった。

ドアを開ける。恐る恐る中に身体を半分だけ差し入れる。私はこのようなところに来るのは初めての経験だった。

ある日、社用車に乗ったときのことだ。退屈で仕方がなかったので運転手が読んでいた夕刊紙を貸してもらった。目を背けたくなるような女性のヌードが目に入る。

「すみません。下らない新聞で……」

運転手はしきりに恐縮した。望まれて貸した新聞で、文句をつけられたらたまったものではないからだ。

「いや、いいよ。何もないよりましだ。気にしないでくれ」

私は記事を読み始めた。

ふと広告が目に入った。それは巨大な蛇のような怪物が海原《うなばら》で暴れ、船を呑み込んでいる絵だった。正確には絵を背景にして『リバイアサン探偵事務所』と書いてあり、どのような秘密の調査にも応じますと案内してあった。

よく見ると、ペンで殴り書きをしたような安っぽい絵だったのだが、私の目には妙に迫力をもって飛び込んできた。

「探偵か……」

私は一人呟《つぶや》いた。

八重垣と斉藤の間を早急に切り離さなければならない。手遅れになれば、せっかく手に入れようとしている後継者の地位が揺らぐことになりかねない。焦りに似た思いに囚《とら》われていた、斉藤の弱みを握らなければならないと漠然と考えていた。しかし有効な手段を見つけられないでいた。

斉藤は、どこから見ても銀行員という地味な男だったからだ。目立たないこと、出過ぎないこと、これを身上としている男だった。少なくとも私にはそのように見えた。それが八重垣に重用される理由のひとつにもなっていたから、彼の処世術なのかもしれない。

行内に耳をそばだてても斉藤に関する悪い噂《うわさ》が、何も入ってこない。面白くない男だ。私は斉藤をどのように追い詰めるか、手段を探しあぐねていた。

そこにこの広告が目に入った。私は即座にここを訪ねてみようと決めた。何か直感めいたものを感じたからだ。私の頭の中にその巨大な蛇が蠢《うごめ》いたのだ。

「すみません」

私は、事務所内に向かって呼びかけた。事務所内には人気《ひとけ》がない。

「はい」

隅のすりガラスで囲まれた部屋のドアが開き、女性が出てきた。淡いピンクのスーツを着た二十代後半くらいのすらりとした長身の女性だ。髪の毛を丸く挙げているせいか額が広く見える。なかなかの美人だ。失礼だがこんな薄汚れたビルにいるよりは銀座が似合うのではないかと思われた。

「ご相談があるのですが」

私は彼女を見て、少しほっとした気持ちになり口を開いた。

ドアを開けて、ヤクザのような男が飛び出してきたら、私は即座に逃げ出しただろう。

「お客様ですね」

「はい」

「どうぞこちらに」

彼女は、私を事務所内に引き入れた。所長が座るらしき席の側に小さなソファがあった。私はそこに座った。

「お茶かコーヒー、どちらになさいますか」

「それではお茶をいただきます」

彼女は、ちょっと失礼、とその場を外した。

私は事務所内を見回した。壁際にキャビネットがずらりと並んでいる。キャビネットの横には本棚があり、たくさんの黒い背表紙をした法律書があったが、こけおどしに見えなくもなかった。所長席の後ろは窓になっていて、カーテンが閉まっていた。

彼女がお茶を運んできた。彼女はコーヒーだ。自分の前に白いカップを置いた。

「お待たせいたしました」

彼女は私の前に座り、足を組んだ。私はどきりとした。美しく伸びた足の奥に一瞬目を取られそうになったからだ。

うん。私は咳《せき》払いをした。彼女は皿ごとカップを持ち上げて、コーヒーを飲んだ。

「あのぉ、所長さんは？」

私は訊いた。

彼女は、微笑《ほほえ》んで、

「私が所長の川嶋美保《かわしまみほ》です」

と言った。

「あ、あなたが……」

私は言葉が続かなかった。

3

「どうしたの？」

直美が言った。

直美の顔が目の前にある。私の身体に覆いかぶさるようにして舌を耳や首筋に這わせていたが、あまり反応がないので機嫌が悪い。

「お前のせいだよ」

私は直美の目を見た。

「なに？　私が何をしたの？」

直美は腹の上に跨《また》がって座り、私を見下ろした。直美の陰毛が丁度、臍《へそ》の辺りを撫《な》でている。

「斉藤のことだ」

「斉藤？」

直美が腕を組んだ。二十代の後半だが、まだあどけなさが残る顔だ。その顔を思いっきり膨らませて、わざと怒ったようにしている。組み合わされた腕の上には乳房が柔らかな山を形作っている。

私の沈んだ気持ちとは裏腹に直美は楽しんでいるようだ。私を組み伏せているような姿で優越感があるのだろうか。

「斉藤常務だよ」

「斉藤常務がどうしたの？」

「お前が、最近、頭取と親密だと言っただろう。あれが気になって仕方がない」

「嫉妬しているの？」

「そうかもしれない」

「羨《うらや》ましい！」

「何が羨ましいことがあるものか。斉藤とは、たった一年しか年次は変わらない。八重垣が本人の言うとおりこのまま辞めないとすると、後継者に指名される可能性もある。そう思うと心配なんだ」

「意外と気が小さいのね」

直美は、腕を解いて右腕を身体の後ろに伸ばした。

「うっ」

いきなり股間を摑《つか》まれた。

「痛い！」

「ほうら元気になった。こんなに元気なのにそんな暗い顔で、いちいち斉藤常務のことなど気にしていたらダメよ」

「そう言うな。私にとったら大問題なのだ。痛！　強く握るな」

「あなたは誰もが自分に従い、自分の言うとおりにならなければ満足しない性格だものね。思い通りにならないことが起きると、それに対する嫉妬も激しいのよ」

直美は腰を浮かした。身体ごと少し後ろにずらした。私の屹立《きつりつ》したものを自分の最も柔らかな部分にあてがうと、そのまま腰を下ろした。

「ふう」

直美は小鼻を開いて、息を吐いた。

直美の身体が内側から溶け出し、私のものに幾層にも絡みつく。刺激が私の中心から全身にくまなく広がっていく。

直美がゆっくりと腰を回しながら上下する。

「一度は、一度は思い通りにならない現実を知ればいい……」

直美は、切れ切れに息を繋《つな》ぎながら言った。

私は直美の腰のくびれに両手を当てる。直美の腰の動きをコントロールしようと思ったのだ。直美は私の思惑とは無縁に段々と激しく腰を動かす。

「そういうわけにはいかない。私はトップになる男なのだ。トップになってスバル銀行を支配する」

私は直美の腰を持つ手に力を入れて、直美をより深く貫き、突き上げた。

「いいっ！」

直美は顎《あご》を上げ、天井に顔を向けた。

私は直美の腰の動きを止めた。今度は私の腰を上下させた。直美の柔らかい肉のひだと襞《ひだ》、ひと襞を私の屹立したものが切り刻むような勢いだ。私は攻撃の手を休めなかった。直美の肉体を自分の欲望でコントロールしなくてはならない。

直美の息遣いが激しくなった。ひっ！　と口から小さな悲鳴が漏れた。私の体にくずおれてきた。直美と同時に私も果てた。

私の身体と直美はまだ繋がったままだ。直美は胸に顔を埋めて、指を絡めてきた。直美の細い指は蛇のように私の指にまとわりつく。火照《ほて》りが指先も伝わっているのか、女の指にすれば温かい。

「なにか手伝おうか?」

直美が子供っぽい口調で訊いた。

「そうだな。何ができる?」

「動静を探るとか?」

「探偵に頼んだ」

「えっ！」

直美が絡めていた指を一気に解いた。埋めていた顔を上げ、私をまじまじと見つめた。

「探偵を雇ったの?」

「そうだ。あいつに何か落ち度がないか見つけるためだ」

私は直美の身体を抱き、彼女の身体を回転させ、今度は私が上になった。こうなるとおかしいものだ。直美の顔に恐怖が浮かんでいるのがよく分かる。

「凄《すご》いわ……。そこまでやるの……」

直美は私を見上げて言った。

「ああ、どこまでもやる」

私は呟いた。

リバイアサン探偵事務所の川嶋美保の顔が目の前に浮かんできた。

＊

「分かりました。スバル銀行常務取締役斉藤誠氏の動静を克明に報告すればいいのですね」

美保は私から聞き取った情報を記入したメモを見つめた。書類を見つめる俯《うつむ》き気味の顔はぞくりとする美しさがあった。翳《かげ》を帯びて真っ直ぐに伸びた鼻梁《びりょう》、長い睫毛《まつげ》、赤く薄い唇、どれをとっても黙ってじっと見つめていたかった。

「そうだ。特になにか問題があるようなことがあれば、報告日を待たずにでもいいから報告してください」

「問題があるようなことといいますと、スキャンダルになるようなことですか？」

美保は上目遣いに言った。

「そうです」

「それをどうお使いになるのかはお聞きいたしません。しかし情報の質によっては、料金を別途頂くかもしれません」

「それは調査の結果を見てからにしましょう」

「分かりました。ところで依頼人、あなたご自身について伺わねばなりませんが……」

美保は調査依頼書の依頼人欄がブランクなのを指摘した。

「私については何も聞かないでいただきたいのですが」

「それではどうやって調査結果のやり取りをいたしますか？　私書箱サービスを使うか、携帯電話番号だけでも教えていただければご連絡します」

「携帯電話番号をお教えしますので、ご連絡いただければ出来るだけ速やかにこちらに参上いたします。次の依頼をするかどうかも、その都度決めたいと思います」

私は言った。私書箱サービスというのは、匿名で書類などを受け渡しする機能だ。それを利用してもいいのだが、美保に会えるという手段を選択した。私は依頼人欄に携帯電話番号を記入した。

「あなたのことをなんてお呼びしましょうか」

美保は薄く笑った。

「さあ、どうしましょうかね？」

私もつられて微笑んだ。

「携帯番号しかわかりませんから、090さんとでも呼ばせていただきますか」

「それはいい。ぜひそうしていただきたいです。090ですか。なんだかスパイ映画みたいで楽しくなってきました」

私は相好《そうごう》を崩した。

「それでは依頼人の求めに応じて調査を開始いたします。着手金をまず五万円いただきます。もしこれ以上の費用がかかるようであれば、次にお会いしたときにご請求いたします」

美保は言った。私は求めに応じて財布から五万円を取り出した。斉藤に関することが何か分かればいい。彼の弱点が知りたい。

「いい結果が出るといいですわね」

美保は領収書を書いた。宛名は「上様」だった。

＊

私は直美の身体に覆いかぶさった。直美の耳朶《じだ》を噛《か》んだ。そしてその小さく開いた耳の穴に向かって囁《ささや》いた。

「お前も斉藤を誘惑するなり、秘密を探るなり、私のために尽くすのだよ」

直美は、荒い息を吐きながら何度も頷《うなず》いた。

4

八重垣に呼ばれて頭取室に入った。そこにはすでに斉藤がいた。私の顔に緊張が走るのが分かった。

「突然、呼んで悪かった。まあそこに座ってくれ」

いつも気難しそうな顔をしている八重垣にしては珍しく笑みを浮かべて、斉藤の隣に座るように言った。

私は指示されるまま斉藤の隣に座った。私より先に斉藤が座っていることが私の気持ちを害していた。

「斉藤君の話では、金融庁がダイコーのことで困っているそうだ」

八重垣は、まるで了解を取るかのように時々斉藤に視線を移しながら言った。その視線の動きが、私の苛立ちを倍加させていく。

斉藤は、きちんと分けた髪から安っぽいヘアークリームの匂いを漂わせている。どこまでも気に障る奴だ。

「どういうことでしょうか」

私は訊いた。

八重垣は私の質問を待っていたかのように、斉藤に向かって、

「説明してやってくれ」

と言った。

「はい」

斉藤がちらりと私の方を見た。

その視線がなんとも生意気に感じられた。同じ常務とはいえ、なぜ秘書室長をここに呼ぶのだと暗に批判しているようだ。

私は斉藤の言葉が耳に入るように冷静になろうと努めた。それほど私の苛立ちが激しくなりつつあった。

「ダイコーを再生機構入りにすることについて賛成するばかりでなく、積極的に支援してくれとの金融庁からの依頼です」

斉藤は私を見ないで八重垣を見つめて言った。

「ダイコーが再生機構入りするのですか」

私は驚きの声を上げた。

＊

ダイコーは、国民的総合スーパーマーケットとでも称すべき巨大企業だったが、近年経営不振に喘《あえ》いでいた。

スーパーダイコーは立志伝中の人物山内浩《やまうちひろし》によって創業された。

山内は太平洋戦争で玉砕同然の南方戦線から生き残り、復員してきた。小さな薬屋からスタートし、価格破壊、流通革命などの派手なスローガンをぶち上げ、次々に店舗を拡大した。

彼の言うメーカーから消費者、流通業者が価格支配力を持つという思想は多くの人に共感を持たれ、ダイコーは順調に成長した。戦後の日本経済の高度成長もそれを後押しした。即ち、ダイコーの店舗などの資産価値が上がるたびに、ダイコーの資金調達能力が格段に向上する。そこで各銀行はダイコーに競って融資をしていった。

また創業者の山内はカリスマと呼ばれ、他者の批判を許したり、銀行のアドバイスを受け入れたりするような存在ではなかった。そのためダイコーはいつの間にか数兆円もの借金を抱える企業になってしまった。

もしダイコーが破綻《はたん》するようなことがあれば、多くの金融機関や企業が連鎖的に破綻するかもしれない。ダイコーは恐怖の時限爆弾になるとともに、日本の不良債権処理先送りの象徴となってしまった。

ダイコーの抜本的な処理をする体力のない銀行は、自らの体力に見合いの支援策を講じてきた。

平成十三年一月に、芙蓉銀行、四和銀行、扶桑《ふそう》銀行、海道銀行の主力四行が千二百億の優先株を引き受けることを条件に山内は経営の表舞台から去った。その後任には山内の信頼も厚い木山康平《きやまこうへい》がついた。木山はかつてダイコーが大きく業績を回復した際のメンバーで財務に精通していた。

しかし小出しにする金融支援では一向に経営悪化は止められず、平成十四年二月には四和銀行と海道銀行が合併したワールド・バンク・オブ・ジャパン（ＷＢＪ）と芙蓉銀行、扶桑銀行の三行が、再び優先株引き受けなどを含む五千二百億にも及ぶ金融支援を行った。

しかしダイコーの業績は低迷し、危機は続いた。

政府部内からも日本の不良債権問題の象徴と化したダイコーをなんとかしなくてはならないという声が強くなり、一時、産業再生機構入りで一気に処理しようという計画があがったが、自主再建を主張する木山はそれを受け入れなかった。木山には経済産業省という強い支援母体があった。経済産業省はダイコーが破綻すれば多くの中小納入業者に影響があるため、産業再生法を適用し、自主再建を支持していた。

その後、各銀行はダイコーの自主再建を見守っていた。

「やはりダイコーの自主再建はうまくいってなかったのですね」

「うまくいっていなかったということは一概には言えません。ある程度は計画通り進んでいたとも言えます。産業再生法による再建案もダイコー側の説明によると順調で、期限である来年春には優先株に配当が出来そうだと言っておりました」

斉藤は黒縁眼鏡を指先で摘《つま》んで軽く持ち上げた。

「ならば再生機構入りさせることもないではないですか。メインであるWBJが何を言っているのか知りませんが、追随することはない」

私は言った。かなり苛立っていた。些細《ささい》なことだが、私より先に八重垣と話していたことが気にいらない。

「再生機構入りを認めれば、再生機構に買い上げてもらった後の残った債権は正常先として評価されます」

「ひとつ聞きますが、斉藤さん、あなたは当行におけるダイコー問題の責任者ではなかったですか」

私は斉藤の無表情さが気に食わなかった。彼はまるで評論家かなにかのように淡々と話す。

*

「そうですが、何か？」

　斉藤が小首を傾《かし》げた。

「何かじゃないでしょう。今まで何をやっていたのですか。あなたが、自主再建を出来るというから当行も資金援助をしてきたのでしょう。それを、再生機構入りを当然のように主張するとは何ごとですか」

「おっしゃっている意味がよく分かりませんが」

「分かりませんか。今さら再生機構入りだというなら、もっと早くこの結論を出すべきだったのではないのですか。現にメインのＷＢＪに融資を肩代わりさせた銀行もあったではないですか」

「志波常務は、主力行である当行がダイコーから融資を引き上げていればいいとおっしゃるのですか。そんな馬鹿な。寝言ですよ」

「寝言？　私の話を寝言だと言うのですか」

「おいおい、私の前で言い争いをするな。芙蓉銀行、間違ったもとい、スバル銀行を支えてくれる二人が仲たがいするな」

　八重垣は眉根を寄せた。

「申し訳ありません。志波常務が、過去に既に決定済み、勿論《もちろん》、志波常務もご出席になっている常務会での決定事項を問題にされるものですから」

斉藤は普段に似合わず感情を顕《あら》わにした。これはおそらく八重垣の寵愛を受けているという自信が彼を少しずつ変化させているに違いない。

「それは言われなくとも分かっています。しかし再生機構入りとなりますと、過去にダイコーに投資したものは全て無駄になるのですよ。こんな失敗を山口会長たち東洋銀行の連中が見逃すものですか」

私は強い口調で言った。

芙蓉銀行と東洋銀行が合併してスバル銀行ができたわけだが、決して仲は円満とは行かなかった。

外部からは、八重垣の強力なリーダーシップにより芙蓉銀行優位で治まっているかに見えていた。しかし合併当初はそうかもしれなかったが、時間が経つにつれほころびが見え始めていた。

特に八重垣がそろそろ交代するかもしれないとの憶測が出始めてきたので、なおさらだった。今まで抑えられていた東洋銀行グループが頭をもたげつつあった。

そもそも東洋銀行グループは合併当初、かなり絶望的な気分でいた。巨大銀行化《メガバンク》の流れの中で、単独では生き残っていけないところを芙蓉銀行が救ってくれたと思っていた。

しかしそれは大いなる勘違いであることが分かったのは、合併後そう遠くない時だった。なにせ圧倒的に芙蓉銀行側の不良債権が大きかったのだ。

「これではまるで芙蓉の不良債権を処理するために合併したみたいではないか」

こんな声が東洋銀行側から漏れていたのも事実だった。

それでも東洋銀行側の代表であるスバル銀行会長の山口泰三が人物として極めて寛大であったため、一触即発を免れていた。

ところが最近は、その山口でさえ八重垣に対して反感をいだいている。それはあまりにも自分をないがしろにしてことを進めることが多いことと、八重垣自身が関わっているとされる問題企業について東洋銀行側に明らかにしないからだ。

山口の疑心暗鬼は募り、今では八重垣と顔を合わせてもまともに挨拶《あいさつ》さえしない仲になっていた。そんなことも八重垣は全く気にする素振りさえ見せはしなかったが……。

斉藤は小鼻をピクリと動かした。なにやら得意そうに微笑さえ浮かべた。何を思って薄笑いなどしているのだ。私はますます腹立ちを覚えた。

この男はいつの間にか私を凌《しの》いでいると勘違いしている。

私は確信した。八重垣の前で、全く動じないふてぶてしさはかつて斉藤からは感じなかったエネルギーだ。いつの間に斉藤はここまでになってしまったのか？　私は斉藤がこのように自己を肥大化させていることに全く気づかなかった。直美の一言がなければ、単に地味な能吏くらいにしか評価しなかっただろう。

「山口会長にもご相談申し上げております。その辺りにはぬかりはございません」

「それで山口会長はなんと？」

「大変大きな問題ではあるが、それは芙蓉銀行の案件であり、当方はそちらの判断になんら関与しないとおっしゃられました。要するにダイコーの問題は、芙蓉銀行案件であるため、どうしようと文句はいわないということです」

斉藤は、さも得意気に再び小鼻を膨らませた。

「山口会長らしい判断だ」

私は答えて、八重垣を見た。

どうしたことだろう。八重垣の顔が冴《さ》えない。暗く沈んでいる。先ほどとは別人のようだ。なんだか怒りが身体の中に籠《こも》っているように見える。

「山口会長も不可侵という意味でご賛成でございます。ここは我らスバル銀行の立場とすれば、金融庁に恩を売ることに躊躇《ちゅうちょ》はないと思う次第でございます」

斉藤は、まるで王宮で膝《ひざ》を屈して王に戦況を報告する騎士のような大げさな口調で言った。

「斉藤常務、君は山口にこの件を相談したのか」

八重垣は暗い目で斉藤を見つめた。斉藤は、その視線の暗さにたじろいだように見えた。顔に一瞬だけだが戸惑いが浮かんだ。

「はっ⁉」

斉藤は、回答にもならない返事をした。

「山口に相談したのかと聞いているんだ」

八重垣の目じりに苛立ちが浮かんだ。斉藤は八重垣の急激な変化が理解できないようだ。

私は急に傍観者的な気分になり、愉快になった。斉藤の陰気で地味な黒縁眼鏡の奥の目がきょろきょろと当てもなく動いている。

斉藤は最近になって急に八重垣に近づいてきた。自己の才能だけでそこまで到達した。

私は違う。八重垣をトップの地位に押し上げたのは私だ。八重垣がそう思っているかどうかは別だが、少なくとも彼がトップになる過程の要所、要所で私が影響力を行使したのは事実だ。

斉藤、君のような新参者では八重垣の急激な変化は戸惑い以外何ものでもないだろう。

八重垣は、かつての冷静で沈着な男ではなくなりつつあるのだ。年齢を重ねるに従って気が短くなり、疑い深く、嫉妬深くなったのだ。それは世間一般の老人、特に地位を得た老人に特有の症状だ。何も珍しいことでもなんでもない。自分の死、即ちトップから下りざるを得ない時期が近いことを八重垣は本能的に悟っている。そうなればそうした短気、疑心、嫉妬の感情が、彼の冷静な頭脳を侵食し始めるのだ。

「答えないか！　答えろ！　山口には相談したのか！」

遂に八重垣は怒鳴った。

「相談いたしました」

斉藤は恐怖に打ち震えながら低頭した。

「君の報告に山口は賛成したとあったから、相談したに決まっているだろう。何をそんなに返事に躊躇したのだ」

八重垣は、今度はゆっくりと重々しい口調に変わった。

「それは……」

斉藤は、八重垣の質問の意図が理解できない。

ざまあみろ。いい気味だ。先ほどの勢いはどうした？

私は笑いを堪《こら》えながら、斉藤を見つめていた。

「この問題を私が聞いたのは今日だ。山口には私より先に相談したというのか」

八重垣の声が大きくなった。

「そ、それは……」

斉藤は、顔を上げられない。

「ダイコーの問題は芙蓉銀行の問題だ。スバル銀行になるとき、それぞれが責任をもって解決にあたるべき問題になっている。だから山口はこれに関して口を挟む訳がない。むしろ情報がないことに彼は苛立っている。自分で責任を持つ気はないが、情報だけは欲しいという嫌らしい奴なのだ。単なる好奇心からだ。その情報で、私がどの程度この問題で苦労するか予測して楽しもうという魂胆なのだ。分かるか、そういう男なのだ。あの山口はな」

八重垣の顔が大きく歪《ゆが》み、その歪んだ顔を斉藤に近づけた。

「そ、そんな……」

斉藤の顔に八重垣の息が当たっている。斉藤はまるで亀かなにかのように、その熱い息を避けるために首をすくめた。

「そんな男ではないというのか。あいつは嫌な奴になったのだ。今では私を追い落とすことだけを考えている。そんな男に私より先にこの重要な問題を相談したのか」

「私は、よかれと思いまして相談いたしました。事前に了解を取っておくのが筋だと思ったのであります。もし金融庁の申し出に応じなければ、彼らは緊密先の債権の問題で当行を追い詰めるに違いないからです」

斉藤は、言い訳をすればするほど墓穴を掘っていくのが分からないのだろうか。

緊密先の債権の問題とは、芙蓉銀行固有の問題だった。芙蓉銀行はかつて幾つかの中小金融機関を吸収した。その際、彼らの不動産融資がそのまま芙蓉銀行の債権になった。それらの不動産融資はかなり焦げ付いていたが、処理するには難しい物件ばかりだった。暴力団などが絡んでいたりしたからだ。その処理を先送りしているうちにますますその債権は腐り、今では数兆円と言われているが、その実態を知るものは少ない。その債権を不良債権として認定され、処理を求められたら、スバル銀行は大幅な赤字に陥ることになり、八重垣の責任問題になることは必至だった。

「斉藤君、君はまさか緊密先のことも山口に相談したのか」

八重垣は怒りに顔を膨らませていた。

「し、しておりません」

斉藤はソファから飛び降り、ひれ伏した。

「確かだな」

「確かであります」

「分かった。顔を上げなさい」

八重垣は言った。斉藤はようやく顔を上げた。その目は恐怖に震え、まるで泣きはらしたかのように赤く染まっていた。

「斉藤常務……」

八重垣は穏やかに語りかけた。

「はい」

斉藤は返事をした。まるで犬のようだ。

「君が山口と親しくしようと何も言わない。彼はなかなかしたたかな男だ。彼の策略に乗って私を追いつめることだけはするな」

「分かりました」

「それなら二人とも退出していい。自分一人で今回のことを考える」

八重垣は立ち上がると、自らドアを開けた。

斉藤は小走りに逃げるように外に出た。私もその後に従った。

私の背後でドアが閉まった。

「参りましたね」

斉藤が弱気な顔で呟いた。

「嫉妬ですよ」

私は言った。

「嫉妬？　どういう意味ですか？」

斉藤は小首を傾げた。

「あなたを評価するあまり、あなたが山口会長と親しくするのを許せないのです。いつまでも自分の手元にとどめておきたい欲望ですよ」

私は微笑した。

「バカな……。女みたいではないですか」

斉藤は呆《あき》れたように言った。

「権力者は嫉妬の塊です。女以上です」

私は答えた。

斉藤には人間という複雑な生き物がまだよく理解できていない。ここにいるこの私でさえお前に嫉妬し、お前の失脚を狙っているのだと告白したい思いに駆られた。

5

私はリバイアサン探偵事務所に来ていた。

美保は今日は赤いスーツで目の前に現れた。あまりの鮮やかさに私は圧倒された。

「素敵なスーツですね」

私は言った。心臓が高鳴るのを感じていた。この美保をいつか自分のものにしたい、と心臓の音は伝えているようだった。

「ありがとうございます」

美保は事務的に答えた。膝の上に書類を載せている。斉藤のことに関しての調査だろうか。

「何か分かりましたか」

私は訊いた。

「先週、斉藤さんを調査しましたが、極めて何もない人ですね。大銀行の常務さんとは思えない。お迎えの車が午前六時半に杉並《すぎなみ》の自宅に来て、出勤します。その時、奥様が玄関に見送りに出てこられます。なかなか落ち着いた美人の奥様でいらっしゃいます。車はスバル銀行の本店に午前七時十分から二十分には到着します。銀行内のことは分かりませんが、時々社用車でお出かけになり、それらはお得意先ばかりのようです。夜も宴会は嫌いな方のようで、この一週間はきちんと七時までにはお帰りになっておられます。写真はこれです」

美保は、テーブルの上に写真を置いた。かなりの量だ。私は手にとってそれを見た。出勤風景がかなりの精度で写っている。車に乗り込む姿、それを見送る夫人の顔、それらが斜め上からはっきりと写されている。

背筋が震えた。

「凄いですね。いったいどこからお撮りになったのですか」

「それは秘密です。こちらもご覧になります？　０９０さん」

美保は書類ファイルから一枚の写真を取り出した。

「これは……」

私の顔はきっと真っ白になっているに違いない。顔から血の気が引くのがはっきりと分かったからだ。

美保が笑っている。

「き、君。何を考えているんだ。こんな余計なことをして！」

私は写真をテーブルに叩きつけた。その写真は、私が自宅から社用車に乗り込むところだ。玄関の表札もはっきりと写っている。

「こんなことを頼んだ覚えはないぞ」

「あら、あなたがあまり素性を秘密にされるものですから、ある種の保険ですよ。お気になさらないで……。志波さん」

「もう調査はいい。打ち切りだ」

私は立ち上がった。

「まあ、そう興奮なさらないで。あなたはライバルである斉藤さんを引きずり下ろしたいわけでしょう。私の実力もお分かりいただいたところだし、契約をお切りになっていいの？」

美保は、私を見上げ微笑んだ。

「勝手に調査するような探偵事務所は信用できない」

　私は言った。美保が私に見せ付けるように足を組み替えた。白い太腿《ふともも》が私の目を射貫いた。目を背けた。

「志波さん、実力のある者を使わないと野望は達成できないと思いますわ。もし私が斉藤さんについたらどうなりますか？　あなたの写真はこれだけではないのですからね」

　美保は言った。私は急に膝の力が抜け、ソファに腰を落とした。

　美保の背後に何やら蠢くものが見えた気がした。入り口のドアに描かれていた巨大な海蛇のような怪獣だ。それは船を巻き込み、呑み込もうとしている。リバイアサンと呼ばれて怖れられた伝説の怪獣。その意味が分かった。美保は微笑みながら私を巻き込んで、深く暗い海に引き込もうとしているようだ。

「他にも私の写真があるのかい？　見せてくれるか？」

「見ない方がいいと思うわ。私はそれほど恐ろしい女ではないから、安心して」

　美保は私と直美が密会している写真などを持っているに違いない。

「分かった。僕の負けだ。信用しよう。君がいいパートナーであることを期待するよ」

　私は握手を求めた。美保は私の手を握った。冷たい手だった。

「私の目的はあくまでお金。あなたを見た瞬間に、通常の調査以上のお金になる気がしたの。だからちょっと余計なことをさせてもらったわ。必ずこの斉藤さんの弱点を見つけ出し、あなたの目の前から消してみせる協力をするから、成功したときは、別途これだけね」

美保は人さし指を立てた。

「百万かい?」

私は訊いた。

美保は笑顔で首を左右に振った。

「一千万よ」

美保の赤い唇が動いた。

「一千万……」

私は言葉を失った。

「安いものよ。あなたは出世を手に入れ、またあなたの安全も守れるのよ」

美保は微笑みながら言った。

「分かった……」

私は肩を落とした。

6

誰かが来たようだ。ドアをノックしている。

私はドアを開けた。直美だった。

「頭取にご決裁をいただいた書類を持ってまいりました」

「どうぞ中に入って……」

私は直美を執務室に迎え入れた。

直美の腰に手を回して、身体を引き寄せた。直美は、私との間を書類の束で遮った。

「ダメです。最近は盗聴マイクやカメラが仕掛けられているかもしれませんから」

直美は真面目な顔で言った。私は直美の腰に回した手を解いた。確かにそうだ。油断すると大変な罠《わな》に堕《お》ちる。私の脳裏にちらりと美保の顔が浮かんだ。

「斉藤は最近も頭取の部屋に出入りしているのか」

私は書類を受け取りながら訊いた。

「どうして？」

「この間、彼が頭取にこっぴどく叱られる場面に出会ったものだからね」

私は笑いを堪えながら言った。

「変わりないわよ。むしろ以前より頻繁にお会いになっているみたい」

「なんだって！」

私は持っていた書類を落としそうになった。あのときの八重垣の怒りからして当分の間、出入り禁止になっていると思っていたからだ。

「ほとんど連日、ちょっとした時間があればお二人で話をされているわ」

「秘書室長の私を差し置いてか」

「何か重要なことがあるみたいね。そういえば斉藤に押し切られて今度、ダイコーの木山社長と会わねばならないからスケジュールを取るようにと言われたわ」

「本当か！　頭取はどういう様子でそれを言われたのだ。不機嫌そうだっただろう」

斉藤が叱責《しっせき》を受けたのはダイコーの件だ。八重垣が喜んで木山社長に会うわけがない。

「何だか嬉しそうだったわよ。木山社長とは昔から親しい仲なので気が進まなかったけど、斉藤に押し切られたとおっしゃっていたわ。秘書室長のあなたに話がないのも不思議ね」

直美が首を傾げた。

「あの野郎」

私は思わずうめき声のように呟いた。

斉藤は外見に似合わずしたたかで打たれ強い。この間、八重垣から叱責を受けたのをうまく利用して、逆に取り入ったに違いない。なんて奴だ。このままダイコーの処理で得点を稼がせたら、あいつが私を追い越してしまいかねない。

「斉藤常務のことを頭取は間違いなくかわいがっているわね。あの人はあまり媚びないところがいいのじゃないの？」

直美はまるで斉藤を擁護するように言った。

「もういい。出て行け」

私は苛立ちを表に出した。

直美は、くすっと小さく笑いを漏らした。

「もう直《す》ぐに怒るんだから」

「なれなれしく喋《しゃべ》るな」

「もうひとついいことを教えてあげようと思ったのに、怒るから止《や》めにするわ」

直美は踵《きびす》を返した。

「ま、待て。なんだ、そのいいことというのは」

「教えて欲しい？」

直美はまるで私をいたぶるように微笑んだ。

「ああ、教えて欲しい」

「何か買ってくれる？」

「なんでも買ってやる」

「嬉しい！」

直美は私の首に両手を回した。

「セリーヌのハンドバッグ、お願いね。約束よ」

「約束するから早く言え」

私は直美の手を首から解きながら言った。

「斉藤常務はね、山口会長ともとても親しくされているの。こっそりとお部屋にお入りになるのを何度も見たわ。山口会長とほとんど関係を持たないあなたとは大きな違いね」

「うるさい。余計なことを言わなくていい」

「怒らないで。ところが最近は全く山口会長に近づこうとされないの。奇妙なくらい。かえって避けている風にさえ見えるほどよ」

直美は私の目を見つめた。この情報がセリーヌのハンドバッグに値する価値があるのかどうか見極めようとしている。

私はしばらく無言で直美を見つめた。そして微笑した。直美の顔にもほっとした表情が浮かんだ。

「いい情報だった？」

「ああ、とてもいい情報だった。バッグ買ってやるぞ」

「大好き！」

直美は顔を上げ、私の頰に唇をつけた。

直美は飛び跳ねるようにして執務室を出て行った。

「したたかな奴だ」

私は、斉藤の真面目でなんの特徴もない顔を思い出した。

山口に接触することは、八重垣の嫉妬を煽《あお》ることになるぞと私が注意したものだから直ぐに修正したのだろう。

「山口会長との距離を置くことで頭取の関心を繫ぎとめたのだ」

私は斉藤の切り替えの早さに驚くとともに、頻繁に山口の部屋に出入りしているという直美の言葉が蘇《よみがえ》った。

「あいつは以前から二股をかけているのだ」

スバル銀行の人事権のうち芙蓉銀行側は八重垣が握っている。その意味においては八重垣さえ押さえていればいい。さらに言えば、八重垣は東洋銀行側の人事にも強い影響力を及ぼしている。だから斉藤の行動は、八重垣の怒りに触れることはあってもそれ彼にとってなんのメリットもない。だから私は山口とは事務的な交流はあってもそれ以上のものはない。無駄だからだ。

東洋銀行側には次期トップ候補と言われる守田《もりた》浩《ひろし》常務と二宮清一郎《にのみやせいいちろう》常務がいる。ともに私と同じ年次だ。私からみて実力は、明らかに私より劣る。これは東洋銀行側からも聞こえてくる噂だ。東洋銀行の若手には、東洋銀行には人材がいないと嘆く者もいる。彼らが私を差し置いてトップに就く可能性はあるだろうか。それはまずない。なぜなら八重垣が拒否するからだ。八重垣は力の無い者をトップに据《す》えるほど愚鈍な人間ではない。

しかしそれは八重垣の力が強大であってこそ出来ることではないのか。近く交代する可能性があるなどと取りざたされ始めたら、八重垣の力が急速に衰えることはないだろうか。そうなればトップの条件は、八重垣に気にいられるというよりも、『八重垣、山口の両者に気にいられること』という条件に変化することが考えられる。

斉藤は、あの凡庸《ぼんよう》な顔で、八重垣の力が衰えた後のことを計算しているのだ。

「もしそうなら八重垣を怖れるあまり、山口と会うことを本当に止めているのだろうか」

私は疑問を口に出してみた。すると疑念が湧き上がり、止まらなくなった。

卓上電話を取った。リバイアサン探偵事務所の電話番号を指が押していた。

7

パレスホテルのロイヤルラウンジで美保を待っていた。窓からは皇居の堀を眺めることが出来る。気持ちのいい場所だ。

美保がやってきた。今日はクリーム色のパンツに白のブラウス。黒のジャケットという姿。それに縁のある眼鏡までかけている。

美保は私を見つけると、軽く手を挙げた。私は頷いた。

「今日は真面目なOLのようだね」

私はからかうように言った。

「外で会うのに目立ったら嫌でしょ」

美保は、微笑して私の前に座った。私と同じブレンドコーヒーを頼んだ。

「ターゲットの弱点が分かったわ」

美保は運ばれてきたコーヒーにミルクを注ぎながら言った。ターゲットとは勿論、斉藤のことだ。

「説明してくれ」

私は身を乗り出した。調査を依頼して三週間が過ぎたが、初めてのヒットだ。

「家庭よ。家庭に問題を抱えているわ」

「家庭って家族のことか？」

「そうよ」

「なんだ……」

私は軽い失望を覚えた。仕事優先の人間にとって家庭に多少とも問題を抱えていない者などいない。

「あら？　あまりお気に召さないようね」

「家庭の問題などたいしたことではない」

「あなたはね。とっくに壊れているようだから」

美保が意味ありげに微笑んだ。

「何を言っている。私の家庭はきちんとしている。家庭を治められないようなものに企業は治められないというのが持論だからね」

「おみそれしました。でもターゲットの場合は深刻のようね。息子の問題なのよ」

美保が話し始めた。

ある夜、斉藤の自宅でなにやら罵声《ばせい》が聞こえ、若者が飛び出してきた。それを追いかけて斉藤も飛び出してきたが、すでにその若者は闇夜に消えていた。その若者が斉藤の次男の靖《やすし》だった。

斉藤には二人の息子がいた。長男は東大法学部四年生で司法試験を目指しているが、次男は高校三年生。不登校で深夜に盛り場で遊んでいる。

「それで？」

私はあの真面目な斉藤が闇夜に消える息子の背中を見て、深いため息をついている姿を想像して興味が湧いてきた。

「私のスタッフが靖との接触に成功したの。渋谷のクラブでね」

「それはたいしたものだ」

私は感心しつつ、あの斉藤や私の写真といい、美保はいったい何人のスタッフを持っているのか恐ろしくなった。何せ事務所に行っても、いつでも彼女以外いたことがないのだから……。

「靖はターゲットを憎んでいたわ。よく出来る長男といつも比較ばかりされたのが苦痛だったそうよ」

「よくあるケースだ。両親の愛情を独り占めする長男に嫉妬したんだろう。勉強では両親の注目を集められないから、不良になることで関心を得たいと思ったのだろうね」

「まさにその通りよ。スタッフが酒を飲ませて聞いたところ、中学くらいから悪くなり始めたらしいのよ」

「ターゲットに家庭の問題があることは分かった。しかしそれで彼を引きずり下ろすことはできないだろう？」

「息子がいなくなってしまったらどうなると思う？」

美保は怪しげな笑みを浮かべた。何を企《たくら》んでいるのだろうか。絶対に犯罪に手を染めることはしたくない。

「どういうことだ？　まさか誘拐をするというのじゃないだろうね」

私は恐る恐る訊いた。

「まさか」

美保は愉快そうに笑った。

「笑うことはないだろう。君のことがいささか怖くなったのさ。あまりにも仕事ができるからね。言っておくが、僕は犯罪者にはなりたくないからね」

「私の仕事を認めてくれてありがとう。クライアントを犯罪に追い込むなんてことはしないわ。私はね、人の世の嫉妬が渦巻くところで仕事をさせていただいているのよ。嫉妬の感情がなくならない限り仕事はなくならないってわけね」

「君の仕事に対する考えは分かったから計画を聞かせてくれ」

私は美保を促した。

「ターゲットの息子靖には恋人がいるのよ。同じ高校の一年後輩。でももう学校には行っていない。靖は彼女と結婚したいと考えているわ」

「結婚？　十八歳と十七歳で？」

「そうよ。純粋じゃないの。美しいわ。私にもそういう時代があったわね……」

美保はうっとりと目を細めた。

「当然、ターゲットは反対だろう」

私は言った。美保の感慨などに付き合ってはいられない。

「勿論よ。それが連夜の大騒ぎの理由なの。ターゲットが接待をあまり受けないで帰宅を急ぐのは靖の問題があるからね」

「それで息子がいなくなるというのは？」

「靖とその恋人を私たちの手で駈け落ちさせてやるのよ。そうなればターゲットは息子が心配で、まちがいなく仕事が手につかなくなるわ」

美保は自信たっぷりに言った。

私には子供がいない。妻との関係も微妙に緊張している。直美という存在に気づかれてはいないと思われるが、女のことだ、ひょっとしたら勘づいているかもしれない。私には必死で守るべきものがないといえるかもしれない。

その点、斉藤は違う。守るべきものが大きい。そうであれば美保の言うとおり目の前から子供がいなくなれば、仕事どころではなくなるに違いない。

「そんなにうまく行くのか？」

「スタッフが靖に接触した感触ではうまく行きそうよ。アパートの世話を頼まれたらしいから」

「わかった。費用は請求してくれていい。ターゲットがのた打ち回るほど悩むことを期待している」

「まかせて」

美保は自信有り気に眼鏡のフレームを指先で摘んだ。

「ターゲットの日常監視の中で、この男と接触するようなことがあれば、至急連絡してくれ。写真も頼む」

私は美保に山口の写真を渡した。

「山口会長ね……」

美保は唇を細く赤い舌で舐《な》めた。まるで獲物を見つけた蛇そのものだった。

この女、なんでも調べていやがる。私は思わず背筋が寒くなった。

8

八重垣のところに一通の封書を直美が届けた。その中には一枚の写真が入っていた。

それは山口と斉藤が赤坂の料亭「菊乃井」から出てくるところだった。二人とも酒に酔っているのか、にこやかに笑っている。夜にも拘《かか》わらずはっきりとした写真だった。

「こんなものが届いておりました」

直美が封筒と写真を八重垣に差し出すと、八重垣は顔をみるみる耳まで真っ赤にしてその写真を机に叩きつけた。

「これはどこから来た？」

「わかりません。頭取にお渡しする書類の中に入っておりました。いつもどおりチェックいたしましたが、差出人がございませんでしたので、妙だと思い開封させていただきましたら、その写真が入っておりました」

「わかった。直ぐに志波常務と斉藤常務を呼んでくれ」

八重垣は直美に命じた。

以上は、直美が私を迎えにきたとき話した内容だ。

私は、なんと美保は手回しがいいのだと感心した。写真が手に入ったと私に連絡があったのはつい数日前だ。実はまだその写真を見ていない。どう利用するかも何も考えていなかった。それを美保は実行に移した。封書にして八重垣に直接届くように仕向けたに違いない。

八重垣の執務室にはすでに斉藤が座っていた。斉藤は最近、生彩を欠いていた。黒縁眼鏡の奥の目は窪《くぼ》み、隈《くま》さえできていた。いつもへアークリームできっちりと整えられていた髪の毛も時折、乱れていることがあった。

周囲の者たちは、ダイコーの処理で忙殺されているからだと噂していた。

「遅れて申し訳ありません」

私は執務室に入るなり、八重垣に謝罪した。

八重垣は、斉藤と対峙《たいじ》してソファに腰掛けていたが、怒りに震えた目つきではなく、どこか悲しい目で私を見つめた。

「呼び出して悪かった」

私は、てっきり怒りに全身を焦がしているとばかり思っていたものだから、八重垣の意外な姿にかえって恐ろしさを覚えた。

「どうかなさいましたか」

「裏切られたのだよ、この男に」

八重垣は、斉藤に視線を移した。

「斉藤常務、何があったのですか」

私は斉藤に訊いた。

斉藤も悲しい目で私を見つめた。

その時、私は、心の奥で、なにやら激しいものが蠢くのを感じた。それは黒い塊になったり、大きく鎌首を持ち上げて、内側から私の身体を食い破ろうとしたり、ようやくのことで私の理性が抑え込んでいるものの、このまま抑えきれるか自信を持てなかった。

　これが嫉妬というものだ。私はこの気が狂ってしまいそうになる感情の本物の姿を知った。

　八重垣と斉藤の二人の目が同じ悲しみの感情を湛《たた》えている。このことを私は許すことが出来ない。私が想像していた以上に、八重垣は斉藤に心を許し、斉藤は八重垣に心を預けている。私が入り込める余地がないほどに……。

　この男は、これほどまでに八重垣の心を摑んでしまっていたのだ……。

　私は、目から嫉妬の黒い蛇の鎌首が覗《のぞ》くのではないかと思うような目つきで斉藤を睨《にら》みつけた。

「この写真です」

　斉藤は悲しげに言った。

　それは、山口と斉藤が談笑しながら料亭から出てくるところを写した写真だった。料亭の入り口には小さく菊乃井という文字が見える。京都に本店のある菊乃井が東京に出した店だ。本格的な京都の和食でありながら、創作意欲に富んでいるとして評判が高い。

「これは山口会長と斉藤常務ですが、この写真がなにか？」

私は感情を押し殺して八重垣に訊いた。

「君は分からないのか。何も感じないのか。この二人のこの笑顔を見て、何も感じないのか」

八重垣が呻くように言った。私は無言で、ただ低頭していた。

「この二人は私を陥れようとしているのだ」

八重垣は一転して、激烈な口調になった。

「何を、何をおっしゃいますか」

斉藤は身体を浮かせ、いまにも八重垣に取りすがりそうな勢いだ。

「しらばっくれるな。君には山口に必要以上に近づくなと申し渡していたはずだ。今は大事な時期なのだ。このスバル銀行が芙蓉主導になるか、それとも東洋主導になるかの瀬戸際なのだ。芙蓉主導になることは君にもメリットがあることだ。だから君には親切に忠告したはずだ。それを君は無視して、私以上に親密に山口とつるんでいる。この写真が何よりの証拠だ」

「私は頭取のご指示に反したことなどありません」

「それではこの写真は何だ。何を相談していた。せいぜい私をどう追い詰めるかを相談していたのだろう」

八重垣は染みが浮き出たこめかみ辺りをぴくぴくとさせた。

「これはたまたま山口会長が、ダイコーのことで苦労している君を慰労したいと申されて、たまたまでございます」

斉藤は今にも泣き出さんばかりの顔になった。

「何が慰労だ。ダイコーで苦労しているのはこちらの方だ。私は言いたくもない嫌なことを木山社長に言った。それは激しいやり取りだった。この場で再生機構入りを承諾しなければ、融資を打ち切るぞと脅したのだから。木山とは昔から親しい。彼がダイコーの社長になり、再建に踏み出したとき応援したのは私だからな。それが数年後に、お互いを罵倒しあうような仲になろうとは……」

八重垣は、両手で顔を覆った。

「申し訳ございません。頭取にお辛い思いをしていただくことになりました」

斉藤は呟くように言った。

「どうして木山に腹を切れとまで厳しいことを言ったのか。それは君がそれを望み、それがスバル銀行、いや芙蓉銀行にとって最良の選択だと言うからだ。そうでなければ木山にあんな酷《ひど》いことを言わなかった」

「申し訳ございません」

「君は、私に言った。ここは木山との長年の交誼《こうぎ》を捨てて金融庁に味方して欲しいと。そうでなければ金融庁は、芙蓉銀行が長く解決できずにいる緊密先の不良債権を一気に償却しろと迫ってくる。そうなれば赤字決算を強《し》いられ、私は無惨にも引責辞任を迫られる。だから私は敢《あ》えて鬼のようになって木山を追い詰めたのだ」

八重垣は、息を切らすほど激しく言った。

「そこまで頭取を追い込んだのか」

私は斉藤をなじった。

「追い込んだのではありません。客観的な情勢を申し上げただけです」

斉藤は言った。

「まだそんなことを言うか。私は奇異に思ったことがある。めったに話しに来ない山口が、この件に関して私を訪ねて来て、君と同じ事を言った。金融庁に今回ばかりは味方したほうがいいねとな。まるで茶のみ話のように話して行った。あれもこれも皆、君の差し金なんだな」

「頭取が、木山社長と話すのを迷っておいででしたので斉藤常務は色々と画策し、外堀から埋めて行ったのでございましょう」

私は淡々と言った。

「私がダイコーの処理に全面的に出て行った挙句《あげく》、彼らが経済産業省をバックに巻き返しに成功したとしようか。それは結果として私の失敗だ。そうなれば山口が力を持つようになる。次期トップが芙蓉、東洋どちらになろうと君は安泰だ。見損なったよ。

そこまで保険をかけた人生を歩んでいたとはな！　笑止だ！」

八重垣は声を荒らげた。

私は写真を手に取った。よく撮れている。闇夜に撮ったとは思えない。フラッシュも焚《た》かずにこれほど高感度で写真を撮れるということは、まるで軍隊かスパイの仕事だ。

「私は、君のことを信頼していた。しかし君が私を離れて、山口を選ぶならそれでもいい。君の自由だ。勝手にすればいい」

八重垣は私の手から写真を奪い取ると、音を立てて細かくちぎり、斉藤の頭上から、それを撒《ま》いた。細かくちぎられた写真は、斉藤の頭の上に落ち、髪の毛を覆った。それを払い落とすに落とせず斉藤はうずくまっていた。

もう終わった。これ以上何もしなくとも斉藤は八重垣から完全に見離されるだろう。あんな写真一枚で、八重垣がこれほどまでに怒るとは思いもよらなかった。斉藤のことを信頼していた度合いが尋常ではなかったのだろう。むしろそのことが分かった事のほうが、私には悔しかった。私は、間違いなく斉藤ほど八重垣から信頼され、愛されてはいなかった。

斉藤が失脚したからと言って、八重垣の思いをこちらにひきつけることができるだろうか。八重垣が斉藤を見つめるなんともいえない悲しい目つきが、私を苛立たせた。

9

私は、美保に、全ては私の思い通りになったと告げ、斉藤の息子、靖に関する作戦を中止したらどうかと相談した。

「もう動き出したわ。止まらない」

美保は冷たく言った。

すでに靖は家を出て、恋人と一緒に美保のスタッフが用意したアパートに住んでいるという。

私は銀行で斉藤に会うのが辛くなった。私にもそうした他人をいたわるという人並みの感情があるらしい。斉藤は日に日に弱っていった。顔つきもどす黒くなった。黒縁眼鏡の奥の目も虚《うつ》ろだった。明らかに靖がいなくなったことがこたえているに違いない。八重垣の怒りもまだ解けていないのが、斉藤の心をさらに暗いものにしていた。

私は斉藤に、具合でも悪いのかと訊いた。

「恥ずかしい話ですが、息子が家出をしました。このところ、ろくなことがありません。なんだか何もかもがうまく回転しないのです」

斉藤はやつれた顔を私に向けた。ぼんやりと開いた口からは死臭が漂ってくるようだ。

「また良い事があるよ。気を落とさずに」

私が言えることはそれだけだった。

しかし私には一つできることがある。美保との契約を破棄することだ。そうすれば靖の居場所を斉藤に教えることができる。

私は、契約を破棄できないかと美保に相談した。

「それでいいの？」

美保は冷たい声で言った。

「また依頼するときは、改めて頼む。だから斉藤に靖のアパートの場所を教えてやってくれ。そうでないとあの男は心労で倒れてしまうだろう」

私は言った。

靖が恋人と逃げ込んでいるアパートの家賃は、美保のスタッフが支払っている。ということは、実質的には私が支払っていることになる。したがって私が契約を破棄すれば、靖たちはそこには住めないはずだ。

「ここで気を緩めると、ターゲットは必ず復活してくるわよ」

美保は言った。確かに可能性はある。完膚《かんぷ》なきまでに叩かねば、子供に心配がなくなれば斉藤は再び八重垣に取り入るかもしれない。

「それでもいい。見るに見かねる」

「甘いわね」

美保の笑い声が聞こえる。

「なんとでも言ってくれ」

私は投げやりに言った。

「でも何があっても私の責任ではないわよ。あなたとの契約はこのままにして、子供の居場所だけターゲットに伝わるようにするわ」

美保は口角を引き上げるようにして笑った。美し過ぎて、かえって不気味な印象だ。

「何か起きるのかい？」

「私にもわからない。でも若い二人は今、楽園にいるのよ。二人だけのね……」

美保は何かを思い浮かべるように上目遣いになった。美保には未来が見えているのだろうか。

＊

斉藤が靖に刺されて、大怪我をしたという情報が私に届いたのはまもなくのことだった。

斉藤は、靖の住むアパートを訪ねた。そこで激しい口論になり、靖の持っていたナイフで刺されたのだ。

美保が予言していたのはこのことだった。

私は美保に斉藤が靖に刺された事実を伝えた。

「私はターゲットに息子のアパートを知らせた。一方で息子にもターゲットが連れ戻しに来ることを伝えた。まるでアダムとイブを楽園追放の罠に嵌めた蛇のようね。私は幸せを見ると嫉妬するのよ」

美保は薄く笑いながら言った。

私はその笑みを見ていると恐ろしくなり、

「私には嫉妬しないでくれ」

と頼んだ。

「あなたは大丈夫よ。十分不幸な人だもの」

美保は声に出して笑った。私の周りに寒々とした空気が流れるのを感じた。

第三章　暴食――ベルゼバブ

1

おかしい。なんてことだ。斉藤が復活して来るかも知れない。

私は直美の話を聞いて、直感した。直美は私の執務室にやってきて、斉藤が息子の靖に刺された事件での八重垣の様子を詳しく話した。八重垣はその情報を得たとき、我を忘れるほど慌てた。病院はどこだ！　怪我の程度はどうなのだ！　と直美にも詳しい情報を入手するように命じた。斉藤は、ナイフで腹部を刺されたのだが、幸いにも内臓を傷つけられなかったために、思ったほど深手を負っていなかった。

直ぐに入院先の病院に見舞った八重垣は、事件が警察沙汰《ざた》にならないように手配することを斉藤に約束した。

斉藤は、横たわっていた身体を無理に起こし、八重垣に何度も何度も頭を下げた。私が悪い、息子は悪くない、この傷は事故だ、と必死で八重垣に訴えた。八重垣は、悲しそうな笑みを浮かべながら、わかったと明言し、斉藤を安心させた。重要な部下を、こんなスキャンダルで失いたくないという気持ちがありありと出ていたらしい。聞けば聞くほど、悔しさを通り越して腹立たしささえ感じるほどだ。

「それで息子は逮捕されなかったのか」

私は直美に訊《き》いた。よほど険悪な顔をしていたのだろう。直美は僅《わず》かに怯《おび》えた表情を向けた。

「頭取は、すぐに国家公安委員の一人にコンタクトを取ったのよ。そうしたら靖さんは、直ぐ警察から解放されて自宅に戻ったそうよ」

「彼と付き合っていた女性はどうした？」

「詳しいことはわからないけど、あの家庭は雨降って地固まるという具合に上手《うま》くいくのじゃないの。頭取もそんなことを言っておられたわ。私に、人生は災い転じて福となすだなと嬉しそうな顔をされて……」

「斉藤は頭取に、心底感謝しているだろう」

「そりゃあもう、身も心も捧げても良いと言っているそうよ」

「かえって今回の事件は、斉藤にプラスに働きそうなのだな」

「頭取にもね」

直美が意味ありげに微笑《ほほえ》んだ。

「どうして頭取にもプラスになったのだ」

「噂《うわさ》は聞こえていないの？　ダメね。行内にアンテナを高く上げていないといけないわよ」

「もったいぶらないで教えてくれ」

「八重垣頭取には情があるということになったのよ。今まで冷酷、冷徹のイメージがあったのに、今回の一件で斉藤常務に対しての思いやりが好感度をアップさせたってわけ」

「まさか、好感度がアップしたからって八重垣頭取続投論が出ているわけではあるまい」

「そのまさかになりそうよ。旧芙蓉銀行にとって斉藤常務は有力なトップ候補。あなたには悪いけどね」

直美は注意深く私の様子を窺《うかが》いながら話を続けた。

「その斉藤常務が健康を回復して復活してくるまで、徒《いたずら》に人事争いをしないほうがいいのではないかと皆が思っているわけ。それならばもう一期二年をやってもらったほうがいい。あるいは一年でもいいからという声があがっているの」

「それはどの辺りの意見だ。まさか役員たちではあるまい」

「勿論《もちろん》、本部の若手たちよ。でもこの意見は、旧芙蓉、旧東洋問わずに聞こえてくるわ。それほど今回の斉藤常務に対する頭取の情の深さは、強い印象を与えたのよ」

「転んでも只《ただ》で起きない人だ。頭取は……」

私は、直美に背を向けた。目の前の窓からは遠くに東京湾が霞《かす》んで見えた。

「私、行くわ」

直美が言った。

「また情報を頼む」

私は背を向けたまま言った。

「今度、美味《おい》しいお寿司が食べたいな」

「ああ、またな……」

私は、あまり気乗りしない返事をした。

「そうそう言い忘れたわ。斉藤常務の息子さんに、同棲するためのアパートを提供した人がいたの。また、誰か知らない人から斉藤常務に電話があって、息子さんのアパートを教えてくれたらしい。その電話を信じて、出掛けていったら今回の事件になったという話よ。これは頭取が斉藤常務から聞いたと言って話してくれたわ」

直美は淡々とした口調で言った。

私は、背筋に鳥肌が立つかと思うほどゾクゾクとした寒気が走った。直美に背を向けていてよかったと思った。もし相対していたら、私の表情がみるみる強張《こわば》っていくのがわかっただろう。

背後でドアの閉まる音が聞こえた。直美をスパイのように使っていることにいい気持ちはしないが、使えるものは何でも使わねば、権力は握れない。

それにしても八重垣はしたたかだ。直美の話をそのまま受け止めると、自分の側近であった斉藤のスキャンダルを自分自身の延命に利用している。なにが情のある頭取だ。非情であるからこそ情があるように演ずることができるのだ。

「美保に連絡しなくては……」

リバイアサン探偵事務所の川嶋美保に今回の斉藤失脚のシナリオを書かせたわけだが、結果について連絡しなくてはいけない。

もう美保とは縁を切りたいという気持ちがないわけではないが、私のことを知られ過ぎている。こうなったらとことん味方にする以外にない。敵に回すと問題が噴出するかもしれない。

それに……。

私は、窓ガラスに映る自分の姿に美保の見事な肢体を絡めさせていた。

2

八重垣に呼ばれて頭取執務室に行ってみると、そこに一人の恰幅のいい外国人がいた。アメリカ人のベルゼバブ・フライだ。百八十センチ以上もある長身に、筋肉で盛り上がった厚い胸、柔らかいウエーブのかかった金髪、顔立ちはハリウッド俳優のリチャード・ギアに似たソフトな印象だ。年齢は、推定四十四、五歳といったところだ。

「志波さん、お久しぶりです」

ベルゼバブは流暢《りゅうちょう》な日本語で話し、柔和な笑みを浮かべた。

私は、警戒心を顔に出さないように気を配った。

「ベルゼバブ、お元気でしたか?」

私は握手のために手を差し出した。ベルゼバブは私の手を包むように握った。

この男は柔和な二枚目だが、あなどってはいけない。初めて出会ったのは数年前だ。ベルゼバブ・フライは、世界最大の投資銀行であるシルバーマン・ブラザーズの日本支社長であり、日本での投資銀行業務を統括していた。

芙蓉銀行がまだスバル銀行になる前に八重垣に接触して来た。その時のシルバーマン・ブラザーズの狙いは芙蓉銀行の不良債権だった。

「彼らは蠅《はえ》だよ」

八重垣が、ベルゼバブと出会った後に言った言葉だ。

「蠅ですか?」

私は訊き直した。

「ああ、蠅だ。腐った食べ物にたかる、あのうるさい蠅なんだ。やつらは腐った食べ物に黒山のようにたかってくるが、まだ腐りきっていない食べ物にもたかってきてすっかり腐らせてしまう。貪欲《どんよく》というか、暴食というか、なんでも喰ってしまうのだ」

八重垣ははき捨てるように言った。

「しかしベルゼバブ・フライとは妙な名前ですね。フライというのも蠅ではありませんか」

私は、柔らかな金髪のいかにも女性にもてそうなベルゼバブを思い出しながら言った。

「彼はいったい本名は何なのかはわからない。わかっているのはシルバーマン・ブラザーズの日本支社長であることだけだ。国籍もアメリカ人のはずだが、節税のためなのかカリブ海の小さな島国のタックスヘイブンに移している」

「ほう……」

私はため息をついた。税金逃れのために国籍を移すぐらいの収入を得てみたいものだ。

「ベルゼバブというのは古代ヘブライで悪魔の名前らしい。そうあいつが説明していた。悪魔学における七つの大罪の内の暴食を象徴するそうだ。愉快な名前なので名乗っていると言っていた」

八重垣は、ふっと笑みを洩らした。

「悪魔の名前を愉快だから使うとは、悪趣味ですね。さしずめ蠅の王というところですか？」

私の問いかけに、八重垣は明るい顔になって、

「そうだ、そうだ。蠅の王だ。あいつは蠅の王だ。腐った食べ物を用意してやらねばならぬ」

と言った。

ベルゼバブは、日本流の接待などにも才能があった。そうした外国人には煩わしいと思われるビジネスの手順をきちんと踏んだ。

八重垣にベルゼバブを紹介したのは、大手通信機メーカーの社長だったらしい。

「良い男だ」

そのメーカーの社長は言ったという。

大手通信機メーカーがフランスの同業者を買収するM&Aを実施したとき、ベルゼバブが間に入った。その時は不良債権ビジネスではなかったのだ。日本経済は好調で、そのメーカーも一兆円近い金額を提示しての企業買収だった。

他の並み居る投資銀行を差し置いて、ベルゼバブが率いるシルバーマン・ブラザーズに決まったのは、その「接待」だった。

八重垣の話によると、ベルゼバブはそのメーカーの社長に「女」を紹介したらしい。それも飛び切りの上物だという話だ。

最近は経理の透明性が重視され、社長といえども勝手な金など一銭も使えないのが当たり前になった。昔、会社の金で女房の下着を買ったという公私混同で社長の座を失った人間がいたが、今はさらに金銭的な公私混同は絶対に許されない。

「何のために社長になったのだ」と嘆く人間もいるが、オーナーならいざ知らずサラリーマンから社長になった人間は責任の重さの割に報われない。

そこがベルゼバブのつけいるところだった。彼は、絶対に取引を獲得しようとする相手に「裏金」や「女」を提供した。それも恒常的に。ベルゼバブから渡されるゴールドとブラックが配色されたカード、通称ゴールド・ブラックを持っていれば、いつでもどこでも上物の女が接待にやってきて、とびきりの酒と料理を楽しむことが出来る仕掛けになっていた。

そのメーカーの社長もそのゴールド・ブラックを渡され、魂を抜かれてしまったようだ。女と遊ぶ資金は、ベルゼバブの個人の財布から出ており、シルバーマン・ブラザーズとは一切関係がない。そのためメーカーの社長も公私混同に問われることなく、卑近な表現を使えば、『奢《おご》ってもらっている』状態と言えるだろう。

「本当ですか」

私は、八重垣の説明に首を傾《かし》げた。

「信じなければそれでいい。そのメーカーの社長も今の話を説明してくれたわけではない。ただ昔から蠅は、人の魂を霊界に運んでいくという言い伝えがあるからね。ベルゼバブの辣腕《らつわん》が創った伝説かもしれない」

八重垣は、にやりと笑った。

ベルゼバブを「蠅だ」と切り捨てた割に八重垣は彼を重用した。

バルクセールという、何本かの不良債権を纏《まと》めて二束三文で叩き売る案件が経営会議に提案された。それは既に売却先の投資銀行が決まっている案件だった。しかし八重垣は、それをシルバーマン・ブラザーズに変えた。担当部長が、苦汁を嚙《か》み締めてもお構い無しに「変えろ」と言った。私は、その度にベルゼバブのゴールド・ブラックを持たされたのではないかと疑った。

このようにベルゼバブは八重垣に上手く取り入り、当初はたいした金額でない不良債権ビジネスだったが、次第に大きな金額を扱うようになっていた。

ところが八重垣に食い込んでいるからといって、ベルゼバブは決して横柄でもなく、傲慢《ごうまん》でもない。いつも柔和な笑みを湛《たた》えて、流暢な日本語で腰が低い態度は変わらなかった。

「今回はどんなビジネスですか。当行も不良債権は処理し終えましたから、あまりビジネスチャンスは残っていませんが……」

私は言った。

「今度は銀行です」

ベルゼバブはにこやかに笑った。

3

八重垣が自分の横を指差した。座れというのだ。

私は、言われるまま八重垣の横に座った。

「東亜菱光フィナンシャル・グループがＷＢＪと交渉を開始しています」

ベルゼバブは柔らかい金髪を手で梳《す》いた。

東亜菱光フィナンシャル・グループ（ＦＧ）は、東亜銀行と菱光銀行とが合併した東亜菱光銀行に菱光信託などが統合して出来たグループだ。一方、ＷＢＪは四和銀行と海道銀行が合併して、それに四和信託などが一つのグループを作ったものだ。

「それは本当ですか」

私は、八重垣を差し置いて口を挟んでしまった。

「私は嘘は言いません」

ベルゼバブは微笑した。これほどの情報をもたらしながら、よく微笑していられるものだ。

「東亜菱光ＦＧは相当にしたたかで、なんでも食べたがる暴食の罪を犯そうとしているようですな。まるで私のように、ここぞと思ったらあらゆる手段を使って喰らいついてきます」

ベルゼバブは、真っ直ぐに八重垣を見つめた。

「ＷＢＪはダイコー問題で経営が悪化している。金融検査も入っているだろう」

八重垣が私に訊いた。

「おっしゃるとおりです。金融庁の特別検査は異例の長期に及び、多くの取引先企業の引き当て不足が指摘を受けました。ダイコーに関していえば、まだまだ予断を許しませんが、頭取のご発言などもございまして産業再生機構に持ち込まれる様相を呈しております。そうなりますと巨額の赤字決算は必至の状況です。赤字になりますと、ルールに従って経営陣の退陣を含む異常事態に陥ります。そのためＷＢＪはやむを得ず虎の子であったＷＢＪ信託、元の四和信託ですが、これを芙蓉信託に三千億円で売却する計画が進行しているはずです」

「芙蓉信託の倉敷丈《くらしきじょう》太郎《たろう》社長は、東亜菱光ＦＧが接触をしていることを知っておるのか」

八重垣はベルゼバブに鋭い視線を据《す》えた。

「あの社長は、なかなかの自信家ですから、もし情報が入っていたとしても問題にしていないでしょう」

ベルゼバブは答えた。

「問題にしていない？　その通りだ。倉敷社長は、いつも自信たっぷりだからな」

八重垣は言った。

「芙蓉信託がＷＢＪ信託を買収した後の人事まで既に決まっています。新信託の社長には、ＷＢＪ信託の社長が就任します。本人は相当に満足しているという話ですが……」

私はベルゼバブに疑問を呈した。

「裏切りはビジネスにつきものです」

ベルゼバブは私を見つめた。

「倉敷社長は吝嗇《りんしょく》家だから、なかなか良い値段を出さないのだろう。本気でＷＢＪ信託を買いたいくせに、いざとなるとなんとか安く買おうと四の五の言っているに違いない。東亜菱光ＦＧに良いところを持っていかれて泡を食うところを早くみたいものだ」

八重垣は嬉しそうに相好《そうごう》を崩した。

八重垣と芙蓉信託の倉敷とは必ずしも上手く行っていない。同じ芙蓉財閥の金融機関同士なのだが、両者の強引な性格が災いしているのだ。八重垣も東洋銀行と合併するに当たって倉敷になんの相談もしなかったし、倉敷も同じだ。今まで経営戦略で八重垣と協議したことはない。そのことが幸いして芙蓉信託がバブルにまみれなかったという人がいるくらいだ。芙蓉銀行と組んでバブル期の営業をしていたら、今頃、どれだけ巨額の不良債権に苦しめられていただろうか、というのだ。

だから八重垣は、もしここでトンビに油揚げをさらわれるように東亜菱光ＦＧがＷＢＪ信託をさらっていけばと、倉敷の慌て振りを想像するだけで楽しくてたまらないのだ。

「暴食漢の東亜菱光ＦＧは、信託だけではなくＷＢＪ全体を吸収したいと考えています」

ベルゼバブは淡々と話した。

「まさか！」

八重垣は驚きながらも、余裕の笑みを浮かべていた。

私は、ベルゼバブの落ち着いた顔を見ていた。この顔はいい加減なことを言っている顔ではない。それに東亜菱光ＦＧにしてみれば、グループ内にある菱光信託のためにＷＢＪ信託を買収するだけでは、面白くないに違いない。やはりこの際、ＷＢＪ全体を吸収したいと考えるはずだ。私の得ている情報でもＷＢＪの財務内容は相当に傷んでおり、信託売却程度では立ち行かないのではないかというものだった。

私は八重垣の顔を見た。ベルゼバブからもたらされた貴重な情報を、どのように整理したらいいのかを頭の中で巡らせているようだ。私はここで一気に八重垣を攻めなくてはならない。斉藤が完全復帰をしてくる前に、八重垣の後継者としての地位を完全なものにする必要がある。かつ八重垣に大きな成功をもたらし任期延長をさせてはならない。八重垣の信任を得つつ、八重垣を失脚させるという難しい役割をこなさなくてはならないのだ。

「ＷＢＪのような公的資金が二兆円近くも残っている不良債権の巣窟を、あの健全性の高い東亜菱光ＦＧが吸収するものか。それは愚かな選択だ。それに気風が違いすぎる。片や貴族を自負する銀行、片や野武士だぞ」

「頭取、ベルゼバブ氏の言うことは確かでしょう。もし東亜菱光ＦＧがＷＢＪの全てを吸収したとしたら、総資産二百兆円もの巨大な金融機関が誕生することになります。もはや到底どの金融機関も追いつけるものではありません。死に体になりそうなＷＢＪを、今まで眠っていた東亜菱光ＦＧが一気に食べに行くというのはありえる話です」

「しかし、芙蓉信託との契約はどうなるのだ？　信義にもとる行為としてＷＢＪの経営陣の評価は地に落ちるぞ」

「たとえ地に落ちようとも、芙蓉信託からの売却資金三千億円をもってしてもＷＢＪにとって焼け石に水だったとしたら……。背に腹は代えられないと思います」

「確かに志波の言う通りだ。倉敷社長は三千億円など払うつもりがない。なんだかんだとデューデリデンス（資産査定）ばかりに時間をかけて値切る算段なのだ。あの男はいつもそうだ。石橋を叩いて壊すくらいの男だ。そんな男を相手にしているくらいだったら、この際、東亜菱光ＦＧの話に心を動かすだろう」

「以前、ＷＢＪは東亜菱光ＦＧに統合を打診したことがあるようです。しかしその時は、東亜菱光ＦＧは断りました」

ベルゼバブが言った。

「東亜菱光ＦＧの考えは、分かっている。腐る寸前の美味《うま》い肉を思う存分喰らおうとしているのだ。奴らは、腐った食べ物にたかる蠅だ」

八重垣がベルゼバブと私を睨《にら》むように見つめた。

「蠅の王が蠅の情報を持ってきたわけです」

ベルゼバブが声に出して笑った。

「頭取、われわれスバル銀行も蠅になるべきです」

私は言った。

「なに？　スバル銀行も蠅になれというのか？」

八重垣が私の目を見つめた。

「そうです。これほど美味しい食べ物を目の前にして、東亜菱光FGに独り占めさせることはございません。芙蓉信託と共同戦線を張り、参戦いたしましょう。私たちこそWBJを思う存分、食べつくしましょう」

「志波さんの言う通りです。私の考えも同じです。腐ったWBJを栄養にできるのは、八重垣さん、あなたしかいません」

ベルゼバブは、私を気にしながらも強い口調で言った。

「わかった。このままだと東亜菱光FGが巨大な、メガの上を行くギガバンクになり、我々スバル銀行がどうあがいても追いつくのは無理だというのだな。それならばこちらでWBJを食えと。それにもし芙蓉信託の倉敷が裏切られるとするならば、その支えになってやってもいいな。あの情の薄い倉敷でも、私に感謝してスバル銀行グループに参加すると言うかも知れん。まあそれは私とあいつが権力の座から降りてから実現するだろう。私たち二人が元気な間はちと無理だろうが、恩を売っておくにしくはないな」

八重垣は、ゆっくりと言葉を噛み締めた。

私は、気持ちが徐々に高まってきた。八重垣の顔に精気が満ち始めたからだ。八重垣は、間違いなくやる気だ。WBJを食いに行くだろう。私はそれを支援しつつも、八重垣が失脚するように巧妙に立ち回らねばならない。もしこれに成功でもすれば、八重垣の支配がまだまだ続くことになり、私は出番なく朽《く》ち果てるだろう。そんなことが許されてはならない。実際のところ、頭取の座に就くまでは八重垣は私の傀儡《かいらい》のようなものだったのだ。それが権力を握った者の強みとして、私を凌《しの》ぎ始めただけなのだ。

私は、自信ありげに言い、ベルゼバブと視線を合わせた。

「頭取、私がベルゼバブ氏と入念なシナリオを書いてみせましょう」

「やりましょう。我がシルバーマン・ブラザーズは、八重垣頭取の忠実な僕《しもべ》として働くことをお誓い申し上げます」

ベルゼバブが深く低頭した。

八重垣がそれを見て、満足げに微笑した。

4

美保との待ち合わせはパレスホテルの地下二階にある「和食堂　和田倉」だった。

私は、周囲に目を配りながら階段を下りた。

ホテルの地下とは思えない石庭風の入り口に、和服の仲居たちがにこやかに迎えてくれる。

「志波だが……」

「お待ちしておりました。お連れ様はお待ちでございます」

私は、美保が既に来ていることに驚いた。午後一時の待ち合わせなのだが、まだ約束の時刻まで十五分もある。

仲居が先導して個室へと案内してくれる。

「こちらです」

仲居が障子戸を開けると、鮮やかな萌黄《もえぎ》色のスーツの背が見えた。

私は美保の後ろ姿の流れるようなラインを見ただけで、なにやら身体が熱くなり、目が潤んだ。

こんなことではいけない。今日は文句の一つも言おうと思ってきたのに。

私は、自分自身に気合を入れるようなつもりで、

「待たせたね」

と言って、部屋に入った。

美保は振り向き、

「少し早く来てしまいましたわ」

と微笑した。

私は、下座に座っている美保を見て、上座を勧めた。

美保は、雇われている身ですから、当然下座で結構ですと固辞した。私は、それもその通りだと納得して上座に座った。

私は松花堂《しょうかどう》弁当を頼んだ。美保も同じものだ。

「ビールぐらい飲むかい？」

私は美保に確認を入れた。

「少しだけなら」

美保は小さく頷《うなず》いた。

「電話でも話したが、意外な結果になった」

「斉藤常務が、かえって頭取の寵愛《ちょうあい》を得そうなのね」

ビールが運ばれてきた。私は美保のグラスにビールを注《つ》いだ。グラスを合わせた。

「それもそうだが、頭取が動いたお陰で警察沙汰にならなくてよかったが、誰が彼らのアパート費用を出したのだなどの疑問が出たそうだ」

私はビールで喉《のど》を潤し、美しく盛られた松花堂弁当の刺身を食べた。

「ご心配なさらないで……。もし酔狂な人が調べてもあなたの存在が浮かぶことはないわ」

美保はビールグラスをテーブルに置いたままだ。松花堂弁当に箸《はし》をつけた。

「それは当然だ。抜かりなく頼むよ」

「斉藤常務が復活するかどうかはわからないけれど、この結果を招いたのはあなたに似合わぬ甘さよ」

美保は弁当のおかずを口に運びながら言った。

「甘さ？」

私は、意外な美保の強い言葉に首を傾げた。

「あなたが、斉藤常務に息子の居場所を教えてやってくれと頼んだのよ。私は、叩くときは徹底して叩かねばならないと言ったはず」

美保は薄く笑った。

確かにその通りだ。私は、斉藤が山口と近づいたことで八重垣の怒りを買い、それで斉藤は失脚するだろうと思った。これは私の傲慢さから来たものだ。

「君の言いたいことはわかった。確かに私に甘さというか、傲慢さがあったようだ。引き続き斉藤の動向については監視を続けてくれ。あらためてお願いする」

「斉藤常務の家庭は、そう簡単に修復はしないわ。これからも彼の足を引っ張ることになるでしょうね」

美保は自信ありげに言った。

「頼んだぞ。とにかく私がトップに就くためには、多くの課題をクリアーしなくてはならない。特に頭取の続投だけは阻止したいと思っている」

私はグラスの底に残ったビールを飲んだ。

私は、ベルゼバブが持ち込んだＷＢＪを獲得するアイデアを考えていた。ＷＢＪを東亜菱光ＦＧが狙っているとしたら、その獲得にスバル銀行が名乗りを上げれば、混乱するに決まっている。八重垣はこの混乱に足を搦《から》めとられるに違いない。その時、一気に追い込む。そして引責辞任でもしてくれれば、最高だ。

「私のところにこんな情報が入ってきたわ」

美保は、テーブルの上に数枚のＢ５判のコピーされた紙を並べた。

私はその紙を取り上げて、目を見張った。

それには「スバル銀行不良債権関連」と表題があり、「三鷹スタービル」のことについて詳述してあった。

「これは……」

私は、絶句した。口に含んだ焼き魚が喉に詰まりそうだった。

「まあ、読んでみて」

美保は悠然と箸を動かしている。

私は気持ちを落ちつかせて読んだ。

「これをどこで？」

「よく調べてあるでしょう。かつて芙蓉銀行が吸収した首都相互銀行が三鷹駅に隣接した築四十年ほどの古びたビルに、バブルの時は四百億円もの融資をした。その詳細な履歴が記録してあるわ。一度、償却してしまったその不良債権ビルに、つい最近、そうね、東洋銀行と一緒になる前の平成十三年に、今度は芙蓉銀行が百九十億円もの融資をして正常な取引先のように見せている。周辺の不動産業者に聞いても、そのビルにそんな価値などあるわけがない。明らかに不良債権隠しね」

美保はビールを一口飲んだ。

三鷹スタービル以外にも新橋フレンドビル、表参道駅前ビル、赤坂開発、村田中興産など十数社の芙蓉銀行関連会社の所在地や代表者、債務の内容などを記録したリストもあった。

私は異常なほど喉の渇きを覚えた。これは八重垣と私や斉藤など、ごく一部のスバル銀行幹部しか知らないデータだ。勿論、スバル銀行と言っても東洋銀行出身者は一切知らない。

これらは「芙蓉銀行のトップシークレット」の一部だ。芙蓉銀行が、かつて首都相互銀行を吸収合併した際にそのまま処理できずに残った不動産関連の不良債権。

また芙蓉銀行の取引先がバブル崩壊とともに多く倒産した。商社、不動産会社などだ。この中にはスキャンダルにまみれた不良債権が多く残っていた。それらのスキャンダルを表に出さず処理してきたのも八重垣の功績の一つだった。しかし完全に処理できたわけではなく、この不良債権が再び腐り始めているのだ。

「こんなデータをどうして君が……」

「持っているの？　という顔をしているわね。私は色々なところにアンテナを張っているの。そこにこのデータが持ち込まれたの。持ち込んできたのは『週刊新時代』に記事を書いているフリージャーナリストよ。若い人だわ」

「一体どこから調べて、こんなものを入手したのだろうか」

「調べたいというものがあれば、その道のプロはなんとしても探り出すものよ」

美保は、ナプキンで口元を拭《ぬぐ》った。赤い口紅が白いナプキンを染めた。

「これをどうする気だ？　そのジャーナリストは……」

「当然、記事にするのよ。でも止めることもできるわ」

美保は口角を僅かに歪《ゆが》めた。

この女の正体が摑《つか》めない。ただの私立探偵ではなさそうだ。自らを蛇にたとえるように、何もかもに絡みつき、その養分を吸い取るのかもしれない。

「本当に蠅がたくさんたかってくるな」

私は呟《つぶや》いた。ベルゼバブのことを思い出していた。あれが蠅の王ならこのジャーナリストは不良債権にたかる小蠅だ。

「なに？　蝿って？」

「色々な人間が、我がスバル銀行で一儲《ひともう》けしようと集まって来るということだよ」

「それは腐り始めているからじゃないの。腐り始めると、肉の一番おいしいエキスが滲《にじ》み出して来るというから」

「腐るとは酷《ひど》いことを言う。それでは君もその一人かい？」

私は皮肉っぽい視線を向けた。

「私は違うわ。私はあなたに興味があるのよ。あなたが権力を得ることができるのか、それに興味があるの」

「私に？　なぜ？」

私はにんまりとした。悪い気分ではなかった。

「さあ、なぜかしら？」

美保は微笑して、腕時計を見た。

「時間かい？」

私は訊いた。

「ええ、そろそろ行かないと。そのデータをそのまま記事にさせるか、止めるか考えて連絡を頂戴……」

美保は言い、仲居を呼ぶベルを押した。

「ここは私が支払いするよ」

「いいの、大事なクライアントですもの」

仲居がやってきた。美保は精算を伝え、カードを渡した。

「あっ」

私は思わず声を出した。美保が私の声に反応した。

「どうしたの？」

「そのカード……」

美保が財布から取り出したカードは、ゴールドとブラックが配色されたものだった。

まさか……。

「何を驚いているの？　ただのクレジットカードよ」

美保は私をからかい気味に微笑した。

「変わった色のカードだから」

私は表情をつくろった。

「変な人……」

美保は、カードを仲居に渡した。

5

ベルゼバブの言った通りに事態は進展した。

ＷＢＪが突然、芙蓉信託にＷＢＪ信託売却の白紙撤回を申し入れたのだ。

「おいおい、ベルゼバブを呼べ」

八重垣は満面の笑みを湛えながら私に言った。

「もう来ております」

私は言った。

ベルゼバブとは、八重垣の指示もあり、何度もＷＢＪ買収のアイデアを協議していたのだ。それで彼は私の執務室に今日も来ていたのだ。

「それはなんとも手回しが良い。私の部屋にすぐ来るように言ってくれ」

「分かりました」

私は低頭すると、足早に八重垣の部屋を出て執務室に向かった。

「頭取が直ぐ来てくれということです。偉くご機嫌ですよ」

「それはそうでしょう。言った通り芙蓉信託にＷＢＪが信託売却の白紙撤回を申しいれたのですから。次は間髪いれずに東亜菱光ＦＧとＷＢＪが経営統合するという発表ですよ」

ベルゼバブは笑いながら言った。いかにも楽しげだ。

「それは本当ですか。あまりにも早い。なんだか許婚《フィアンセ》を蹴《け》って別の女と結婚発表するみたいじゃないですか」

「まさにその通りです。金融界は義理も人情もない。さあ直ぐに八重垣さんに会いましょう」

ベルゼバブはソファから立ち上がった。

私も覚悟を決めるように、平手で両頬を叩いた。

＊

ベルゼバブが、八重垣にＷＢＪ買収の話を持ってきて以来、私が彼と協議したのは、この話を私の権力奪取に使えないかということだった。

ある時、私の執務室でベルゼバブと会った。私は慎重に切り出した。

「誤解なきように聞いてもらいたいのですが、頭取は、まだこのまま頭取の座を守る気でいるようです」

私は息を呑んでベルゼバブの反応を探った。

「承知しております」

ベルゼバブは私の目を見ながら、言った。

「理由はなんでしょうか」

私は、自分の野心を隠して訊いた。

「一つは、まだ八重垣さんの野望である最大にして最強の金融グループの頂点に立つということが成し遂げられていないこと」

ベルゼバブは、私を強く見つめて言った。

「さらには？」

「二つ目は、不良債権問題が未解決であることです」

「それは意外だ。スバル銀行の不良債権は、金融庁が指示する平成十七年三月末には四パーセント未満になります」

私は薄く笑った。

「志波さんは知っていて惚《とぼ》けるのですか？　まさか知らないわけはないでしょう？」

ベルゼバブは微笑した。

「あなたがおっしゃるのは、スバル銀行というより芙蓉銀行固有の問題のことですか？」

「その通りです。三鷹スタービル、赤坂開発、村田忠興産などに眠っている不良債権のことです。これらは首都相互銀行やアキルノ産業、イトショウなど芙蓉銀行の破綻企業から引き継いだものですが、約二兆円から三兆円はあるでしょう」

「馬鹿な……」

「否定されてもいい。しかしいずれ近いうちに金融庁はこれを問題にするはずです。これらの不良債権は決して巧妙に隠されているわけではない。かつて破綻した日本長期融資銀行などと同じように、芙蓉銀行と資本関係はないが実質的な子会社、孫会社の間を転々と売買され、さも優良な物件のように化粧されているだけです。いずれ時期がくればビルを建て直しするなど、更なる化粧を施す気でいるのでしょう。しかし八重垣さんは、これらを一気に処理したいと考えておられます」

「確かに首都相互銀行などの案件を戦略融資第一部が専管していますが、それらは断じて不良債権ではない」

私は唇を震わせた。

「では、売り上げもほとんどない三鷹スタービルで四百億円も償却しておきながら、また新たに百九十億円もの融資をしたのは、あれは正常先への融資だと言い張るのですか」

ベルゼバブは声を強めた。

私は、心臓が止まるかと思うほど驚いた。ベルゼバブが例に出したのは、美保から見せられたコピーに記載された内容だったからだ。

「どうしてそれを……」

私は目を見開いた。

「私はベルゼバブ・フライですよ。シルバーマン・ブラザーズの日本の責任者です。ビジネスのためならどんな情報でも手に入れる。なにせ腐った食べ物を食い尽くす蠅の王ですからね」

ベルゼバブは愉快そうに顔を崩した。

美保の持っていたゴールド・ブラックのカード……。彼女はただのなんでもないクレジットカードだと言っていたが……。美保とベルゼバブが繋《つな》がっている？ まさか！

「しかし、それらの全容はこの私でさえ知っているわけではないが、一気に処理するのは難しいということぐらいはわかります」

「八重垣さんでさえ全容を把握しているとは言いがたいでしょう。事務方の手で不動産が転々と動かされていますからね。決算の都度、処理をしていたようですが、八重垣さんはもう全てを終わりにしなくてはならないと思っておられます。そこが並みの頭取ではない証拠です」

「それらの処理を終えるまでは頭取でいたいということですな」

私は、八重垣の意志の強い顔を思い浮かべた。

「三つ目はね、聞きたいですか？」

「三つも理由があるのですか？」

私はいつの間にか身を乗り出していた。

「三つ目は、金です」

「金？」

ベルゼバブの答えは私を驚かせた。金とはなんと卑近な答えなのだ。

「金です。かつて一億円近くもあった年収は、いまや三、四千万にまで落ちました。これで頭取の座を降りた場合、収入はさらに落ちる。八重垣さんは、バブル時代にゴルフ場や株などで損失を抱えておられますからね。苦しくなるのは目に見えています。それに頭取を辞めた後も影響力を維持するためには金が必要です」

「その金を、頭取の座を一年でも延ばして稼ごうとしているというのですか？」

私は、八重垣がそこまで浅ましくないと、ベルゼバブの言葉を否定したいと思った。

「八重垣さんは、そこまで考えてはおられない。この三つ目の理由は、私が八重垣さんに食い込むための理由ですよ。どんな人でも金は邪魔にはなりませんからね。仕事をいただくためには、せいぜい良い条件を提示するつもりです」

ベルゼバブは、薄く微笑んだ。

「ということは、最大最強の金融グループになり、不良債権を一気に片付け、金が出来てからじゃないと退陣しないというわけか……」

私は、自然と肩を落とした。

「あなたの出番が来るまでは時間がかかると思っているのですね」

ベルゼバブは私の心を見透かしたように言った。

私は、小さなため息をついた。

「傲慢なあなたらしくないですねえ」

ベルゼバブは声に出して笑った。

「私もくたびれることだってある」

私は唇を尖《とが》らせた。

「大丈夫ですよ。シルバーマン・ブラザーズは未来にも保険をかけますからね。この三つのうちどれかが叶《かな》えられれば八重垣さんは退陣するでしょう。むしろ三つの理由を全て追求していることに無理が出ると思います」

「どういうことですか？」

「私とあなたで、八重垣さんにこの三つを追求させるのです。そうすればそのうちのどれかが彼の足を引っ張ることになり、またどれかが彼の逃げ道になるでしょう。そのときが彼の退陣のときであり、あなたが浮上するときです」

ベルゼバブが自信ありげに私を指差した。私は背筋にびりびりとした電流を流されたように感じた。

私はベルゼバブの目を見据えて、大きく頷いた。この男は、私の野心を気味が悪いほど見抜いている。私はベルゼバブの優しげな微笑の中に隠された恐ろしさに身震いする思いだった。

*

八重垣の部屋はもう目の前だ。

6

経営の意思を決定する経営会議が開かれた。私は八重垣の隣に位置している。彼の熱気が伝わってくる。それは私の身体を焦がすほどに熱い。

「このままでは私たちは生涯二流金融グループのままになるぞ。東亜菱光ＦＧやミズナミＦＧの後塵《こうじん》を拝し続けることになる」

八重垣は机を叩いて熱く語った。

ミズナミグループは大洋朝日銀行、三友銀行、興産銀行の三行が統合して出来た金融グループだ。このグループが現時点では、総資産でトップであり、スバル銀行は二番手だ。しかし東亜菱光ＦＧがＷＢＪと統合すると、彼らがトップに躍り出て、スバル銀行は第三位になってしまう。もやは浮上することはありえない状況になってくる。

各役員の前には、東亜菱光ＦＧとＷＢＪの統合発表を伝える七月三日の記事と、統合後の銀行の実力を分析した資料がおかれていた。

「ミズナミＦＧは巨額の増資を行い、不良債権を積極的に償却してきた。顧客基盤は比類なき大きさであり、もし景気が好調さを持続し、資金需要が起きてきたならば、その収益力は爆発的なものになるだろう。そして同じことが東亜菱光ＦＧとＷＢＪにも言える。今後は、金融グループが真の意味で規模の利益を追求できるようになるのだ。それに遅れをとってはならない」

八重垣は、反論を許さない勢いだ。

「頭取の考えも分からないではないが、それは今、我がスバル銀行がとり得る最高の経営施策だろうか。まだ合併も道半ばという面もあるが……」

会長の山口が大儀そうに口を開いた。山口は、大柄な身体を少し丸めるようにして話す。顔つきは穏やかで八重垣のように険はない。

「合併が道半ばとは？　収益力では他を圧倒していますし、経費率でも抜群の効率性を達成しているではありませんか」

八重垣は山口を睨むように見つめた。山口は視線を合わせない。

「確かに、頭取のリーダーシップの下に相当な成果を挙げておりますが、まだまだ問題企業は多い。またミズナミＦＧのように巨額の増資をするほどの顧客基盤がない。

こんなときに不良債権処理が終わっていないＷＢＪと合併すれば、スバル銀行は資本不足に陥るのではないか」

　山口が俯《うつむ》き気味に言った。

「資本については心配ない。シルバーマン・ブラザーズのベルゼバブ君が一兆円は準備すると申し出てくれている」

　八重垣は平然と見渡した。

　私は八重垣に伝えた。ベルゼバブがＷＢＪ買収に必要な資金を全て用意するつもりであることを。その資金は一兆円を超えるかもしれないことも……。

＊

　ベルゼバブは、腹の据わった男というべきか、それとも相当な錬金術を知っているのか分からないが、こともなげに一兆円という数字を言った。

　いったいＷＢＪの買収にはどの程度の資金が必要だと思うかとの問いかけに、彼は、考える間もなく一兆円と言ったのだ。

「東亜菱光ＦＧは、できるだけ安くＷＢＪを買おうとするでしょう。それができるだけの環境が整っていますからね」

「どういう意味でしょうか」

「ＷＢＪは、芙蓉信託に自分の信託を売却する代金だけでは焼け石に水の状況です。東亜菱光ＦＧは、公的資金ゼロの優良銀行です。救済合併か統合か分かりませんが、旗を揚げるだけでいいのです。後は相手が熟して落ちるのを待つだけです。ＷＢＪはどんどん条件を下げてくるでしょう。ひょっとしたら東亜菱光ＦＧはＷＢＪの必要な部分だけ取り入れるかもしれませんよ」

「解体ってことですか」

「そうです」

「東亜菱光ＦＧはしたたかだ……」

「まさにしたたかです。貴族然としていますが、腐る直前の肉が一番うまいということを知っている舌の肥えたネゴシエーターといえるでしょう。私などよりよほど暴食の罪を犯す蠅の王ですよ、彼らは……」

ベルゼバブは顔をほころばせた。

「その東亜菱光ＦＧに対抗する武器は？」

私は訊いた。私の耳には瀕死《ひんし》の人間の肉を食いつくし、吸いつくそうと黒雲のようにたかる蠅の羽音がうるさく響いていた。

「ずばり金です。一兆円は用意するつもりです」

「一兆円も……」

私は絶句した。

「時と場合によっては、それ以上用意いたします」

ベルゼバブは薄く笑った。

＊

「頭取」

斉藤が発言を求めた。

斉藤はまだ顔色が土気色だ。傷がようやく癒《い》えて出勤していた。以前から地味でやや暗いところがあったが、事件のせいなのかそれに凄《すさ》まじさが加わった。私としては、彼を陥れるつもりがより強力なライバルを作り出しているような不安さえ覚え始めていた。

「なんだ？」

八重垣の声には横柄《おうへい》さが溢《あふ》れていた。

「またシルバーマン・ブラザーズを利用されるおつもりですか」

「反対か」

「反対です」

「なぜだ」

まだ。

斉藤は苦しそうに顔を歪めている。山口は俯いている。他の役員も沈黙を守ったま

「前回の増資のことです」

「何を問題にしているのだ」

「金融庁が問題にしています」

「何を問題にしているのだ。金融庁ごときが……」

八重垣は不愉快そうな顔で斉藤を睨みつけた。

「他に類を見ない高配当、金利にすれば六パーセント、下方価格修正条項のついたMSCBのごとき普通株に有利に転換できる優先株、不良債権処理会社への資金提供、その債務保証、九十億以上の手数料……」

斉藤は、意を決したように淡々と網羅した。

MSCBとは転換価格（下方）修正条項つき転換社債と呼ばれ、発行時に設定した転換価格より株価が下がれば、それにあわせて転換価格が例えば月ごと、週ごとに変更されるというもの。また通常、社債引き受け側は、その転換価格よりも数パーセントか十数パーセント低い価格で株に転換できる条件がついており、株価が下がれば下がるほど多くの株を取得でき、市場で売却すれば大きな利益が得られる仕組みになっている。スバル銀行の優先株も、まるでこの転換社債のように普通株にすぐ転換でき

るようになっていたのだ。

　シルバーマン・ブラザーズのベルゼバブは、確実な利益が見込めるためにスバル銀行に六千億円もの融資を投入した。ベルゼバブは、容赦なくスバル銀行の株価を押し下げ、ＭＳＣＢの機能を有効に活用し、大量の普通株を取得し、売却した。その結果、一説には三千億円も収益を挙げたなどと噂された。

「あの時は、あの選択が最も有利だった。あれしかなかったといえる。君も賛成したではないか。いまさら蒸し返すな」

　八重垣は、はき捨てるように言った。斉藤は、姿勢を正した。

「確かに私も賛成いたしました。あれはあれでよかったと信じております。しかし今度またシルバーマンからそれも一兆円もの資金を投入されるとなると、私どもはシルバーマンの子会社に成り果てます」

　斉藤は興奮したのか、大きく咳《せ》き込んだ。

「斉藤以外のほかのみんなはどうなんだ！　反対なのか」

　八重垣は、他の役員に意見を求めた。役員たちは警戒感も顕《あら》わにお互いの顔を見合わせた。

「頭取に賛成です」

　私は言った。

八重垣は私を見つめた。

「志波常務は賛成のようだ」

八重垣は、落ち着いた口調で言い、再び他の役員に意見を求めた。

「私も頭取に賛成です」

別の役員が言った。

また別の役員も八重垣に賛成した。流れが八重垣に向かって追い風となっている。

「なぜ、志波常務は賛成なのか、その理由を述べていただきたい」

斉藤が名指ししてきた。

私に挑戦してくるのか。私の賛成から役員会の空気が変わったとでも思っているのか。私は、斉藤の質問が嬉しかった。これに対する対応次第では、八重垣の心を斉藤から引き離すことが出来るからだ。

「今回を逃すと、最大最強の金融機関になるチャンスは巡ってこないでしょう。なんとしてもやるべきです」

私は言い切った。

「その通りだ」

八重垣は私の回答に満足したように声を張り上げた。

「仕方がないですね。頭取がそれだけ思いいれが激しいようであれば……。私の意見は記録にとどめておいてください」

　山口が呟くように言った。

「会長も賛成ということですな」

　八重垣は念を押すように訊いた。山口は小さく頷いた。

「それではしかるべき時期に、スバル銀行はＷＢＪに合併申し入れをいたします。その時期は私に一任させていただきます」

　八重垣の声が役員会議室に響いた。

　会議室を出ると、廊下の隅にベルゼバブがいた。私が軽く手を挙げると、さも嬉しそうな笑みを浮かべて低頭した。

「志波常務、お話があります」

　背後で声がした。振り向くと斉藤が立っていた。やや思い詰めたように目が吊り上がっている。

「なにか？」

　私は訊いた。気分は良かった。会議において彼に勝ったからだ。

「お時間を……」

　斉藤の言葉に、私は頷いた。先ほどベルゼバブのいた方に視線を向けると、そこには誰もいなかった。ぽっかりと空間が抜けたような気がした。最初からベルゼバブなどいなかったかのように……。

7

斉藤は、言葉を探すように目を閉じていた。時折、右わき腹をさすっているようだが、靖に刺された傷が痛むのかもしれない。

「お話というのは？　次の会議がありますので」

私は、斉藤に用件を促した。

斉藤は目を開けた。眼鏡でよく確認できないが、隈《くま》が出来ているようだ。よほど何か屈託があるのかもしれない。

「なぜ、頭取を煽《あお》るような真似《まね》をされるのですか」

「煽る？　どういう意味でしょうか？」

「ＷＢＪとの合併です。あれは絶対に阻止すべきです。それを常務は賛成だと言われた。側近中の側近であるあなたが賛成されれば、頭取の意思が相当に固いということになる。皆の流れが、賛成に傾いたのはそういうことです」

「私は自分の意見を表明したまでです」

「常務もお分かりのはずだ。そんな合併にうつつを抜かすほど当行には余裕がないことを……」

「うつつを抜かすとは言葉が過ぎませんか。私だから良いようなものの、頭取だったらどれだけお怒りになるか分かりませんよ」

私は余裕の笑みを洩らした。斉藤の黒ずんだような顔を見ていると、なにやら心が浮き立ってくる。こうして自分を高みに置き、他人を弄《もてあそ》ぶのが如何《いか》に楽しいものか、相手より優位に立ってこそ分かる。

「いえ、たとえ頭取に叱られようとも、うつつを抜かしていることに間違いありません。今や、ミズナミFGは不良債権を償却し終えました。ところが当行はまだ道半ばではないですか。平成十七年三月末における不良債権四パーセント以下という目標だって達成できるか怪しいものです。その意味ではWBJと同じです」

「不良債権の目標達成が困難であるとおっしゃるのですか？」

「そうです。そんなこと常務もご存知のはずではないですか。例の芙蓉銀行固有の案件ですよ。例えば三鷹スタービルなどのように……」

三鷹スタービルの名前が斉藤の口から出た。私は黙って斉藤を見つめた。

「首都相互などから引き継いだ不良債権は、シルバーマン・ブラザーズから導入した資金で作った処理会社に塩漬けになっています。頭取は、まだこれらを開発し、優良資産にしてから処分という希望を持っておられますが、経営実態は無きに等しく、引き当て不足は明らかです。金融庁サイドはまだ本格的に問題視してはいませんが、早晩、この引き当て不足に注文をつけてくるでしょう。そうなれば赤字決算、頭取引責という流れになってしまいます」

「もし斉藤常務の言われることが本当ならば、どうされようと思われているのですか」

私は唇を舐《な》めた。

「ひたすら金融庁、担当大臣に恭順の意を表し、この固有の不良債権の処理に邁進《まいしん》すれば、頭取の引責は免れるでしょう。その感触は得ております。それをＷＢＪ買収などの派手な動きをすれば、なんと言われるか知れたものではありません」

斉藤は、息遣いも荒くなってきた。

「斉藤常務の考えはよく分かりました。しかしＷＢＪを買収することは、結果として固有の不良債権問題を他の不良債権、なかんずくＷＢＪの不良債権と混ぜてしまうことが出来ます。問題を拡散させてしまいます。またＷＢＪ買収表明自体が金融庁、あるいは担当大臣の意向に沿うことであればどうでしょうか」

私は意味ありげに薄く微笑んだ。

「そんなことはありえない」

斉藤は声を大きくした。

「あなたの情報と私の情報には格差があるようだ。東亜菱光ＦＧがすんなりと買収を実現するならいいが、なんだかんだとＷＢＪをなぶりものにするようなことがあれば、八重垣頭取に出て頂きたいというのが、担当大臣の本音です。その結果についてはその流れ次第……」

私の話は嘘ではない。ベルゼバブが本社筋からの情報として金融担当大臣の意見を聞きだしたのだ。

「あなたは頭取を弄んでおられるのですか。全てに失敗されたらどうされるおつもりなのですか。今は、足元を固めるときでしょう」

斉藤は歯噛みした。スバル銀行によるＷＢＪの買収表明に担当大臣のお墨付きがあると知ったからだ。そうなると無下に反対できない。

「頭取は最大最強の金融グループ作りを花道にお考えです」

私は言った。

「それは単なる個人的野望にすぎません。どこまでも野望を膨らませて、古今東西、成功した王はいません。担当大臣の意向はあなたの言うとおりかも知れない。しかし彼は政治家です。どうにでも変化します。私たちは実務家です。金融庁も実務家です。その実務家が頭取の野望に危うさを感じたら、頭取には悲劇が待っていることになる。マスコミだって当行固有の不良債権問題に関心が強いのです」

斉藤は強い口調で言った。

「マスコミがですか……」

私は、斉藤の目の動きを見逃さなかった。美保から得た情報の発信源は斉藤かもしれない。これは面白くなってきた。この斉藤の八重垣に対する忠誠心が、結果として八重垣の足を引っ張ることになり、私を押し上げることになるかもしれない。私は思わず声に出して笑った。

「何がおかしいのですか」

斉藤が怒った。

「失礼しました。いや斉藤常務を笑ったのではありません。頭取が熱弁を振るわれているとき、山口さんが鼻の穴をほじっていたのを思い出したものですから……」

私は言った。それは事実だった。

斉藤は立ち上がり、

「私は頭取を野垂れ死にさせたくありません」

と言った。

私は何も答えず、斉藤を見つめていた。

8

　リバイアサン探偵事務所で私は一人美保を待っていた。美保が、以前話していたフリージャーナリストに会わせると言うのだ。

「お待たせ」

　背後から美保の声がした。振り向くと美保の隣に男が立っていた。

　私は立ち上がった。

「ごめんなさい。お待たせしたわね。こちらがあなたの銀行を追及しているジャーナリストの佐丹晃《さたんあきら》さん」

　男は、微笑して名刺を出した。私も名刺を差し出した。

「サタンとお読みするのですか？　変わった名字ですね」

　私は名刺と男を見比べながら言った。

「一度で覚えていただけますので、重宝しています」

　男は明るく言った。

　男は、一言で言って少年のような印象だ。身長は百七十センチくらいだろう。少し痩《や》せて見えるが、無駄な肉がついていない。小ぶりな顔。濃い眉の下の視線に力のある透明な瞳には、思わず吸い込まれそうになる。

美しい、と私は心がざわめいた。そうした趣味はないはずなのだが、相手の性別を問わず人は美に心を動かされるものらしい。

「素敵な方でしょう」

美保は、大胆に私の前で足を組んだ。美保の赤いスカートの中から真っ白な足が、私に向かって伸び、搦めとられそうな思いがした。

「ああ、まだ高校生くらいに見えたよ」

私は美保に言った。

「そうよ。私の弟って紹介しても通用するんだから……」

美保は声を出して笑った。

「いい加減にしてください。これでも二十代の後半なのですから」

佐丹は苦笑いを浮かべた。

「どうして川嶋所長と知り合いになったのですか」

私は佐丹に訊いた。

「私はフリーで事件を追っています。その過程で色々な方に調査を依頼したりしますが、川嶋さんはいつも確実に調査をしてくださいます。その意味でよきパートナーのような気でいます」

佐丹は、時折、美保を見た。

ふと、二人は肉体関係まであるのだろうか、と私は思った。嫉妬《しっと》を感じている自分が恥ずかしかった。

「確かに川嶋所長の調査は確実だ。信頼に足るものだ」

私は佐丹の意見に同意した。

「川嶋所長にお渡しした資料を見ていただきましたか？」

佐丹は私を真っ直ぐに見つめた。

「見させていただいた」

私は答えた。

「どうですか？」

「よく出来ていると思う」

私は正直に答えた。

「スバル銀行、いや芙蓉銀行固有の不良債権問題先送りについてレポートしたいと思っています」

佐丹は生き生きとした表情を見せた。

「なぜ？」

私は訊いた。

「えっ？」

佐丹は、私の反応が意外であるかのような顔をした。

「なぜ、こんな問題を追及するのかい」

「なぜって先送りを許すべきではないからです」

「こんなことはどこでも大同小異だろう。うちが特別ってことはない。先送りと見るかは見解の相違であって、当行は十分な引き当てを積んでいるよ」

私は笑みを洩らした。

「金融庁が指示した平成十七年三月末までに不良債権比率を半減させる、四パーセント以下に抑えるという数値目標達成に各銀行とも四苦八苦しています。しかしスバル銀行は特別でしょう」

「何が特別だって？」

「八重垣氏の存在です」

「頭取が何か？」

「八重垣氏は銀行界のカリスマの名をほしいままにされています。スバル銀行のみならず銀行界は皆、八重垣氏に頼りきっていると言っても過言ではないでしょう。これからの銀行界を考えた場合、カリスマは不要です。彼の退陣こそが金融界を正常化させるのだと思いませんか」

佐丹は熱っぽく話す。その透明な輝きを放つ目を見ていると、思わず彼の意思に動かされそうになる。

　私は眉根を寄せた。

「頭取をまるで悪の元凶のように言わないで欲しい。失礼だ」

「そうではありません。私は八重垣氏を尊敬しています。それは本当です。あの方のような頭取は今までいなかった。今までの銀行頭取は、きれい事だけの世界に生きる心のない人形のようなものでした。ところがあの方だけが、あらゆる悪を自分で消化しつつ、今日《こんにち》まで来ておられます。それは並大抵のことではありません」

　私は佐丹の目を見つめた。嘘は言っていないようだ。

「その頭取を支えてこられたのは、志波さん、あなたでしょう。もう八重垣氏にゆっくりとした心持ちになってもらいたいとは思わないのですか。八重垣氏が野心のまま走り出すと、それは断末魔の果ての暴走になりましょう」

「そんなことにはならない」

　私は反論した。美保を見た。美保は私と佐丹の論争を楽しむかのように微笑んでいるだけだ。

「これをお読みください」

　佐丹は私に数枚のペーパーを見せた。

「これは?」

私は、ペーパーにかつて芙蓉銀行の頭取であった人物の名前を見つけ、緊張した。

「それは、芙蓉銀行のかつて頭取であったT氏が反省して書き残されたものです」

私はペーパーに目を通した。それには、芙蓉銀行固有の問題であったイトショウ事件の際の苦悩が書き記されていた。

イトショウは大阪の中堅商社であったが、昭和五十年ごろ経営破綻の危機にあった。その際、再建のために送り込まれたのが、当時芙蓉銀行常務であったKだった。Kは見事にイトショウを再建したのだが、その後次第に上手く行かなくなり焦り始めていた。

またKは、その当時芙蓉銀行の実力者であった会長岩村二郎に非常に可愛がられていた。そのためイトショウは芙蓉銀行が首都相互銀行を買収する際に仲介に立ったり、芙蓉銀行の破綻企業の経営を引き継いだりして、いわば芙蓉銀行の「痰壺《たんつぼ》」と化していた。

実力会長岩村の寵愛と、芙蓉銀行の問題債権を引き受けているという自負から、Kはだんだんとやりたい放題になっていった。それを懸念したTは何度もKに退陣を要求するのだが、その都度撥《は》ね付けられていた。その苦悩がなまなましく書かれている。

そのうちKは広域暴力団に関係のあるISという人物を役員に入れ、その男の言いなりに多くの不動産案件に傾斜し、ほとんど資産価値のない不動産を担保に芙蓉銀行から三千億円もの資金を調達したのだ。

もはや堪忍袋の緒が切れたTはISを切らなければ、融資を止めるとKに迫る。そして実際にイトショウに対する融資を止めるのだが、KやISは会長の岩村に取り入り、ことの本質はTが会長の岩村を追い落とそうとしているのだと讒言《ざんげん》するのだった。

『Kについては昭和五十年にイトショウに入社し、傾いていたイトショウをせっかく再建しながら、ISに好き放題にされて潰《つぶ》れるのでは浮かぶ瀬もないだろう。岩村会長についてはKやイトショウを可愛がっていたのに、今回の信用不安や倒産の危機を招くのは大変な痛恨事であるし、その結果、彼自身が育て上げた芙蓉銀行に多大の迷惑を及ぼすことを考えると、いったい彼らの人生とはなんだったのか』

Tは深く嘆いている。

結局、Kは解任され、ISはイトショウを去り、巨額の不良債権を芙蓉銀行が肩代わりし、イトショウはその歴史に幕を下ろすことになった。また会長の岩村も引責辞任した。まさにTの嘆きどおりの結果となったのである。

『今回のイトショウの問題はKが実力者である岩村会長に繋がっているとの理解から、Kやイトショウの悪口は言わない方がいいという空気が芙蓉銀行中に蔓延《まんえん》し、いわばイトショウが治外法権になっていたことが原因である。かえすがえすも残念である』

Tは悔しさを滲ませ、文を結んでいる。

「なんという……」

私は言葉を失った。

「どう思われますか。この苦悩に満ちた文章を読まれて、なお八重垣氏に名誉ある撤退の道を拓くお考えにはなりませんか」

佐丹は、静かな口調になった。

「君の言う意味が分からない」

私は息を整えながら言った。

「分かりませんか。この文を残したT氏から、連綿とこの問題の処理を受け継いできたのが八重垣氏であることは、あなたも百も承知のはずでしょう。たとえあなたにさえ苦悩を明らかに出来ず、一人悩みながら今日《こんにち》まで来られたのです。それはひとえに、既になくなった元会長の岩村氏など、歴代の芙蓉銀行の頭取たちの名誉を守る戦いではなかったのですか。もうこれ以上八重垣氏に戦い続けるのを止《や》めろというのも、あなた方臣下の愛情ではありませんか」

佐丹は瞳を輝かせた。

最近、佐丹と同じように八重垣の戦いを終わらせるべきだと進言した者がいる。記憶を辿《たど》ると斉藤の顔が浮かんだ。

この一連の情報は斉藤から出ている可能性が極めて高い。斉藤はマスコミに気をつけろとも言った。そのマスコミとはこの佐丹かもしれない。

「私にもようやく、君の言うことが分かってきたよ」

私は、落ち着いた口調で言った。

「分かっていただけましたか」

佐丹は嬉しそうに美保の顔を見た。

「ところでこの情報はどちらから入手したのかい。とても普通の人は持っていないと思うが……」

「それは秘密です。私たちは情報源の秘匿が義務付けられていますから」

「斉藤常務か？」

私は佐丹の目の動きを注意深く見た。しかし佐丹はにこやかな笑みを浮かべただけだった。

「誰でもない、スバル銀行の将来を憂《うれ》えている複数の人たちとでもしておきましょう」

「君が、八重垣頭取のことを尊敬するあまりに早期退陣を望んでいることは分かった。記事は止められるのかい。美保、いや川嶋所長は、金で解決できるという話だったが……」

私は美保を見た。

「お金とは断言していないわよ」

美保が苦笑した。

「そうかな、それなら失礼した。しかし佐丹さんはこれをレポートにして、何処《どこ》かの雑誌に記事にするのだろう。中止してくれと言ったら止めてくれるのか」

「私はまだまだ調査します。いずれ記事にします。しかし止めることもできます」

「どうすれば?」

「あなた次第です。あなたが八重垣頭取に退陣を迫り、私が記事を書く前に辞めさせれば良いのです。そうすれば記事の意味がありません」

佐丹は真剣な顔になった。

私は美保の顔を再び見た。そして佐丹に目を移すと、

「それはできない」

と言った。

「それならまさにこの反省文を書いたTと同じですよ。実力者の岩村に何も言えなかったTと同じように後悔することになりますよ」

「しかし無理なものは無理だ。今、誰も頭取を止められない」

私は首を横に振った。

「そんな無責任なことでどうするのですか」

「たとえ後悔しようと私にはできない。頭取の首に鈴をつけるなどできるはずがない。頭取の夢を実現させるのが私の役割だ」

私は彼の目を見つめた。

「逃げるのですね？」

彼は初めて怒りを顔に出した。いつも微笑んでいるが、そうとうに激しい憤怒《ふんぬ》をひた隠しにしているのだろう。

「しかし君も、八重垣頭取の退陣が早まれば記事を書かない、それでは商売にならないだろう。それより私が買い取る方が良いのではないか」

「私はジャーナリストです。世間の怒り、憤怒を代弁しています。世間は銀行に怒り、八重垣氏に怒りを覚えています。早期に退陣して銀行界から消えるのが、あの人の今できる最大の世間に対するご奉公でしょう。その道を拓きます」

「純粋なんだねぇ」

私は言った。佐丹の目に怒りが燃えていた。

9

「二人とも喧嘩は無しよ」

美保が立ち上がって、甘い声で制した。

私は美保を見上げた。

「手を組むのよ」

美保はにこやかに私を、そして佐丹を見つめた。

「手を組む？」

佐丹が首を傾げた。

「佐丹さんは八重垣を早く引退させたい。志波さんは八重垣の後釜《あとがま》に座りたい。つまるところ、二人とも八重垣の退陣を願っているんじゃないの。問題は時期とどんな形の退陣がいいかよね。影響力を残した惜しまれつつの退陣か、ぼろぼろになっての退陣か……。むしろ志波さんの方がぼろぼろになって、影響力も失っての退陣を期待しているのじゃないの」

美保が微笑した。

「馬鹿なことを言わないでくれ」

私は憤慨した。ベルゼバブとの協議を見透かされているような気がした。

「怒ってもダメよ。あなたのことは全てお見通しよ」

「手を組む話を具体的にしてくれよ。川嶋さん」

佐丹がじれたように言った。

「今、スバル銀行はＷＢＪとの合併に手を挙げようとしているわ。東亜菱光ＦＧに対抗してね」

美保が私に片目をつむった。

「どうしてそれを君が知っているんだ。まだ公式に発表していないぞ」

私は激しく詰め寄った。

「志波さん、興奮しないで。なんでも分かるって言ったでしょう」

美保は私をなだめた。

「それでどうするの？」

佐丹は美保を見上げて訊いた。

「あなたは正義のために八重垣追及のレポートを書くのよ。志波さんからも裏を取ってね。志波さんは八重垣の野心を極限まで膨らませるの。野心の風船がはち切れるようになるまで、思いっきり膨らませるといい。そのタイミングで佐丹さんのレポートが風船を破る針になるのよ」

美保は空中に両手を高々と掲げて、手の平を合わせた。

弾《はじ》けるような乾いた音がした。

佐丹が私を見た。その瞳は曇りもなく透明な輝きに満ちていた。

「志波さん、もう一つ、私が八重垣氏追及のレポートを書きたい理由をお教えします。

それは八重垣氏が唯一のバブルの生き証人だからです。バブルはこの国の良風を破壊し、人間を壊しました。その責任を誰も取らないで、いつの間にか元凶たちはいなくなりました。銀行界からも官界からも政界からも経済界からも……。八重垣氏だけです、残っているのは……。私は彼に、バブルの全ての責任をとって辞めてもらいたいと思っているのです。それがあの方が最後に担《にな》われる役割です。それはまるで神の配剤です。あの方が責任を取られることで、この国は無責任な国という誹《そし》りを辛《かろ》うじて免れることになるでしょう」

私は、まるで熱情に打たれたように話す佐丹を驚きの目で見つめていた。

佐丹は心に曇りのない青年なのだろう。純粋に自分の理想を燃え上がらせ、それに殉じようとしている。彼の身体から発せられる熱い炎は、全てのものを焼き尽くすに違いない。

確かに美保の言うとおり彼と手を組み、私のコントロール下で動かさなくては、私でさえ焼き尽くされるかも知れない。

いつの間にか美保は、佐丹を慈しむ慈母の目つきになっていた。

この女性は、佐丹と深い関係にあるばかりではなく、ベルゼバブとも繋がっている。その推測は当たっているだろう。

リバイアサンとはよく言ったものだ。あらゆるところに蛇のような触手を伸ばし、情報を搦めとっていく。私は気づかぬうちに、もはや彼女の情報網の中で生きているのだ。こうなると、とことんまで彼女を利用するのが得策だ。

とはいうものの私はいつの間にか、とてつもない流れの中に取り込まれてしまったようだ。それを佐丹は「神の配剤」と言った。いったい「バブルの責任」とはなんだ？

誰もがあの狂気の時代の責任を取らなかった？　そして責任を自覚していない？　その責任を自覚させるために全てが動き出そうとしているのか？　そんなことはあるものか。多くの悲劇がバブル時代、その崩壊で起きたはずだが……。

彼らは、傲慢にも私が支配者になりたいと野心をいだいたために現れてきた魑魅《ちみ》魍《もう》魎《りょう》たちではないのか？　あのベルゼバブも含めて……。

あらゆるものが八重垣の野心、いや私の野心に集まりだした。そしてうるさく羽音を鳴らしている。そう……、まるで腐肉にたかる蝿のように……。

第四章　色欲――アスモデウス

1

ベルゼバブが頼んだシャブリはよく冷えていた。口元から喉《のど》、そして胃に収まる間に、身体をすっきりと清めてくれるようだ。私は、下品だとは思いながら、あまりの心地よさに一気に飲み干してしまった。ウエイターが近づいてきて、空になったワイングラスに再びなみなみと注《つ》ぎいれてくれた。

「お恥ずかしいですが、この年になるまでオペラには全く縁がございませんでした」

八重垣が言った。口調に新鮮な感動が感じられる。この男の強みは飽くなき好奇心かもしれない。

「この新国立劇場は、日本のオペラ界の悲願として完成したものです。日本にはこうした劇場はありませんでしたから。もちろんスバル銀行にも協賛していただいているはずです」

ベルゼバブが説明をした。

「しかし今回のプッチーニの蝶々《ちょうちょう》夫人は、いささか国辱的な物語ではありますな」

倉敷がワインに頬を染めながら言った。倉敷は最近になってオペラを鑑賞するようになったらしい。それが今回の集まりのきっかけだった。

＊

「新国立劇場で倉敷社長がオペラを鑑賞するという情報を入手しました。八重垣さんも一緒にどうかという話です。これを逃すとなかなか直接会う時間がありません」

ベルゼバブから急ぎの連絡が入ったのは数日前だ。

私はすぐに八重垣にその情報を伝えた。

「オペラか」

八重垣は顔を曇らせた。

「いかがいたしましょうか」

私は返事を促した。

「君はオペラを聴くことはあるのかね」

「実は私も素人《しろうと》でございます。歌舞伎なら少々観に行くことはございますが……」

「そうか。それにしても倉敷社長は、こんな騒々しい時期にオペラとは優雅なものだな。東亜菱光ＦＧがＷＢＪを横取りしようとしているというのに……」

「まったくその通りですが、情報は間違いございません。そうした寛《くつろ》いだ機会に芙蓉信託との親密度を上げておくのも肝要かと存じます」

「わかった。私もオペラとやらを聴きに行くとする。ベルゼバブに倉敷社長との会食をセットしろと伝えてくれ」

「承知いたしました」

私は、思わず心の中で快哉《かいさい》を叫んだ。八重垣は、これで東亜菱光FG、WBJ、芙蓉信託の三つ巴《みどもえ》の戦いに参戦する。その結果、戦い抜くか、それともぼろぼろに成り果てるか。いずれにしても私はそれを克明に見届け、そして間違わずに対処していかねばならない。

会は、八重垣の指示通りベルゼバブが設営した。メンバーは、八重垣、芙蓉信託社長倉敷丈太郎、私、そしてベルゼバブだ。場所は新国立劇場内のイタリアンレストラン「マエストロ」だ。

＊

「あのピンカートンという海軍将校。あいつは本当にいい加減な男ですな。まるで色欲の塊だ」

倉敷がパスタをフォークに絡めながら言った。

「いわゆる港、港に女ありというタイプです」

八重垣は微笑した。

「そういういい加減なアメリカ野郎に本気で恋をするなんて、蝶々夫人は哀れです。まことに可哀そうだ」

「名誉をもって生きられぬ者は名誉のうちに死ぬ。いい言葉です。アメリカ男に裏切られて、惨《みじ》めな姿を晒《さら》すよりは死を選ぶとは、潔い女です」

「そう、潔い女です。今は、あんな女はどこにもいません。何かといえば慰謝料を要求するばかりだ。何も要求しないで、全てを捧げつくす女はもう稀少動物以下でしょうな。まったく嘆かわしい時代になったものです」

倉敷は目を伏せ、せわしげにパスタを口に運んだ。

「社長は、よほど痛めつけられたのでございますか」

八重垣は声に出して笑った。

「いやいや、昔の話です。女は怖い」

倉敷は苦笑した。

「私には蝶々夫人の姿が対米追従外交そのものに見えますね。アメリカの方は、適当に思っているのに、日本だけ一方的に恋焦がれているようです」

私は、シャブリに酔ってしまったのか、口を出してしまった。

「志波君、真面目なのは分かるが、食事中は政治の話はタブーだよ」

八重垣が厳しい目で私を睨んだ。

私は激しく後悔した。

「いやいや面白い見方です。確かに盲目的にピンカートンの愛を信じている蝶々夫人、実は愛ではなく単なるかりそめの肉欲、色欲でしかないピンカートン、このすれ違いが興味深い。志波さんのおっしゃる通り日本とアメリカの関係を見ているようだ。最後、アメリカの裏切りに対抗する手段として蝶々夫人の自害しかないのは少し戦略的に哀しい気がしますな」

倉敷が私の意見に同意してくれた。私は倉敷の顔が思いのほか暗いことに気づいた。

「倉敷社長はＷＢＪ信託、ひいてはＷＢＪの裏切りに相当に心を痛めておられるようですね」

今まで黙っていたベルゼバブが口を開いた。

倉敷は、かっと目を見開いた。その目はまるでベルゼバブを憎んでいるかのようだ。

倉敷は、極めて堅実な銀行員らしい外見をしている。薄くなった頭髪、地味な黒い縁の眼鏡、さほど高級とは思えない黒のスーツ、どこをとっても、最大手信託銀行である芙蓉信託銀行の実力トップだとは見えない。

しかし今、ベルゼバブをにらみつけた目はまるで猛禽《もうきん》類の目だ。狙った獲物は逃さない、とことん追い詰めるという本能的な攻撃性を秘めた目だ。この目が倉敷をこの地位まで引き上げたに違いない。

「あのＷＢＪの若造どもは許せん。また東亜菱光ＦＧの古狸《ふるだぬき》らがぞろぞろと出てきやがった」

倉敷は耳まで興奮で赤くなっている。言葉遣いが激しくなった。ウエイターのサービスを待てずに、空になったワイングラスを高く掲げた。ウエイターは、慌ててシャブリを注いだ。

倉敷が興奮しているのは、ＷＢＪが突然やってきてＷＢＪ信託売却の話を白紙にしてくれと言ったからだ。そして倉敷の返事も聞かずに、勝手に東亜菱光ＦＧとの経営統合を発表してしまった。

「八重垣さん、聞いてくれますか」

倉敷は、目を赤く充血させて、八重垣を見据《みす》えた。

「聞きましょう、聞きましょう」

八重垣は、シャブリの入ったグラスを高く掲げた。

2

それは全く突然のことだった、と倉敷は言う。

倉敷にWBJの頭取である大泉仁太郎《おおいずみじんたろう》が面談を求めてきた。

嫌な予感はあった。WBJ信託の社長、荒木田耕介《あらきだこうすけ》と合併協議をしていたときに、彼の顔が曇ったからだ。倉敷がその理由を訊《たず》ねても詳しくは話さなかった。そこで倉敷もつっこんだことを訊《き》くのを避けていたのだ。そのことが心に引っかかったまま、倉敷は数日を過ごした。その引っ掛かりがようやくとれたころに、大泉が会いたいと言ってきたのだ。

「会いたくない」

倉敷は秘書を通じて答えた。自分の嫌な予感に忠実に従った。嫌な予感がする相手とは、会うなというのが持論だった。ろくでもないことが起きるからだ。

しかし大泉は強硬だった。

「だいたいですよ。八重垣さん、大泉なんて男、私はよく知らないんだ」

倉敷は、まさに泣き出さんばかりの様相を呈した。私は、これがあの信託銀行業界のトップに君臨し続ける倉敷丈太郎か、と目を疑った。それほど本物の怒りに顔を歪め、身体をよじっていた。

「その通りでしょう。あなたは上岡に頼まれていたのだから」

八重垣は、心から同情するような口ぶりだった。

「上岡が、頭を床に擦《こす》り付けて、ＷＢＪ信託を買ってくれ、というものだから、私は了解したんですぞ。頭を下げたのだから」

倉敷は身振り手振りで実情を訴えた。上岡徹《とおる》はＷＢＪの前頭取だった。

ＷＢＪは不良債権処理が遅れ、金融庁から厳しい検査を受けた。その際、査定資料の隠蔽《いんぺい》などの事態が起きて金融庁の怒りを買い、追い詰められていた。赤字を回避したい。二期連続収益計画を三割以上下回ると経営責任問題に発展する。それだけはなんとか避けたい。そこで上岡は芙蓉信託の倉敷にＷＢＪ信託売却を持ちかけてきたのだ。

「あなたにとっては棚《たな》から牡丹餅《ぼたもち》だっただろう」

八重垣がほくそえんだ。倉敷の視線が強くなった。こめかみに力が入り、ピクピクと脈を打っている。

私は八重垣に言葉を慎んでもらいたいと思った。倉敷は、必ずしも八重垣に好印象を持っているわけではない。

「まさに棚から牡丹餅だった。これで長年の夢であった信託銀行単独でメガ化する道を拓くことができると思った。私は、これまで信託銀行の独立にどれだけ心を砕いてきたか、分かりますか。いつも八重垣さん、あなた方の風下《かざしも》に私たちは立たされていた。バブルの時代もあなた方に利用されないようにどれだけ苦労したか。利用された信託銀行は、全てバブルにまみれ、不良債権にまみれた。あなた方は、ものすごい顧客基盤を持っている。私たちにはそれがない。そこが決定的な差だ。そのために私たちはいつもあなた方の風下に立たされる羽目になる。それをなんとかしたい。その思いをずっと抱いてきた。だから上岡が助けてくれと来たときは、私がどれだけ有頂天になったか、わかりますか」

倉敷はシャブリをあおった。ワイングラスをテーブルに叩きつけるように置いた。

「上岡さんとは面識があったのですか」

ベルゼバブが訊いた。

「上岡とは以前から知らない仲じゃない。野心家でね。前任の井村《いむら》さんが頭取になったときは悔しがったものだ。ところが、井村さんは極めて善人で、どろどろしたことが嫌いだった。だからＷＢＪがスタートして間もなく突然、辞任するわけだ。上岡は喜んでいたよ。しかしまさか金融庁が、ＷＢＪをターゲットにして襲い掛かってくるとは思ってもいなかったから」

「予想外だったのか」

八重垣が興味深い顔をした。

「WBJはマスコミなどを上手《うま》く使い、ミズナミ銀行の方に関心を向けさせていたからね。本人も安心していたんじゃないだろうか。しかしミズナミ銀行は例のオンライン事故で内部の争いをとりあえず休戦し、経営建て直しに恥も外聞もなく取り組んだ。この姿勢は金融庁も評価したんだ」

倉敷は言った。

「ミズナミ銀行は、大型増資や一兆円以上の赤字など、結構ぎりぎりまでやりましたからね」

私は言った。

「金融庁は自分の言うとおりに動くところしか評価しない。困ったやつらだ」

八重垣が呟いた。

「危機感を覚えた上岡は、なんとか赤字決算を免れようと考えた。赤字になれば、首になってしまうからだ。そこでなけなしの優良子会社であるWBJ信託を売却することで乗り切ろうと考えた。売却益が決算のたしになることも勿論だが、こうした優良資産を売却する姿勢を金融庁にアピールしたかったのだろう。私は、二つ返事で了解した」

「単に売却する姿勢だけを見せたかったのだ、などと噂する人がいますが……」

ベルゼバブは意味ありげな顔をした。

「そんなことはない。上岡は本気でうちに売却をするつもりだった。そのときから二股をかけていたなどとは思えない」

倉敷は強く否定した。熱気で眼鏡が曇っていた。

「いや、その話は私も聞いた。最初から売却する気はなかった。金融庁の査定さえ凌《しの》ぐことができれば、それでいいと考えていたのではないか」

八重垣はベルゼバブに同調した。

倉敷の顔がますます険しくなってきた。熱気で曇った眼鏡をナプキンで拭《ふ》いた。

そこまで怒らせてどうするつもりなのだ。今日は、八重垣と倉敷の手を結ばせる会ではなかったのか。このままでは倉敷を怒らせてしまうだけではないか。ベルゼバブは何を考えているんだ。私はいささか焦った。

「あなたがたまで、私を馬鹿にしたいのか。私は上岡が頭を下げにくるなら、まだ理解できる。それが見ず知らずの、新米頭取が突然やってきて、前任がやったことは忘れてくれと言いやがった。こんなことが世の中で通用するとは小学生だって思ってはいない。だってそうじゃないかね。信託の荒木田社長もうちと一緒になることについては大歓迎だった。それが勝手に退陣したかと思うと交渉が進展しなくなった。おかしいと思っていたんだ」

倉敷が八重垣を睨んだ。

「あなたが値切ったという話まであったね。ＷＢＪの新経営陣は、あなたの厳しい価格交渉についていけなくなったって話が聞こえてきたよ」

八重垣は、わざと倉敷を興奮させようとしているのか。倉敷の怒りを誘う話題ばかりを提供する。

「値切ったりなんかするものか。ＷＢＪ信託の連中は、こう言って嘆いていた。ＷＢＪの傘下になんかなるんではなかった。彼らは信託ビジネスのことなんか何も分かっていないくせに、ただ支配欲だけを満足させようとして、全くの子会社扱いで、馬鹿にするらしい。荒木田たちはＷＢＪの支配から早く離れたいと念願していた。その離れる先が同じ信託であるうちなら万々歳だってわけだ。それが例の赤字決算、経営陣退陣から全く話し合いが進展しなくなった。誰も交渉の場に出て来ようともしない。噂ばかりが流れ、気にかけていたら、突然、白紙だ。それでこっちが悪者にされたんじゃたまったものじゃない。世間じゃ、芙蓉信託では婿として不足だから東亜菱光ＦＧに乗り換えたと思っている。おかげでうちの株は暴落したし、私の面子《メンツ》は丸つぶれだ」

倉敷は、ワイングラスを八重垣に向かってぐいっと差し出した。

「あなたの怒りはもっとだ。今日のオペラ蝶々夫人でも、あのピンカートンが、『本当の結婚をするまで』と歌うが、こうなってくるとあなたは否定してもＷＢＪは二股かける不実な連中だということだよ。だからここでは変に未練を残さず、ＷＢＪ、そして東亜菱光ＦＧを徹底して痛めつけてやろうと言う提案をさせて欲しいのだ。一緒にやろう」

八重垣がテーブルに身体を乗り出し、倉敷の手を握った。

倉敷は八重垣を見つめたまま手を離した。

「このままではＷＢＪを許さない。このままあの紳士面をした東亜菱光ＦＧに油揚をさらわせない。八重垣さん、あなたとは今回、組みたいと真剣に思った。私たち信託銀行のビジネスは信託報酬の引き下げなどで年々厳しくなっている。しかし幾ら同根とは言え、あなたと組めば、私の信託銀行はなくなってしまう。私たちのビジネスは目先よりも安定的に将来に続く収益を当てにしている面が多い。あなた方のように生き馬の目を抜くようなビジネスは不得手だ。あまりにもビジネスのやり方が違うし、またあなた方は強い。組みたいが、組めない」

倉敷のグラスが再びシャブリで満たされた。

「それは戦略的に間違いではないでしょうか。芙蓉信託とスバル銀行が手を組んで、東亜菱光ＦＧとＷＢＪに戦いを挑むというのは素晴らしいチャレンジです。信託銀行としてもスケールメリットの魅力があります。それに金融庁が喜ぶでしょう」

ベルゼバブが言った。

「金融庁が喜ぶ？」

倉敷が怪訝《けげん》な顔をした。

「金融庁は、公的資金を注入していない東亜菱光ＦＧを面白く思っていません。もしこのまま対抗馬がなくＷＢＪが全面屈服する形になれば、東亜菱光ＦＧは、金融システムの安定より自行の利益を優先させかねません」

「と言うと？」

「統合発表をしたものの、信託などおいしいところだけ摘《つま》み食いをする可能性があるということです。とりあえずＷＢＪの経営不安を払拭《ふっしょく》し、後はじっくりと料理するつもりです。もしここで対抗馬が出れば、東亜菱光ＦＧはＷＢＪの全面的な支援に入らざるをえなくなる。よしんばそれを諦めたとしてもスバル銀行、芙蓉信託組が控えていれば安心ではないですか。金融庁としたら、どっちに転んでもいいわけです。彼らは金融システムの安定を願っていますから」

ベルゼバブは解説風に言った。

「それでは私たちが手を組むというのは、金融庁も願っていることと考えていいのか」

倉敷は真面目な顔をした。

「その通りです」

ベルゼバブが自信ありげに言った。

「わかりました」

倉敷は、八重垣の手を取った。八重垣の顔に笑みが浮かんだ。

「一緒にやりましょう」

八重垣が言った。

「やりましょう。しかしスバル銀行のグループに入るかどうかは、全くの白紙ですから。東亜菱光ＦＧとＷＢＪの統合を阻止するための協力体制だとご理解いただきたい」

倉敷は硬い顔で言った。

「結構でしょう。私どもの関係は、いずれ実現いたしましょう」

八重垣は倉敷の手を強く握った。

いよいよ始まった。これを私の権力奪取の道につなげなくてはならない。

3

私は直美と群馬県草津温泉の「ての字屋」という旅館に泊まっていた。

直美がどうしても温泉に行きたいとうるさくせがむからだ。土曜日の新国立劇場内のレストラン「マエストロ」での八重垣と倉敷との食事会を終え、すぐに東京駅から新幹線に乗った。直美は、先に来ていた。

「ての字屋」は草津でも一番の老舗《しにせ》旅館で、岩盤から直接湧き出る湯と料理が有名だった。

「やっと連れて来てもらえたわね」

直美が、障子を開けた。月明かりが坪庭の木々を照らしている。直美が手すりに身体を預けて外を眺めている。

「この宿に来たかったのか」

私は座椅子にもたれながら、直美を見た。浴衣の裾《すそ》からのぞく白い足首が眩《まぶ》しい。

「そうよ。ここはとても有名なの。芸能人もお忍びで来るのよ」

「俺たちもお忍びだな」

私は薄く笑いながら、新聞を読み始めた。直美が近づいてきて、私の背中越しに覗《のぞ》きこむ。

「あら、今日の新聞じゃないのね」

「そうだよ。木曜日の新聞だよ。経産新聞が、東亜菱光ＦＧとＷＢＪの統合をスクープした記事だよ」

「どうしてそんな前の新聞を持ってきたの」

「これが俺の未来を切り拓いてくれるかもしれないと思うと、じっくり読んでみたくなったのさ」

「何が書いてあるの」

　新聞の一面には、大きく白抜きの横見出しで「ＷＢＪ、東亜菱光ＦＧと統合へ」とあった。

「ＷＢＪがね、金融庁の検査で追い詰められて、このままでは国際業務が出来る自己資本比率八パーセントを割ってしまうとの危機感から、東亜菱光ＦＧとの経営統合に打って出たと報道しているのさ」

「この報道が出たとき、役員室は大騒ぎだったわね」

　直美が首筋に舌を這《は》わす。肩から脇にかけて、心地よい痺《しび》れの感覚が走る。

「この報道の後、大手町の経団連会館十一階ホールで東亜菱光ＦＧとＷＢＪの首脳が記者会見をしただろう」

「ええ、覚えているわ。華やかだったけどＷＢＪの方はちっとも嬉しそうじゃなかったわね」

「そうだった。ＷＢＪの大泉はなんだか目が虚《うつ》ろだった」

「実質的にはＷＢＪが吸収されてしまうんでしょう。だから一方ははしゃいで、一方はぼんやりしているわけね。でもそれがどうして、あなたの道を切り拓くことになるの」

直美は、私の身体を巻き込むようにして顔を私の胸に押し当てた。私はまるで蛇に変身した清姫に身体を巻き込まれ、身動きがとれなくなった安珍みたいなものだった。直美の舌が私の乳首を弄《もてあそ》ぶ。乳首が固くなっているのが触らなくともはっきりと分かる。

「それはこの統合はまだ何も決まっていないからさ」

私は息も絶え絶えになり、顔を歪めた。

「どういうこと？」

直美が顔を上げた。私の身体を弄ぶという喜びに頬が赤く火照《ほて》っている。目もどこか妖しげに潤んでいる。

「統合発表の際の覚書というものがあってね、それには何も具体的なことが書かれていない。書いてあるのは、東亜菱光ＦＧがＷＢＪの資本増強に協力するという協議が速やかに開始するとだけさ」

「なぜそんなことになったの？　普通は合併発表までに、新銀行の人事や本店所在地なども決まっているんじゃないの」

「慌てたんだろうね。ＷＢＪは四千億円以上の赤字決算になった。このままでは破綻《はたん》するかもしれない。そうでなくとも国有化は免れないだろう。こんな噂がマーケットを駆け巡ったら、アンコントロールな状態になってしまう。とるものもとりあえず東亜菱光ＦＧの信用力に頼らざるを得ないってわけだよ」

「慌てたらダメよ」

直美は浴衣の裾を割ると、その小さな手で私のものを下着の上からまさぐった。情けないことに私のものは既に下着の下で息苦しくあえいでいた。

「いい加減にしてくれよ」

私は直美の手を握った。直美は悪戯《いたずら》っぽく私を見つめた。

「そう言ってＷＢＪの経営者も悲鳴をあげたのでしょうね」

「その通りだ。具体的にいつ資金を入れてくれるのか、金額はどのくらいか、それくらいは発表してくれないかと必死で東亜菱光ＦＧに食い下がったようだ。東亜菱光ＦＧにしてみれば、まだ中味がどんなに傷んでいるかもはっきりしないうちに、金額だけを言うわけにはいかないというのが正直なところだった。だから具体性を欠く発表になったわけだよ。そこにスバル銀行がつけいる」

「それは建前だけじゃないの。本当は釣った魚に餌《えさ》はいらないという喩《たと》えじゃないかしら。ＷＢＪとしたら東亜菱光ＦＧに頼る以外、道はないわけだし、それを知っている東亜菱光ＦＧにしてみればできるだけ有利な条件で統合したいと思うわけでしょう。男の人も同じ。付き合うまでは一生懸命、甘いことも言うけれど、こっちが好きになったり、結婚したりすると、もう知らんふり。まるでセックスの道具ぐらいにしか思っていないんだから」

　直美は、私の下着を強く引き、膝《ひざ》の辺りまで下ろしてしまった。私は慌ててそれを引き上げようとしたが間に合わなかった。浴衣が大きく割れて、むき出しになった私の股間には私のものが直美の顔に向かって屹立《きつりつ》していた。

「男の人の脳の半分以上は、この中に入っているんじゃないの」

　直美の爪が、私のものの先をつついた。

「痛いよ」

　私は小さく悲鳴を上げて畳の上に崩れるように倒れた。

「多少痛くても当然よ。ＷＢＪが必死で思い詰めているのに、東亜菱光ＦＧがはっきりした態度を打ち出さないなら、ＷＢＪを怒らせることになるわ。煮え切らない男を許すほど女は甘くない」

「そうなんだ。そこがスバル銀行がつけいるチャンスなんだ。八重垣頭取に本気でＷＢＪを取りに行かせる。上手くいけば、それが花道になるし、いかなければそれが命取りになる」

　私は帯を緩め、浴衣の前を開いて、半裸になった。

「そこであなたの出番というわけね」

「そうだ」

直美は私の返事を待たずに、私のものを左手で握り、その小さな口で深く咥《くわ》えた。もう一方の手は袋を優しく包んでいる。

直美の赤い唇が唾液に濡《ぬ》れ、とろりと照り輝いている。それが私のものに沿ってゆっくりと上下する。私の身体の中の神経の全てが、直美の赤い唇の上下運動にあわせて、一点に集中したかと思うと、また拡散していく。緊張と弛緩とでも表現するのだろうか、その心地よいリズムが私の興奮を高めていく。

私は、直美の身体を包んでいた浴衣を肩から引き下ろした。直美の白い半身が蛍光灯の明かりに照らされた。形のいい乳房がむき出しになり、その先の乳首が赤く熟れた実のようだ。

「明かりを消して」

直美は私のものから口を離して、小声で言った。手は帯にかかり、自分で帯を解いている。

私は目で直美の手の動きを追いながら、畳に転がっていた照明のリモコンを握った。

直美が帯を解き、浴衣を全て脱いだ。素裸だった。下着も何もつけずに私の側に正座をして、浴衣をたたみ始めた。

私は明かりの照度を落とした。

開け放した障子から長く月明かりが差し込んでいる。直美に月明かりが届き、彼女の裸身を包んだ。直美は妖しく青く輝き始めた。最初は白く、やがて青くなり、どんどんと透明になっていく。私は畳に寝そべりながら、直美の裸身の変化を眺めていた。浴衣をたたみ終えると、直美は私の身体の上に崩れてきた。青く透明になり、あたかも実体がなくなってしまうのではないかと思われた彼女の身体は、私の上に重なった途端に、実体を取り戻した。私が慌てて抱きしめたからだ。私の腕からは直美の体温が伝わり、重なった胸はお互いの鼓動が共鳴していた。

「寂しかった……」

直美はそっと囁《ささや》くと、私のものに手を添え、自分の股間にあてがった。うっと小さく呻《うめ》くと、直美は私のものを自分の身体の中に誘い入れた。私は直美の動きを邪魔しないように腰を動かした。直美が少し腰を上げれば、それにあわせてゆっくりと私も腰を上げた。直美が下ろせば、私も下ろした。それはまるで私のものが、恋しさのあまり直美の後を追いかける子供になったように思えた。

私は直美の腰に手を回した。直美も私の胸に手を置き、両手で身体を支えた。

今度は、私が主導権を握る番だ。腰を浮かそうとする直美を無理やり引きとめ、私のものはより深く直美の中を探った。苦しさに逃げようとする直美を私の手は摑まえて放さない。直美は息苦しそうに顔を上げ、両手で私の胸を掻《か》いた。それでも私は直美の腰を捕まえて放さず、私のものをより深く、より奥へと入れた。直美の中は複雑で、奥に行くにつれ、私のものの先を包み込む肉襞《にくひだ》が増えてくるようだ。それはまるで肉襞から無数の直美の手が現れだし、私のものをまさぐっているようだ。

私は腰の動きを速めた。激しく、強く直美を突き上げた。

「苦しい」

直美が呟いた。

「止《や》めるか……」

私は囁いた。

「いや……」

直美は顔をあげたまま呟いた。

不思議なものだ。月明かりの中で、最初は冷たく青く輝いていた直美の身体が、今では淡い桜色に変わりつつあるように見える。大人《おとな》しげな顔立ちの直美が、口を開け、目を大きく開き、髪の毛を振り乱している姿を見ると、色欲に勝る欲はないのではないかと思われる。

「もう行くぞ」

私は苦しさに耐えながら言った。

「いやよ」

思いがけない直美の拒絶の言葉が投げかけられた。乱れた黒髪の間から、恨めしげに私を睨んだ。

「もう行きそうだ」

私はもう一度言った。

「だめ」

直美は彼女の腰に回した私の腕を自分の両手で握った。そうして無理やり私の動きを止めた。

「じっとして」

直美は強い調子で言った。

「嫌だ。このまま果てさせて欲しい」

私は無理やり動きを止められ、苛立《いらだ》った。

「だめ」

直美は、私を強く睨み付けた。その目は貪欲《どんよく》で肉食動物の光を放った。私は怯《おび》える羊のように口をつぐんだ。

直美は目を閉じ、

「このままじっとしていて……。私の中であなたを感じていたいの」

「我慢できるだけしてみる」

「お願い」

直美は囁くと、ゆっくりと私のものを谷間に差し入れたまま、腰を回し、そして引き上げ、また下りてきた。その複雑で、滑らかな動きに私のものはしばらく何も出来ずに直美に委《ゆだ》ねていた。直美の動きに合わせて、私の身体の隅々にまで痺れるような感覚が押し寄せては、引いた。

私は直美に確実に敗北していた。先ほどまでは直美の細い身体を自分の力で支配していたと思っていた。ところが私のものが直美の肉襞の摩擦の心地よさに耐えかねて、休息を申し出ると、そこからは直美の支配下に入ってしまった。

私にも分かっているし、直美にはもっと分かっていることがある。それは私のものが一度果てると、年齢からして直ぐには回復しないことだ。しばらく一緒に横になって、くだらない話に時間を費やさなくては次の段階に進めない。

これは仕方がないことだ。私も直美の身体を何度も何度も味わい尽くしたいが、それには直ぐに私のものが回復してくれなくては困る。しかしそれが思うに任せないとなると、直美は日中の穏やかな性格をかなぐり捨てて、性に貪欲な女性になる。そのときは、もう私は、直美のなすがままだ。直美は私の中の一滴まで吸い尽くすように、時間をかけ、ゆっくりと上り詰めていく。

直美の中の私のものが、直美の穏やかな春の海のような動きのお陰で、冷静になり、力を取り戻しつつあるのが分かる。

「もっと行けるぞ」

私は気力を取り戻した声で言った。

「来て、突いて」

直美は乳房を自分の手でもみながら、強い口調で言った。

私は、両手に力を込めて、直美の腰を摑んだ。そして両腕に力瘤《ちからこぶ》を作るほど力を込めて、直美を突き上げた。何度も何度も……。直美の身体が悲鳴をあげそうになっても止めなかった。みるみる直美の身体は淡い桜色から、色を濃くし始めた。

「行くぞ」

私は言った。直美は息を切らせて、何度もうなずいた。そのたびに黒髪が直美の顔を覆い、その間から覗く目はどこか焦点が合わず、遠くを見ていた。

直美が鋭く鳴いた。その瞬間に、私も果てた。

4

私は檜《ひのき》の湯船に身体を浮かせた。湯は白く、ミルクのようで、柔らかく私の身体を包んでくれる。むき出しの岩盤のそこかしこから湯が湧き出し、竹製の樋《とい》を伝って、湯船に流れ込んでいる。

不思議な景色だ。鉄錆《てつさび》色のごつごつした岩盤に小さな穴が穿《うが》たれ、そこから湯が湧き出している。湯の湧き出し口は緑色をしている。これは湯の成分によるものだろう。竹の樋には白い沈殿物がある。いわゆる湯の花といわれるものだ。私は一人で入っているのを良い事に、何本かの竹樋に溜まった湯の花を手で拭《ぬぐ》って、湯船の中に入れた。するとそれは湯の表面に広がり、さらに湯を濃く、白くした。

「ての字屋」だけだと女将《おかみ》が自慢していたのが、この岩盤から湧き出る湯だ。他の旅館は、草津に豊富にある湯元から湯を引いているが、ここだけは自前の源泉を持っている。

女将も不思議そうに話す。湯量の豊富な草津ならば、他の岩盤からも湯が湧き出ていいのにという私の問いに答えた時のことだ。他の岩盤を幾ら穿っても湯は出ないと女将は言った。ただこの一ケ所だけから滾々《こんこん》と数百年も湧き出て、涸《か》れることが無い。いいご先祖さまを持ちましたと女将が感謝を込めて微笑んだのが印象深い。

私はほのかな明かりの湯船の縁に腰を下ろし、明日からのことを考えた。

まず八重垣と倉敷が手を組み、東亜菱光ＦＧとＷＢＪに対抗する。これは具体的に動き出すだろう。倉敷が花火を上げれば、それに八重垣が同調していく形になるだろう。何をやるかはベルゼバブが具体的に考えているに違いない。間違いなく世間の耳目を集めることになる。

私が考えなくてはならないのは、あの美保が紹介してくれた佐丹の記事をどういうタイミングで書かせるかだ。これが八重垣の足をタイミングよく引っ張らねば意味が無い。美保は佐丹と手を組めと言ったが、彼に情報を提供するとなると、抵抗がある。やはり八重垣を裏切るのは辛い。こうした役回りは私がやるべきではないだろう。私は八重垣が失脚すれば、実力で私にポストが回ってくるだけの事をやってきているではないか。佐丹については迷うところだ。逆に記事を抑える役回りを演ずる方がいいかもしれない。

その次は……。

これが一番厄介なことだ。スバル銀行内で八重垣に対する反感が増加しつつある。八重垣の支配が長引き、あまりにも強すぎるからだが、これをどう有利に私の味方にできるかということだ。

私は八重垣の支配を演出してきた。世間では私が八重垣の威を借りていると思っているだろうが、私は八重垣こそ私の考えを身にまとって上手く演ずる役者ではないかとさえ思っている。私は決して八重垣の黒子《くろこ》ではない。八重垣という人形を使う人形遣いだとまで傲慢な思いは持たないようにしているが、その程度の自負はある。

だからだろうが、私は旧東洋銀行側には全く人気が無い。むしろ警戒されている。山口会長などは私を八重垣と同列に思っているだろう。これは極めて不味《まず》いことだ。

八重垣路線に反感が募ったとき、その路線に忠実だと思われている私は最初に排除されてしまう可能性がある。だから私が権力を握るには、八重垣が私を後継者として指名してくれねばならない。その程度の力を温存しながら舞台から退場してもらわねばならないのだ。

それに引き換え、斉藤は山口など旧東洋銀行側にも信頼されているように見える。だが、旧銀行の思いと言うのは根深いものがあるから、本当に信頼されているかどうかはわからない。いずれにしても斉藤の動静は絶えず監視しておく必要がある。彼が今回のＷＢＪ獲得問題でも反対の意向を示しており、どういう行動をとるか、心配だ。その動き次第では、彼を切らねばならない。彼を失脚させることは、私にとってライバルがいなくなるという意味ではメリットがあることだ。あの時、私が情けをかけたばかりに彼は失脚を免れた。そのことは美保に叱られたが、こんどは上手くやる……。

湯を足でかき回す。そこに沈んだ湯の花が舞い上がる。湯に身体を沈めると湯の花が身体を包み込んでいく。私の身体が、ミルク色になっていくようだ。身体のそこかしこを触ってみる。つるつるとしている。肌に温泉の成分が染み込んで滑らかにしているのだ。

直美の肌がいつも以上に滑らかで吸い付くようだったのも、この温泉のせいだったのだろうか。

私は今頃、布団の中でぐっすりと眠っているだろう直美を想像した。直美が激しく興奮したとき、その身体は月明かりの中で青みがかった透明な感じから、濃い桜色へと変化していった。それは色欲に全てを委ねた極めて淫蕩《いんとう》な姿だった。

ふと、直美の身体を使って斉藤の動静を摑むという悪魔的な考えが浮かんできた。直美を道具のように使い、斉藤をコントロールするのだ。この思いつきは極めて魅力的だ。機会を見つけて、直美を説得してみよう。

私は湯の中に全身を沈めた。目を閉じた。聞こえるのは私の息遣いだけだ。次にここに来るときは、美保と来るか……。私の目の暗闇の中に美保のしなやかな肢体が白く輝き始めた。湯の花が私のものにまとわりつき、回復を促しているのかもしれない。

5

八重垣の部屋に急遽《きゅうきょ》設置された大型の液晶画面には倉敷の姿があった。これはベルゼバブの提案で、倉敷と八重垣の執務室をテレビ電話で繋《つな》いだのだ。こうすることでいつでも顔を見ながら協議が出来る。

「君の言うとおり法的手段に訴えたものの、勝ち目はあるのだろうか」

倉敷は、顔では怒りながらも口から出てくるのは弱気な声だった。

「間違いなくこの国でははじめてのケースではありますが、勝算はあります。あなたがWBJと信託売却で交わされた基本合意書は、芙蓉信託の独占交渉権を認めていますす。芙蓉信託の了解なくして、第三者と交渉をすることを禁止しているのです。勝てますよ」

ベルゼバブは自信たっぷりに言った。

「倉敷さん、大丈夫だ。こんな一方的な契約の破棄が認められれば、自由主義経済は立ち行かない。世論も東亜菱光FGのやり方が横暴だという声もあるんだ。裁判所なんてものは世論の声に弱いところがある。必ず勝つさ」

八重垣が強い口調で言った。

倉敷は隣に座る企画担当の役員となにやら耳打ちしあっている。

「わかった。とにかく私たちに出来るのは、私たちの正当性を訴えることだけだ。とことんやってみよう」

倉敷の顔にやや生気が戻った。

また隣に座った役員が倉敷に耳打ちをした。

「ところでおたくはどういう行動をとってくれるのだ」

倉敷は訊いた。

「しかるべきタイミングでWBJに対して合併を申し入れます。スバル銀行、芙蓉信託、そしてＷＢＪ、この全てを纏《まと》め上げた金融グループを作ることができるのは、私とあなただけだ」

八重垣は陶酔したような口調で言った。

私は八重垣の側にいて、彼の顔に燃えるような赤みが差していることに驚いた。興奮しているのだ。戦いに淫するというタイプがあると聞くが、八重垣は東亜菱光ＦＧとの戦いに身体の芯から興奮を覚えているようだ。

「期待していますよ」

倉敷は、そう言い残すとテレビ電話のスイッチを切った。

「どうだ、志波君、面白くなってきたぞ。あの生意気な東亜菱光ＦＧと四つに組んだ戦いをするんだ。これに燃えなくて何に燃えるというのだ」

「その通りでございます。かならず頭取が勝利を収められるでしょう」

私は思い切りへりくだった。

「当たり前だ。勝つと信じているから戦いに臨むのだ。そうだな。ベルゼバブ君」

八重垣はベルゼバブの方を振り向いた。

「おっしゃる通りでございます」

ベルゼバブは私を見て、微笑した。私から見れば、ベルゼバブは八重垣が成功しようが失敗しようが、どちらでも高額の報酬を受け取ることが決まっている。彼を見ていると戦争で儲《もう》ける武器商人、いわゆる死の商人のようだ。戦うのはあくまで別の人間だが、彼は武器を売り、戦いを仕掛け、それが大掛かりに、そして長引けば長引くほど利益が上がる。

かつて八重垣は彼のことを死肉にたかる蠅《はえ》だと表現したが、八重垣が死肉だというのだろうか。私から見れば、まだまだ死にそうに無いのだが……。

「ベルゼバブ君、身体が火照ってしょうがないぞ」

八重垣が笑いを堪《こら》えるように言った。

「頭取は戦いが始まるといつもそうですね」

ベルゼバブも意味ありげな笑みを洩らした。

「こうなれば戦いの前に景気づけだな」

「承知いたしました」

ベルゼバブは膝を折った。ベルゼバブの姿は大王に仕える臣下そのものだった。

「志波さんはいかがいたしましょうか」

「一緒に連れて行ってやろう。いずれゴールド・ブラックの会員にもしてやろうと思っているのだから」

八重垣の口からゴールド・ブラックの名前が出た。以前、他人事《ひとごと》のように話したカードのことだ。私は驚いて目を見張った。

八重垣は、私の驚きなど気にしない顔で、

「志波にも人生の喜び、権力者の喜びを味わわせてやろう」

と言い、声に出して笑った。

「それがいいと思います。権力というのがいかに素晴らしいものか、志波さんに身をもって体験してもらえれば、私の商売にも役立ちます」

ベルゼバブも私を見て薄く笑った。

「倉敷も堅物だが、近いうちに会員にしてやってくれ。それでスバル銀行との合併の仲介が取れれば、君にとっても安いものだろう」

「御意《ぎょい》」

ベルゼバブは大げさに床に膝をつき、低頭した。

「何が始まるのですか」

私らしくもなく怖気《おじけ》づいた口調で二人に問いかけた。

「答えるのも面倒だ。行くぞ」

八重垣が椅子を蹴《け》った。

6

私たち三人を乗せたベンツはスバル銀行の本店を出て、表参道の交差点から住宅街の中に入っていった。このベンツはベルゼバブの用意したものだ。八重垣は自分の車を使わなかった。

夜の闇の中を車は慎重に走った。

「どこへ行くのですか」

私は隣に座った八重垣に訊いた。

「私も知らないよ。ただこの世ではない場所だな」

八重垣は、私を振り向き笑みを浮かべた。

「この世ではないところですか」

私はなにやら背筋に寒いものが走った。

「そろそろですよ」

助手席に座ったベルゼバブが、黒いマスクを私と八重垣に渡した。

「これをつけてください」

ベルゼバブが言った。

「志波君、これで目隠しをするのが約束事の第一歩だ」

八重垣は、さっさと自分の目をそのマスクで覆った。私も同じようにした。真っ暗になり、自分の存在そのものが不確かになった。不安が募ってくる。

「大丈夫ですか」

私は八重垣に囁いた。

「大丈夫だよ。案外君も度胸がないね」

八重垣が笑った。助手席のベルゼバブは無言だった。

車はさらにゆっくりと走っているように感じた。

私は、八重垣に気づかれないようにマスクを少しずらしてみた。そこで暗闇の中に見えた風景に思わず声を上げそうになった。

車のライトに浮かび上がったのは木立だった。深い森の中を車は走っているのだ。ここは東京の真ん中の表参道ではなかったのか。私はこの疑問を口に出しそうになり、慌てて唇を噛んだ。

私は何が起きているのか分からないまま、覚悟を決め、再びマスクをした。

「着きましたよ」

ベルゼバブの声がした。

「マスクを外していいぞ」

八重垣が言った。私は急いでマスクを外した。

車の中から見えたのは、煌々《こうこう》と明かりに照らされた洋風庭園と、その奥に聳《そび》える蔦《つた》の絡まる洋館だった。まさか……。

私はドアを開け、車を降りようとした。

「ちょっと待ってください」

ベルゼバブが私を止めた。

「志波君、慌てるな。慌ててもいいことは無い」

八重垣が笑った。

「ここには多くの有名な方がいらっしゃいます。しかし誰もその素性は詮索《せんさく》しないことになっています。ここでは皆さんがカードナンバーで呼ばれるのです。このカードです」

ベルゼバブはブラック地にゴールドの帯の入ったカードを見せた。

「ちなみに私は七十七番と呼ばれている」

八重垣が言った。

「七十七番ですか」

私は八重垣に振り向いた。

「ぎっ、なんですか！」

私は身体をのけぞらせた。そこには八重垣がいなかった。いたのは奇妙な仮面を被《かぶ》った男だった。

「脅かしてすまない。私だよ」

仮面の下から出てきたのは紛れも無く八重垣だった。

「頭取……」

私は唖然《あぜん》とした顔をした。

「これはベニスで行われる仮面舞踏会で使われるものだ。この館《やかた》に集《つど》う者は全てこの仮面を着用するのだ。それが決まりだ。これで眼の周りを覆い隠せば、誰だか分からなくなるだろう。私の仮面は梟《ふくろう》だよ。よく出来ているだろう」

八重垣は仮面を撫《な》でた。仮面は確かに梟だった。鋭い牙《きば》のようなとがった嘴《くちばし》がそれをあらわしていた。

「八重垣さんは知恵があるので梟の面をいつも着用されます。志波さんはこれでいいでしょう」

ベルゼバブが渡したのは、大きなとがった耳のようなものが左右に飛び出す、黒光りする仮面だった。

「これは……」

私は、そのあまりに恐ろしい形相の仮面にたじろいだ。

「それは堕天使ルシファの面です」

「ルシファ？」

なぜか遠い記憶が蘇《よみがえ》る。以前、その名を言われたことがある。

「さあ、その仮面をつけて」

八重垣が私を促した。

私は仮面をつけた。それはまるで、自分の顔に合わせて作られたかのようにぴったりと収まった。

「さあ、行こう」

梟の仮面を被った八重垣の側のドアが開けられた。私の側のドアも開けられた。そこにはタキシードを着た長身の仮面の男がドアを開けて待っていた。

「彼らは館の召使です。みんな白い笑顔の面を被っています」

ベルゼバブが説明した。

ベルゼバブは仮面をつけていない。

「あなたは仮面をつけないのですか」

私は訊いた。

「私はこの館の主人ですからつけません。ここにこられるのは、私の友人で信用が置ける方ばかりです」

「ここは都内ですか」

「さあ、どうでしょうか」

　私は目の前に広がる庭園を眺めた。相当な広さの庭に噴水や花壇が幾何《きか》学的な美しさに配置され、彫刻も数多くある。周りはうっそうとした木々に囲まれ、騒音は一切聞こえてこない。深山の中の館という風情《ふぜい》だ。車は本店を出て、表参道の交差点まで来たことは覚えている。そこからは目隠しのマスクをされたため、どこを走ったかは分からないが、あのゆっくりとした速度からして、表参道の近くに違いない。

　ベルゼバブが緩やかに微笑んだ。

「さあ、七十七番さんはもうあちらにいらっしゃっていますよ」

　ベルゼバブが私の背中を押した。

　洋館の入り口に梟の仮面を被った八重垣が立っていた。

「そうそうこの館はアスモデウスの館と呼ばれています」

「アスモデウス？」

「色欲の神です。色欲の館です。あの紋章を御覧なさい」

　ベルゼバブが館の正面入り口の上にあるレリーフを指差した。それは正面に女性、右に牛、左に羊のそれぞれの顔があり、炎に包まれた紋章だった。

「あれがアスモデウスです。そうそうあなたは百一番で呼ばれますから。それから館に入れば、全てに気遣いは無用です。中で梟の仮面を見つけても声をかけてはいけません。中には何人かの梟男がいますから、それが八重垣さんとは限りません。それからもう一つ、ここで見聞き、経験したことはどこにも話してはなりません。もし話せば、あなたに大変な災いがもたらされることになります。いいですね」

ベルゼバブは強く言った。私は、慎重に頷いた。

7

いつの間にか一人になっていた。白い笑い顔の仮面を被った召使が私を個室に案内した。彼がここで服を脱いで裸になるように命じた。

「裸になるのか」

私は聞き返した。

召使は無言で頷いた。私は着ていたスーツを脱いだ。

「これも？」

最後に残った下着を見て、召使に訊いた。召使は頷いた。

私は自分の下着を脱いだ。脱いだスーツなどを召使が片付けた。そして私の首にネックレスをかけた。金のネックレスだ。そこに小さな金のプレートペンダントがついていた。そこには百一のナンバーが刻印されていた。

「そのプレートをドアノブにかざしてもらえば鍵が開きます。ロックする場合も同じです。ではご案内しましょう」

笑い面の背の高い召使は私の前を歩いた。廊下は天井が高く、その天井には豪華な装飾が施され、左右の壁には西洋絵画が所狭しと飾ってあった。ざわついた感じではあるが、その豪華さは目を疑うばかりだ。

「みんな本物なのか」

私の問いかけに笑い面の召使は何も答えない。

「もし何かあったらどうすればいいのだ？」

私は不安になって訊いた。

「そのプレートを軽く押してください。そうすれば私が参ります」

召使は言った。

「さあ、どうぞ」

召使が、目の前の大きな木の扉を押し開けた。途端に私は眩しさに目を覆った。目が慣れると、中には大勢の男女がいた。皆、仮面をつけてはいるが素裸だ。

「うっ」

私は足がすくんで動かなかった。背後を見た。もう召使はどこにもいない。ドアも閉じられていた。

男はさまざまだった。肥満で腹が股間を覆い隠しているような男、二の腕まで黒い毛で覆われている男、見るからに若く鍛えている男、様々だ。しかし女はみな素晴しい身体ばかりだ。仮面をつけているため、顔の美醜は分からないが、ファッションショーのモデルのような素晴しい肉体ばかりだった。髪の毛は黒、金、茶、それぞれで陰毛も同じだった。染めているのでなければ、日本人ばかりでないことは明らかだった。ふわふわと柔らかな薄い金色の陰毛とその身体をみれば日本人でない女性も多くいた。

広間の足元は柔らかい絨毯《じゅうたん》で足が沈み込むようだ。壁から天井には多くの絵が描かれている。天井はまるくドームのようになっており、二階の部分には半円の窓が並んでおり、それぞれにステンドグラスがはめ込まれていた。

「まるで教会だな」

私は呟いた。そういえば広間の正面は祭壇のようなしつらえになっており、その上部に描かれているのは、どこかで見た絵だった。

「あれはミケランジェロの『最後の審判』よ」

いつの間にか側に来た女性が私の耳元で囁いた。

「そうだ。どこかで見た絵だと思った。あれはバチカンにあるシスティーナ礼拝堂の絵だ」

「そうよ。正面は審判者のキリストと聖母マリア、その右には十二使徒の一人、セント・バルトロマイ。手にもつのは生皮よ。生きたまま生皮を剝《は》がれて殉教したからよ。キリスト受難のシンボルを持つ天使たちは、左上よ。キリストの下にはラッパを吹く天使たち。預言者ヨハネもいるわ。地獄に落とされた人々。天上に召される人々。まさに最後の審判ね」

女性は色鮮やかな仮面をつけていた。くるくると巻いた二本の角のようなものをつけた仮面だ。ちょうど紋章の羊と似ている。

私は彼女の説明を聞きながら、その見事な身体に見ほれていた。豊かで張りのある乳房、流れるような身体のライン、黒々とした艶《つや》のある陰毛が真っ白な肌を情熱的に見せていた。全てが完璧だった。

「始まるわよ」

彼女がそう言って中央の祭壇を指差した。周りにいる数十人の裸の男女が全員中央の祭壇を見つめた。

祭壇に裸に司祭のガウンをまとった男が登場した。ベルゼバブだ。彼は右手に光る大きなナイフを持っている。彼の横には素裸の女性が立っていた。笑いの仮面をつけている。

「何が始まるんだ」

「まあ見ていなさい」

ベルゼバブは女性を祭壇の上に仰向けに横たえた。

「まさか……」

「そのまさかよ」

広間が静寂に包まれた。その静寂は落ち着いたものではなく、異様に煮え滾《たぎ》るような興奮を無理に抑え込んでいるような空気だった。

ベルゼバブがナイフを頭上に掲げ、なにやら呪文《じゅもん》のような言葉を発した。そして大きな奇声を発したかと思うと、ナイフを振り下ろした。

広間が歓声に包まれた。信じられない光景だった。横たわった女性の喉から鮮血が噴き上がったのだ。ベルゼバブは噴き上がる血をあらかじめ用意してあったグラスに受けて、飲み干した。その瞬間に怒濤《どとう》のような歓声が再び上がった。

「嘘、嘘だろう」

私は目を見開いて、彼女に訊いた。彼女は何も答えず、仮面の下で笑みを浮かべた。笑い面の召使たちが、女性の首から流れ落ちる血をワイングラスに受け止め、男たちに配り始めた。

「さあ、あなたもその血を飲み干すのよ」

彼女が笑い面の召使からグラスを受け取り、私に差し出した。私は祭壇を見た。いつの間に片付けたのだろう。ベルゼバブも女性も消えていた。

私はそのグラスを手に持った。中にはとろりとした真っ赤な液体が入っていた。なんとなく生臭い匂いがする。

「これはあの女性の生き血？」

「そうよ。飲みなさい」

彼女は言った。

私は言われるままに思いきって飲んだ。それは意外と深みのある味でゆるりと喉を通って行った。

「これ、血じゃない」

血色の液体が私の身体の隅々に流れて行く。全身が燃えるように熱くなってくる。血管という血管が開き、血が沸騰し始めたような感覚だ。

「ここにいる人は、みんな世間で功なり名を遂げた人ばかり。日々、ストレスの塊なの。思うことの何十分の一もできない。おかしいわね。世間からみれば、なんでもできる地位や財産を持っていると思われているのにね。本当は籠《かご》の中に飼われているハムスターみたいなものよ。中には強姦したり、殺したり、殴ったり、殴られたり、自分を壊したり、他人を壊したりしたい人もいる。そんな全ての欲望を叶《かな》えるのが、このアスモデウスの館なのよ。さあ、見て御覧なさい……」

彼女は私に話しかけた。私は意識が朦朧《もうろう》とし始めた。足元がゆれている。どうしたのだろう。心臓が破れるほど強く、早く打つ。

「これは一体……」

私はワイングラスを落としそうになるのを辛《かろ》うじて耐えた。

「それは一種の媚薬。そしてバイアグラみたいなものよ。見て御覧なさい。あなたのものや、ここに集う多くの男どものものを……」

彼女が言うままに、私は自分の股間を見下ろした。そこには私を睨みつける、まるで別人格が宿ったような私のものがあった。周りの男たちを見てみた。腹が大きくせり出している蛙《かえる》のような男の股間からも大きく彼のものがせり出している。男がそれを気持ち良さそうに扱《しご》きながら、黒人女性の股間に突き刺そうとしていた。

「どうしたのだろう」

「不思議でもなんでもないわ。あなたの欲望を解放しただけよ。これであなたは何時間でも、何人でも女を楽しむことができるわ」

彼女は赤い唇に舌を這わせた。

私は周りを見渡した。広間のあちこちで男女が睦《むつ》み合っていた。一人で何人もの女性を相手にしている男もいる。

「梟……」

八重垣が被っていた梟面の男が、いまにも後ろから女に襲いかかろうとしていた。

「あれは八重……」

朦朧とする頭に思いついた名前を口に出しそうになった。その私の口を彼女の唇が塞《ふさ》いだ。彼女の舌が別の生き物のように私の口を割って入り、口腔内を自由に遊び、喉を通り、内臓まで達した。私は痺れるような快感でその場に立っていられなくなった。右手でワイングラスを持っていたが、笑い面の召使が、それを指から外して持ち去った。

私は彼女に押し倒される形で絨毯の上に倒れた。柔らかく、雲の上にいるような感覚だった。

彼女は私の上に跨《また》がった。私の視線は彼女の豊かな黒く艶のある陰毛と、そこから伸びやかに開脚した太腿《ふともも》を捉えていた。

その太腿はどこかで見たような気がした。女の太腿に記憶があるのか。そんなものを記憶の中に溜め込んでいる自分を笑いたくなったが、間違いなく記憶はあった。しかしどこで刻まれたのかはわからない。

「君は、どこかであった……」

「ここでは誰もが人間で無くなるのよ。最後の審判で神から見離され、悪魔になるの。

ここに集うのは悪魔ばかりよ」

彼女はそう言うと、猛《たけ》り狂ったようにぶるぶると震えている私のものを、その白く細い手で握り締め自分の中に迎え入れた。黒い陰毛の中から真っ赤に熟れた唇が覗いた。その唇の一つに小豆《あずき》粒ほどのほくろがあった。そのほくろがまるで瞳のように私を見つめていた。赤い唇は急に何層にも分かれ、その層がそれぞれに私のものを咥えて、うごめき始めた。

私は快感の中で、記憶が遠のいていくのを感じた。

「アスモデウスは、何人もの男たちをその色欲で殺してしまったのよ。私はあなたをこのまま死の淵にまで運んでいくかもしれない」

彼女の声が遠くに聞こえる。

「運んでくれ、どこまでも……」

私は遠のく意識を必死で食い止めながら言った。こんなことはかつてなかった。彼女の中に、何度も何度も自分の体液を放出した。それでも私のものは彼女の身体の奥をしっかりと貫き通している。

「このまま死ぬのか……」

私は呟いた。

彼女の笑い声が響く……。

8

「『ＷＢＪ側は芙蓉信託以外の第三者と、ＷＢＪ信託の営業譲渡や合併などの協議や情報提供を行ってはならない』。どうですか。日本にもまだ商道徳が残っていましたよ」

テレビ画面に倉敷の勝ち誇った顔が大写しになった。

「よかった。よかった。おめでとうございます」

八重垣が大きな声を張り上げた。

「素晴しい決定です。東亜菱光ＦＧは驚いていることでしょう」

ベルゼバブが手を叩いた。

東京地裁が、芙蓉信託が起こした交渉差し止めの仮処分申請に対して、それを許可したのだ。

「芙蓉信託とＷＢＪが締結した基本合意書の独占交渉権を定めた条項は、原案を芙蓉信託が作成し、ＷＢＪ側の修正を経て、最終的に双方代表者の記名押印によって締結されるなどしており、法的拘束力が認められる」として「ＷＢＪが第三者と経営統合交渉を行えば、芙蓉信託側に著しい損害が生じることは明らかだ」と全面的に芙蓉信託側の主張を認めたのだ。裁判所が、こうした大型の経営統合になんらかの判断を下すのは画期的なことだった。

「すぐに再交渉の申し出を行うことにしますよ」

倉敷は弾んだ顔で言った。

八重垣も嬉しそうだ。ベルゼバブも顔を崩して、喜びを表している。しかし私は周りの喜びに少し距離を置いていた。それはあのアスモデウスの館での経験が尾を引いていたのだ。

あの日、記憶を取り戻したのは都内の高級ホテルの一室だった。ツインベッドの上で眠りから目覚めた。暗闇の中で時計を見た。午前七時を表示していた。徐々に意識を取り戻した私は、なぜここにいるのかわからなかった。今日は何日なのだろうか。それさえもわからなかった。私は慌ててもう一度枕元の時計を見た。それは一日しか過ぎていないことを示していた。即ち昨夜、アスモデウスの館で記憶を失い、ここに運ばれてきたのだということだ。あれは夢だったのだろうか……。私は自分のものを触ってみた。いつもより固い気もするが、昨夜のまるで別の生き物のような強さはない。

それにここはどこだ。私はベッドサイドのスイッチで部屋の明かりを点《つ》けた。見慣れた景色だ。ここは私が残業したときなどに利用する都内のホテルだ。フロントも顔なじみだ。

「あのアスモデウスの館に行ったことは、本当に夢？」

私は口に出してみた。しかし夢とは思えなかった。

私はシャワー室に入り、全身に冷たい水を浴びた。梟面の八重垣……。その時、約束事を思い出した。アスモデウスの館でのことは誰にも話してはいけないという決まりだった。

私は八重垣とベルゼバブを見た。

「志波君、これで我がスバル銀行はＷＢＪ買収に乗り出す理由がさらにできたぞ」

八重垣が話しかけてきた。

「は、はい」

私は無理に笑みを作った。

「なにを鳩《はと》が豆鉄砲を喰らったような顔をしているんだね」

八重垣が笑った。

「すみません。あまりにも素晴しい決定だったものですから」

私はその場をつくろった。

私が戸惑っている理由は唯《ただ》一つ。八重垣を本当に支配しているのはベルゼバブではないかということだ。あのアスモデウスという色欲の館の主はベルゼバブだった。ということは彼が八重垣の肉体も精神も完全に支配しているのだ。

私が八重垣を支配していると思っていたのは単なる表面的なことであって、私の思い上がり、傲慢でしかなかったのではないか。

この思いが、この場を心から喜べないものにしているのだ。八重垣を私が思い通りに動かせないのだとすると、私が権力を握るには、さらに多くの策略を巡らさねばならない。いったいどういう策を巡らせばいいのか。あの館が夢の中のことであって欲しいと願う気持ちがあった。私は、私の中に弱気の虫が出てくるのを抑えねばならない。

それにしてもあの女性、私と睦みあったあの女性の太腿にはどこか見覚えがある。あの白く輝くような太腿……。記憶の扉が開かないもどかしさがある。もしどこかであの太腿を見つけることがあれば、あの館でのことは夢ではなかったことになる。

「今回の地裁の判断は当然だ。この信託売却は、何度も言うがWBJが私に頭を下げてきたのだ。裏切りは許されない」

倉敷が激しい口調で言った。

「しかしWBJは、あなたとの交渉を再開する気はないと会見しています」

ベルゼバブが冷静に言った。

WBJ側は今回の仮処分決定について、東京地裁に異議申し立てをし、「芙蓉信託と再び交渉のテーブルにつくことは考えていない」と明言したのだ。

「ＷＢＪの裏切り者たちは東亜菱光ＦＧに骨まで抜かれようとしている。あいつらは自分たちが騙《だま》されているということを知らないのだ。それが証拠に未《いま》だに何も決定してはいないじゃないか。東亜菱光ＦＧはじらすだけじらして、ＷＢＪが自壊していくのを待っているのだ」

倉敷は悔しさを全身に漲《みなぎ》らせた。

私は立ち上がった。そしてテレビ画面の前まで行き、

「倉敷社長、志波でございます。ご安心ください。私どもの八重垣があなたのために立ち上がります。ＷＢＪに対して信託も含む経営統合を申し入れます。これに必ず成功し、あなたの信託とＷＢＪ信託を合併させることを約束します。すでにスバル銀行の役員会では、ＷＢＪとの経営統合に参戦することは決定ずみであり、後はそれをいつ発表するかだけになっておりました。ついにそのときが来たようです」

と語りかけた。

「志波君」

八重垣が私を制止しようとした。

私は続けた。

「勝算はあります。ＷＢＪの株主やあらゆるステークホルダーに、スバル銀行と経営統合をするほうが有利であることを訴えていきます」

「志波さん、そこまでまだ」

　ベルゼバブが戸惑いの声を上げた。

　私はなぜテレビ画面の前で演説まがいの態度を取っているのか、自分でも信じられなかった。どこかで焦っているのかもしれない。このままではベルゼバブの好きにされてしまうとの危機感が私を動かしたのかもしれない。しかし慌てては全てを失いかねないのだ。

「ありがとう。八重垣さん、感謝する。やはり最後は同根の仲間が一番頼りになる」

　倉敷は満面に笑みを溢《あふ》れさせた。

「今、志波君が言った通りだ。僕の口から君に伝えるつもりだったが、彼は痺れを切らせたのか、みんな話してしまった。私はあらゆる手段を使って、東亜菱光ＦＧを追い詰めるつもりだよ」

　八重垣は声を大きくした。

「頼りにしている。それじゃあ」

　倉敷は画面から消えた。

　私は消えたテレビ画面をしばらく見つめていたが、八重垣に振り返り深く低頭した。

「どうした？　君らしくもなく、表にしゃしゃり出て……」

　八重垣が苦笑した。

「いいところを全て志波さんにさらわれましたね」

ベルゼバブが言った。

「申し訳ございません」

私は再び低頭した。

「私と倉敷との関係をわかっているだろう。とにかく同根とは言え、倉敷は私たちを基本的には敵視しているのだ。だから徹底的に彼をじらし、私たちに頭を下げさせようというのが、私とベルゼバブ君との考えだったのだ。それをあんなに簡単に認め、それにまだ決めてもいないステークホルダー戦略まで話すとは、君は何を勘違いしたのだね。でしゃばりだ」

八重垣は私を責めた。最初、苦笑していたものの怒りが収まらなくなってしまったのだ。

「倉敷さんに頭を下げさせようというのが基本でした。これだと彼の中に感謝の気持ちが起きません」

ベルゼバブまで私を非難した。

「倉敷社長はＷＢＪに裏切られ、ひどく傷ついておられます。そのときにまた私たちが作為的に振舞えば、疑心は募るばかりでしょう。それならばいっそ、こちらの思いをストレートにお伝えした方が信頼は生まれるはずです」

私は反論した。

八重垣は黙った。

「志波さんの言うことにも一理あります。いずれにしてももう賽《さい》は投げられました。頭取、突き進みましょう」

ベルゼバブが言った。

「勝ち目はあるか」

八重垣は訊いた。

「あるか、ないかはやってみない事にはなんとも言えませんが、負ける喧嘩はできません。私、ベルゼバブの名前に懸けてやらせていただきます」

ベルゼバブは低頭して言った。

「頭取、大丈夫です」

私は力を込めて言った。

八重垣が立ち上がって、私の手を握り締めた。

「しっかり頼むぞ」

「分かりました」

私は答えながら、八重垣の顔を見た。あのアスモデウスの館の梟面が思い浮かんだ。あの時、梟面の男は自分のものを握り締めて、女を後ろから苛《さいな》んでいた。

私は梟面の男の腰の動きを思い出して、こぼれてくる笑いをかみ殺した。

「なにがおかしい」

八重垣が私の手を握ったまま訊いた。

「いや、戦いの前の嬉しさです」

「そうか。私もこれからの戦いを思うと、嬉しさで身体が震えてくるよ」

八重垣は、強い力で私の手を握った。

私は僅《わず》かだが、八重垣に対する支配権を取り戻したことに安堵《あんど》した。私も八重垣の手を強く握り締めた。

「ここに集うのは悪魔ばかりよ」と、仮面の女性が耳元で囁く。

幾層にも分かれ、いやらしくうごめく股間の赤い唇、その唇の上の瞳のようなほくろが私を見つめている。

そうだ。誰も彼も、八重垣もベルゼバブも、そして私も悪魔なのだ……。

第五章　怠惰――ベルフェゴール

1

まだ午前九時前だというのに、八重垣の自宅前には記者が溢れるように集まっていた、まるで塀が黒く染まったかに思えるほどの数だった。

門を開けて出てくるなり八重垣は記者に囲まれ、マイクを何本も口元に突き出された。中には強引で、歯に当たりはしないかとはらはらさせられるものもあった。

私は八重垣を迎える車の中でその様子を眺めていた。

普段なら八重垣の車に同乗して、自宅に迎えに行くなどということはないのだが、今日は特別だった。このまま芙蓉信託の倉敷社長との早朝ミーティングに帝国ホテルへと向かわねばならなかったからだ。

八重垣は満足そうに微笑んだ。この男は、注目されていることに快感を覚えるのだろうか。今回の東亜菱光ＦＧとＷＢＪの一件に関して、自分の出番を作ることができたのが満足なのだろう。

今やマスコミや金融界は、スバル銀行の八重垣がどう動くかに注目が集まっている。申し訳ないが倉敷は話題の埒外《らちがい》に置かれることになった。当事者でありながら話題の中心に座れないのは腹立たしいだろうが、それも仕方がない。八重垣の方が役者が一枚も二枚も上なのだ。その意味では、経営統合の当事者である東亜菱光FGやWBJのトップたちも八重垣の前では形なしだ。あまりの役者の違いに、彼ら自身が恥ずかしい思いをしていることだろう。

八重垣は、群がる記者たちを制止し、

「スバル銀行は、WBJに全面的な経営統合を申し入れますよ」

と平然と言ってのけた。

八重垣が微笑を浮かべているのを私は見逃さなかった。

既に倉敷にはスバル銀行の正式決定を伝えてはあるが、八重垣は最も効果的な発表をやってのけた。

それはスバル銀行は、一枚岩であり、それを統治しているのは八重垣であるという演出だ。

まるで、ちょっと買い物に出かけますよと言った気楽さで経営統合を宣言したのだ。

「勝ち目はありますか」

不躾《ぶしつけ》な記者の質問が投げかけられた。

「やってみなければわからない。可能性はあると思っているよ」

八重垣は記者に微笑みかけると、

「待たせたな」

と言って、車に乗り込んできた。

「直ぐ出てくれ」

私は運転手に指示した。車は記者を撥《は》ねたりしないように慎重に動きだした。

八重垣は真っ直ぐ前を向いていた。唇を引き締めていた。カメラのフラッシュが窓に向かって幾つも焚《た》かれた。

車がようやく記者を振り切って走り出した。

「凄《すご》いことになりましたね」

「こんなものだろう。たいしたことではない。これからますます面白くなるぞ」

「新聞記者が言っていましたが、ＷＢＪの中でも今回の東亜菱光ＦＧとの統合について意見が割れているそうですよ」

「そりゃそうだろう。行風が違いすぎる」

「一時はリソウグループと合併させようという話があったようです」

「ほう、リソウとね」

八重垣は関心の目を向けた。

「あそこの一瀬雄二《いちのせゆうじ》会長の再建策に物足りなさを感じていた金融庁の官僚が、彼を引き摺《ず》り下ろして、ＷＢＪとの合併を画策したようですね」

「案外、その方が上手《うま》くいったかもしれないな」

　八重垣はふっと笑みを洩らした。

「しかし金融担当大臣の藪内《やぶうち》の反対にあって、あえなくそのプランは潰《つい》えたそうです。藪内大臣にしてみればリソウに二兆円もの公的資金を注入し、民間からトップを持ってきたのに、それを合併でうやむやにしたくはなかったのでしょう」

「新世界銀行にもＷＢＪは統合を申し入れたそうじゃないか」

「本当ですか」

　新世界銀行は、長期信用銀行の一角を占めていた長期融資銀行が破綻したのを、外資系ファンドが買収し、元外資系銀行の在日代表であった広田慶介《ひろたけいすけ》が再建に当たっていた。

「もうどこでもいいという感じだな。どうせ新世界銀行の豊富な自己資金を目当てにしたのだろう」

「それにメガバンクではないので乗っ取ることが出来る、くらいの安易な気持ちになったのでしょう」

「その通りだ。本当に懲《こ》りない連中だよ。結局その傲慢さが命取りになったのに気づかないのだ。馬鹿な連中だ」

「その新世界銀行との話はテーブルに載ったのですか」

「載るはずがないじゃないか。あの広田慶介が、イエスと言う訳が無い。一顧だにされなかったという話だよ」

八重垣は嬉しそうに笑った。

「うちへ来ればよろしかったのに」

私は余計なことを言ったと、口に手をかざそうとした。八重垣は東亜菱光ＦＧが出てこなければ、ＷＢＪ取りに堂々と出て行こうと考えていた節があるからだ。

今の姿は、注目は集めているものの、内心には出遅れたという腹立たしさを隠しているはずだからだ。

「馬鹿な奴らだ」

八重垣は吐きすてるように言った。

私は首を竦《すく》めた。自分に言われているような気がしたからだ。

「着いたようですね」

車は帝国ホテルの駐車場へと滑り込んで行った。

部屋には倉敷とベルゼバブと一緒に待っているはずだ。これからの動きの分析と、それへの対策を練ることになる。

果たして八重垣はどこまで戦い抜く覚悟なのだろうか。そしてこの戦いに勝利するのだろうか。それは私をどこに導く戦いなのだろうか。

2

「志波常務、ちょっといいですか」

執務室に入ろうとする私を呼び止める者がいる。振り返ると、そこに斉藤が暗い顔で立っていた。

「斉藤常務、いかがなされましたか」

「ちょっとお話しさせてもらっていいでしょうか」

斉藤は、周囲に目を配りながら言った。

「はあ、改まってなんでしょうか。部屋に入りましょうか」

私はドアを開けて、斉藤を招じ入れた。

「お茶でもとりましょうか」

ソファに座った斉藤に言った。

「結構です。すぐにお暇《いとま》いたしますから」

斉藤は手を振って、拒否の意思を表示した。

「それではお伺いいたしましょうか」

私は斉藤の前に座った。

「このままでは、我がスバル銀行はおかしくなっていくと思いませんか」

斉藤は思い詰めたような深く沈んだ目を私に向けた。力が無いようではあるが、しかし決意が感じられる視線だった。

「なんのことでしょうか」

私は斉藤の視線を避けた。

「なんのこととおっしゃいますか。あなたと頭取が進めておられるＷＢＪ買収の話です」

「買収ではありません。経営統合です」

「そんなことどちらでもいいでしょう。世間から見れば買収ですよ」

斉藤はようやく落ち着いたのか、俯《うつむ》き気味の身体を起こした。

「あれは、以前の経営会議で全体的な方針を決めたはずですが……」

私は突き放したように言った。

「承知しております。空《むな》しく私のみの反対となり、頭取のご機嫌を損ねてしまったようです」

「その方針に従って動いてるだけですが」

「志波常務、よく考えてください。冷静になってください。当行にＷＢＪを買収する力などありません」

斉藤は、身体を乗り出してきた。

「何をおっしゃいますか。頭取の戦略を全否定されますと、役員として残っていられなくなりますぞ」

私は負けじと、斉藤を押し返すように身体を乗り出した。

斉藤は口をひん曲げ、苦痛の表情を浮かべ腕を組んだ。

「それでもいいと考えております。志波常務に申すまでもありませんが、ミズナミフィナンシャルグループは二兆円を超す赤字を出してきました。それに対する増資も一兆円と破格です。金融庁に追い詰められた結果とは言え、ここまでやれるミズナミを馬鹿にできません」

「といいますと……」

「もうすぐミズナミは復活してくるでしょう。今はモンロー主義的にひっそりとあゆることに沈黙しておりますが、大胆な不良債権処理により必ず経営を改善すると思います。それに引き換え我がスバル銀行は、何を血迷うたか、合併だ、買収だと大騒ぎ……」

斉藤は私を睨んだ。軽蔑《けいべつ》を含んだような視線だった。頭取側近のお前が頭取を煽《あお》っているのだろうという視線だ。

「斉藤常務、以前とお考えが全くお変わりでないことは分かりました。しかし、すでに賽《さい》は投げられたということです。お聞きになったでしょう。頭取はすでにＷＢＪとの経営統合を発表されました。今さら取り下げるわけにはいきません」

「私は取り下げてもらいたいと思います。確かに前回の経営会議で、ＷＢＪとのことについては頭取に一任するとの結論になりましたが、先方は頑《かたく》なに拒否をしています。そのことは想定の範囲外であったと思います」

「拒否しているからといって、可能性がないとは言えないでしょう」

「志波常務、望まぬ結婚で幸せになれますか。お互い望まれてこそ幸せになるのです。こんな無理を重ねたら、お互いが不幸になるばかりです」

また斉藤が押し返してきた。

「それで私にどうしろと……」

私は身体を引き気味に訊いた。

「近く取締役会が開催されると思います。今回のＷＢＪに対する経営統合をどうするか、どういう条件を提示するかという内容です。今、事務方が頭取の指示で内容を詰めていますが、その会議で反対に回って頂きたい。そのお願いです。勿論、私も反対いたします」

斉藤は深く頭を下げた。

「それはできない」

私はきっぱりと言った。

斉藤が顔を上げた。強く私を睨んでいる。年齢に似合わず純粋な目をしている。それが私をより一層苛立《いらだ》たせる。

「先ほども申し上げましたが、金融庁から厳しい指導を受けたところから経営が改善しているという皮肉な結果が生まれています。ところが不幸なことに、当行の八重垣頭取には、行内では誰一人として文句を言う者はおりません。行外の金融庁でさえ遠慮して何も言いません。志波常務にはどういう情報が入っているかわかりませんが、今回のことを金融庁はいまいましく思って眺めています。本音は自分の頭の上のハエを追えというところでしょう。なんとか出来るのは私と志波常務、あなたしかいません。反対しましょう」

斉藤がテーブルに頭をつけた。

私は腕を組み、顔を天井に向けた。本当にしつこい奴だ。私の腹の中を見せてやりたい。私は頭取にとことんまでやってもらい、結果として失敗することを望んでいるのだ。そしてボロボロになっての退陣……。そうなってこそ私が天下を取れるのだ。

斉藤が顔を上げた。

「お考えを変えていただけないようですね」

「ええ、まあ、私は頭取を信頼しておりますから……」

「分かりました。ここではもうこれ以上申しません」

斉藤がすっくと立ち上がった。

「お役に立ちませんでしたが……」

私は斉藤をドアのところまで送りながら言った。

「お気になさらないでください。あっそうだ。ちょっと今夜付き合ってくれませんか。お時間はありますか?」

斉藤が微笑しながら言った。

「今夜は何も」

私は若干戸惑いながら斉藤の笑みを見つめた。

「それは良かった。それでは銀座八丁目にある銀座ビル六階の『星座』というクラブで、午後七時にお会いいたしましょう」

「銀座八丁目の星座ですね」

「そうです。星の星座です。あとから地図を秘書に持たせましょう。そこで交渉の第二ラウンドですよ」

斉藤は、硬い表情のまま、声に出して笑った。

「もう勘弁してください」

私は苦笑した。

斉藤はまだ諦めていないのか。私と彼とは立場が違う。彼は純粋に八重垣とスバル銀行のことを思っているようだ。私はというと……。

3

「どこかこの辺りで待っていてくれ」

私は運転手に伝えて、銀座八丁目の日航ホテル前で降りた。この裏辺りに斉藤が話していたクラブがあるはずだ。

あの堅物の斉藤に行きつけのクラブがあるとは驚きだ。案外、隅に置けない人物なのかもしれない。

私は手に小さなメモを持って、ビルの看板を見上げていた。

花売りの女が近づいてきた。

「どこの店」

女は親しげに訊いてきた。

「銀座ビルの星座だよ」

私は地図を持った手を振った。

「それならあそこにありますよ」

女は数軒先のビルを指差した。確かに星座と読める。

「ありがとう」

私は財布から千円を出し、花を買った。

「またね」

女は去っていった。

私は花を見て、無駄なものを買ってしまったと思った。仕方がない。これを持ったまま行くか。

私は星座の看板を見上げて、歩いた。

六階までエレベーターで昇ると、直ぐに入り口があり、黒服が立っていた。それなりの店構えだ。

「スバル銀行の斉藤さんと待ち合わせなのだが」

私は黒服に言った。

「お待ちでございます」

黒服は、さっと手を伸ばすと中に招じ入れた。

店内はなかなか凝ったつくりだった。フロアの天井はさそりのステンドグラスが妖しく輝き、床には半人半馬の怪人が弓を引くタイル絵があった。周囲を円く囲んだ壁には、それぞれ小さくステンドグラスがはめ込まれていた。蟹《かに》や山羊《やぎ》などが見えるから星座の絵なのだ。この店が星座と名乗る所以《ゆえん》だろう。

ほの暗い店内には女性が十数人いた。この時間では客の数より女性の数が多いのではと思われる。

赤いソファとテーブルでボックスを作っていて、その境には大きな生花が配置され、隣が気にならないようになっていた。

ソファに腰をかけていた斉藤が、私を見つけて立ち上がった。両脇にいる女性が一斉に私を見た。

「待たせました？」

私は斉藤に訊いた。

「いえいえ、私も先ほど来たところです。こちらへどうぞ」

斉藤は彼の隣のスペースを示した。私は、斉藤の落ち着いた態度に戸惑いを覚えながら、ソファに座った。

すぐ隣の女性がお絞りを手渡してくれた。

「どうします？」

「とりあえず一杯だけビールをもらえますか」

私は言った。

斉藤は、私のためにビールを頼んだ。自分は水割りを新しく作ってもらっている。

「随分いい店をご存知ですね」

私は言った。

「それほどでもないですよ。ここのママが、数年前、営業部へ来て、新しく店をオープンするから貸してくれって言ったのを、私が手続きしたのが縁ですよ。ママが来たら紹介します」

私は生ビールで満たされたグラスを斉藤に向かって掲げた。

「志波さんでいいですね。プライベートですから」

斉藤は微笑した。

「結構です」

私は言った。

「志波さん、お子さんは」

「残念ですが」

私には子供がいなかった。無理に作りたいとも思わない。

「そうですか。それは羨《うらや》ましい」

「何をおっしゃいます。確か、斉藤さんには……」

「男の子が二人です。一人はまあなんとかなるのですが、もう一人がご存知のように問題含みでしてね」

　斉藤は苦笑いを浮かべながら、ウイスキーを飲んだ。

　例の事件を起こした次男のことを言っているのだ。その後はどうなっているのだろうか。直美は雨降って地固まるなどと言っていたが……。

「時々、仕事を投げ出して、子供のところに行ってやりたいと思うような時がありますね」

　斉藤は寂しげに言った。

「といいますと？」

　私は首を傾《かし》げた。

「私が仕事ばかりに熱中しているから、子供が荒れてしまったのでしょうね。長男は、まだ面倒を見てやりましたが、次男になると、ちょうど忙しいさなかでしたからね。どうしようもなかったのです」

「あれは本当に大変な災難でしたね」

「あの時は頭取にも大変なご心配をかけてしまいました。本当に申し訳ないことをしました」

「頭取は病院にもいらっしゃって、本当にご心配されていましたよ。その後、お子さんは落ち着かれたのですか」

「ええ、まあ。よく話し合いまして、今は勉強をしております。付き合っていた娘さんとの交際は許してやりました。そこは心配ですがね……」

斉藤は力の無い笑みを洩らした。

「幾つになっても子供さんは心配なものですね。子供のない私が言うのもなんですが」

「その通りです。しかし子供も親のことを心配しています」

斉藤は私を見た。何かを訴えたいらしい。

「勿論でしょう。子供が親を心配するのは当然のことでしょう」

私は答えた。

「八重垣頭取は私の親も同然です。今日《こんにち》、こうして役員をやらせていただいておりますのも、私の実力というより八重垣頭取のお陰です。あの、息子が起こした事件の際も大変深い同情をいただきました。本当に思いやりのあるお方です。そんな方が今、暴走をされているのを止められないのが悔しい」

斉藤は奥歯を噛み締めているようだ。

「暴走されてはいません。私たちがきちんとお守りすれば大丈夫だと思います」

「そうでしょうか。ああいった派手なことに手を挙げるのは、身近な問題に目を向けさせないようにしているのではないかと思うのです。先送りになっては問題です。そうは思いませんか、志波さん」

斉藤は厳しい顔になった。

私はこんな店で斉藤の難しい顔ばかり眺めていても面白くない。斉藤の呼びかけを無視して、ウイスキーを飲んでいた。

「ママ」

斉藤が、私たちのテーブルに近づいてくる女性に声をかけた。

私は、斉藤の声に反応して、顔を上げた。女性の顔を見ようと思ったのだ。

「あっ」

私は思わず悲鳴に近い声を出した。ママの背後に立っている女性を見て、ソファを蹴《け》って、立ち上がってしまった。

4

斉藤は、慌てた様子の私を見て、

「知っているのですか、ママを」

と訊いた。

「いいえ」

私は、ハンカチで額の汗を拭いながら、ソファに腰を下ろした。

「なんだか驚いている様子でしたが」

「ちょっと忘れていたことを、急に思い出したものですから」

「そういうことですか。確かに、急に何かを思い出して、びっくりすることがあります、私も……」

斉藤は笑った。

「斉藤様、いらっしゃいませ」

ママはにこやかに椅子に腰を下ろした。涼やかな和服姿だ。

「志波さん、佳代子《かよこ》ママですよ」

斉藤が言った。

「志波と申します。よろしくお願いします」

私は頭を下げた。

佳代子の隣に同じように腰を下ろした女性をちらりと見た。赤いロングドレスを着ている。そのドレスには太腿《ふともも》の付け根の辺りまで深いスリットが入っている。そこから驚くほど白く肌理《きめ》細かな肌をした足が大胆に覗いていた。

彼女は私を見て、微笑した。

まちがいない。美保だ。なぜこんなところにいるのだ。

私は、また額の汗をハンカチで軽く拭った。

「ママ、志波さんは、僕の信頼している人だ。これからもよろしくね。ところでその子は？」

斉藤も美保が気になったようだ。斉藤は初めて会うのだろう。

「この子は、川嶋美保さん。私の知り合いから預かってくれって頼まれたのよ。今週から来ているの。美人でしょう」

佳代子は、自慢げな微笑みを浮かべて美保を見た。

「川嶋美保です。よろしくお願いします」

美保はいつもとは違う幼さを演じているようだ。私は笑いを堪《こら》えた。

「いい子だね。艶然《えんぜん》としたところもあり、思わずとろけそうだよ」

斉藤がだらしなく顔を崩している。

「美保ちゃん、斉藤さんと志波さんの間に入りなさい」

「はい」

美保は立ち上がると、ドレスのスリットを正した。ほのかに鼻腔を刺激する香水の香りがした。

「失礼します」

美保は斉藤に身体を摺り寄せるようにして座った。私は、むっとした気持ちになった。

なぜ、ここにいるのだろうか。そればかりが気になって仕方がない。

斉藤は美保と他愛もない話を始めて、笑っている。ここに私をさそった趣旨など、すっかり忘れてしまったかのようだ。私は仕方なく隣に座った女性と話していた。佳代子はいつの間にか別のテーブルに行っていた。

「占いに興味あります？」

美保が斉藤に訊いているのが耳に入った。

「占い？　信じる方じゃないね」

斉藤が笑いながら言った。

「でも、とても楽しそうでいらっしゃいますが、なにか大きな問題を抱えておられるように見えますわ。失礼ですが」

美保の言葉に斉藤が笑いを止めて、真面目な顔になった。

「志波さん、この美保さん、占いをやるんだって。私が何か大きな問題を抱えていると言われましたよ」

「斉藤さん、占ってもらったらいかがですか。大きな問題があるんでしょう」

私は皮肉っぽく聞こえるように言った。斉藤と美保が楽しそうに会話を交わしていることに苛立ちを覚えていた。

「占ってもらってもいいけど、答えが気になるんですよね」

斉藤は情けない声を出した。

「所詮《しょせん》、占いですから。単なるこの場の座興ですわ」

美保は持っていたポシェットの中から束になったカードを取りだした。それには奇妙な絵が描かれていた。

「タロットかい？」

斉藤が訊いた。タロットとは占いに使うカードのことだ。

「いいえ、そうじゃありません。これには多くの悪魔の絵が描いてあり、今、その人がどういう悪魔に取り憑《つ》かれているか、あるいは取り憑いてもらったらいいかを占うものです」

「悪魔占い？」

「そういうことです」

美保は初めて私を見た。

「おもしろそうじゃないか。斉藤さん、やってもらいなさいよ」

私は囃《はや》したてた。

「じゃあ、お願いするかな」

斉藤は、居住まいをただした。

「じゃあやりますよ」

美保は慎重にカードを切り、それを手のひらで広げると、

「ここから三枚抜いてください。それは誰にも見せないで、そのままテーブルに置いてください」

と言った。

斉藤は、こわごわとした手つきで三枚のカードを抜いた。

「見ちゃだめなのかい？」

斉藤は、不安の影を顔に宿していた。

「ダメです。テーブルに置いてください」

美保が言った。

私は美保の背中越しにテーブルのカードを見つめた。大きくドレスが割れ、むき出しになった美保の背中は透明なほど白く、染み一つないほれぼれとするものだった。私は思わずその背中に唇を軽く触れてしまった。その時、美保の肩がピクリと動き、私は慌てて唇を離した。

「それではカードを開きます」

美保の指が真ん中のカードに向かうと、斉藤が息を呑んだ。

「いいですね」

「そのカードに描かれている悪魔が、僕の守護霊みたいなものになるのかい？」

斉藤の質問に、美保は頷いた。

美保の指が動いた。

「ベルフェゴールですね」

美保が言った。

「ベルフェゴール？」

斉藤が呟いた。

「なんだかエッチな悪魔ね」

私の隣の女性が笑った。

角の生えた馬身の男が女性と抱き合っている絵だった。

「これは女性にセックスを強《し》いる悪魔なのよ。女性の純潔や純情が信じられないの。それで人間には幸せな結婚などないと思っている、人間嫌いの悪魔よ。人間を嫌うあまりに何もかも嫌になってしまった悪魔、それで怠惰を象徴するようになったのね」

「幸せな結婚生活などないと思っている悪魔。それには同感だな。しかし怠惰とは？怠惰って怠け者ってことだろう？　嫌だな。ろくな悪魔がついていないな」

斉藤は、大げさに嘆いた。

「斉藤さんは怠け者じゃないよ。働きすぎるくらいだ」

私は口を挟んだ。

「そうではなくて、今、抱えている問題を解決するには、あまり動くな、怠け者、すなわち無関心を装えってことですわ。例えば、大石内蔵助が一力《いちりき》茶屋で遊んでいたようなものです。あだ討ちの覚悟をさとられないように……」

美保が斉藤の顔を見た。

斉藤は、先ほどとは打って変わって真面目な顔で、美保の話に耳を傾けていた。

「ようするにジタバタと動くなということかい？」

「そうです」

美保は断定した。

斉藤は腕を組んで、うーんと唸《うな》りながら私を見た。

「志波さん、動くなですって。当たっているような、当たっていないような、なんて言ったらいいんでしょうね」

「美保さん、他のカードは？」

「それでは開けて見ましょうか……マモンですね。もう一つはサタン。なるほど……」

美しい女性が大きく腹を突き出して、金や男などをむさぼっている絵、そして大きく黒い羽を広げた角の生えた若者が、岩山にうずくまっている絵。この二枚の絵が最初の斉藤の絵を囲んでいた。

「なるほどって、どういうことなの？」

斉藤は心配そうな目で美保を見た。

「あなたにはこれから、貪欲《どんよく》なマモンを守護霊にする女性が近づいてきます。そして悪魔の中の悪魔であるサタンも……。この二つの悪魔があなたを支えてくれるかもしれないということを示しています。その二人が現れるまで怠惰、即ち無関心を装えということでしょう」

美保はきっぱりと言った。

斉藤は真剣な顔で美保を見つめていた。

「マモンとサタンが現れて斉藤さんに協力するのか」

私は訊いた。

「協力するかどうかはわからないですわ。しかし斉藤さんの周辺に彼らが現れるまでは、静かにしていなければなりません。でないと負けるということを暗示しています」

美保が私に言った。

「これはわざと美保さんが作った結果なの？」

私は訊いた。

「そうではありません。すべて悪魔の御心《みこころ》のままです」

美保が真剣な目で私を見つめた。

斉藤はカードを見つめて、腕を組んでいる。ホステスがいるクラブに来ているということを忘れてしまっているようだ。すっかり真剣になっている。

「斉藤さん」

私は呼びかけた。

「驚いたなあ。あまりにも私の状況を的確に言い当てているね」

斉藤は美保をしげしげと見つめた。

「お役にたちましたか」

美保は微笑した。

「はあ、なんとも。とにかく怠惰を決め込むこと、ベルフェゴールの斉藤になりきることが肝要なんだね。なかなか厳しいが、占いの通りかもしれない」

「よく当たりますのよ」

「しかしマモンとサタンがいつ現れるのかなあ」

「そう遠くない時期に現れるでしょう。彼らとどう関係づけるか、そしてどのような運命を引き寄せるか、それが課題ですわ」

美保は斉藤に答えながら私を一瞥《いちべつ》した。

私は美保の行動をたちまち理解した。美保は占いによって斉藤の反八重垣の動きを封じ込めたのだ。八重垣の行動に制約をかけないために。それが私のためになるからだ。

しかしそれにしても、マモンとサタンが現れて斉藤に協力するとは、何を暗示しているのだろうか。サタンといえば、あの美しい顔をしたフリーライターが確か佐丹といったが……。

美保が立ち上がった。

「ママが呼んでいますので、失礼します」

「あれ、行ってしまうのかい」

斉藤が悲しそうな声を上げた。美保に魅了されたのかもしれない。

「すぐまた参りますから」

「君を見ていると、悪魔カードのベルフェゴールになりたくなってきたよ。君を抱きながら、時間を忘れて怠けたいものだ」

斉藤は、カードの絵柄のことを思い出したのだ。とろりとした目で美女を抱く、角の生えた馬身の男……。

美保の赤いドレスのスリットが私の目の前で大きく開いた。一瞬、太腿の付け根の内側まで白い足が全て見えた。

まばゆいばかりだった。そしてその太腿……。どこかで見た。その太腿。まばゆいばかりの白い太腿。

あっ。私は思わず声を上げた。

「どうした？　志波さん」

斉藤が怪訝《けげん》そうに見ている。

「いや、なんでもない」

私は無理に笑みを作った。

まさか？　それにしても美保はいったい何者なのだ。

私はなんだか寒気がして、身体を小刻みに震わせた。

5

八重垣のＷＢＪ統合発言があったものの、ＷＢＪ経営陣は徹底拒否を貫いていた。その現状を打開しなくてはならない。打開策の検討は、ベルゼバブが主導的に行った。

八重垣は、私にこう言った。

「スバル銀行には人がいない。ベルゼバブに匹敵するような人がな」

八重垣のため息混じりの言葉に、私も激しい衝撃を受けた。その言葉は私自身にも向けられているような気がしたからだ。

外資系投資銀行のベルゼバブに全ての点において劣るというのだろうか。こんな八重垣の言葉が知れ渡ったら、他の役員たちはなんと思うだろうか。

そうはいうものの、こうした本音を洩らしてくれるということは、他の役員よりも私が優位にいるという証《あかし》であることは間違いない。

「あなたしか頼りにする人はいない、と頭取がおっしゃっていましたよ」

私はベルゼバブに言った。

ベルゼバブは笑って、

「八重垣さんの一流のジョークですよ。スバル銀行には人材が一杯です。私など、とてもかないません。だからスバル銀行で商売をさせてはもらいますが、ここの頭取にはなれませんね。志波さんのようにね」

と言った。

大きな口を開けて笑うベルゼバブは、その名の通り腐肉をむさぼる蠅《はえ》の王そのものだ。

私はこの悪魔を上手にコントロールしなければ、八重垣の後釜《あとがま》に座ることはできないと思うと、いささか憂鬱《ゆううつ》な思いがした。

ベルゼバブは大胆なアイデアを打ち出した。

ＷＢＪに五千億円以上の資本支援、公正公平な人事運営、統合比率は株価をベースにする、首都圏、東海、関西の三極運営などだ。

「とにかく対等合併だということを打ち出さねばなりません」

ベルゼバブは八重垣に説明した。

「対等の精神による合併だな。美学がある」

八重垣は満足そうに微笑んだ。

「私の調査によりますと、WBJの内部には東亜菱光FGの傲慢さに辟易《へきえき》としている向きも多くおります。それは造反しかねない勢いです。そもそも旧経営陣及び現経営陣の無為無策が招いた混乱だという認識がありますす中で、東亜菱光FGが一向に資本注入額を明示しないばかりか、新銀行の人事は全て東亜菱光FG主導、会長、頭取も東亜菱光FGから出すなどと言うものですから、怒りは爆発寸前になっております」

「この五千億というのは、どこから出てきたのか」

八重垣が訊いた。

「これは今、東亜菱光FGともみ合っている数字であります。東亜菱光FGは芙蓉信託と同じ三千億円程度を考えていたようでありますが、不良債権処理の状況を考えますと、とてもそれでは十分ではありません。さすがはしたたかさで有名な東亜菱光FGです。小出しに資本支援額を引き上げているようです」

「相当、WBJは苛立っているようだな」

「若い部長の中には、交渉決裂だ、自爆だと騒ぐ者がいます。まあ経営陣もそうした声は容認しております」

「それはなぜだ」

「東亜菱光ＦＧに聞こえるように、わざと大きな声を上げさせているという面も否定できません。合併後の経営を担《にな》う若い者の声を無視してはならないと、東亜菱光ＦＧに分からせようとしているのでしょう」

「東亜菱光ＦＧ側は、どうなのだ」

「強気です。もし合併に不満ならば粛清するぞと脅しています」

「ほほう」

八重垣はベルゼバブの、まるで東亜菱光ＦＧとＷＢＪの統合交渉の場に立ち合っているかのような説明に感嘆の声を上げた。

「よくそこまで状況がつかめておりますね。まさかベルゼバブさんは二重スパイではないですよね」

私は笑いながら言った。

ベルゼバブは思いがけなく厳しい顔を私に向け、

「私は八重垣頭取というクライアントのためなら、スパイだろうが忍者だろうが何にでもなってみせます。それがベルゼバブ流です」

と言った。

私は、その厳しい目にたじろいだ。

「WBJの経営陣も今頃大いに後悔しているだろう。所詮、東亜菱光FGと結んでも関西と関東の補完にしかなりえない。わがスバルと組めば、関西で二百店以上の支店を効率化できるという、本当の意味での統合効果、集中化が出来るのだ」

「おっしゃる通りです。その合併効果は二、三千億円になるでしょう」

私は言った。

「それにあの東亜菱光FGの人事を見てみれば、WBJの行員たちの不幸な将来に涙せざるを得ない。あの企業体は純血主義なのだ。それこそが力の源泉だと思い込んでいる。だから東亜銀行出身者など、探そうにもどこにもいなくなってしまった。今回も恥ずかしげもなく、人事は東亜菱光FG主導で行くと宣言しおった。東亜菱光FGとは名ばかりで、菱光主導で行くというものだ。彼らの菱光純血主義は恐ろしいほどだ。その点、このスバル銀行は出身行にとらわれない適材適所を貫く精神がある。行員たちにとっても、スバル銀行の方が幸せだ」

八重垣は自信たっぷりに言った。

「私はできるだけ多くのWBJ幹部に、スバル銀行と交渉すべきだという声を上げさせるようにいたします。内部から混乱させてみせましょう」

ベルゼバブが不敵な微笑を浮かべた。

やはりこの男は普通ではない。ＷＢＪの人間とも秘密に接触を図っているのだ。この芸当はとても私に出来ることではない。

「早速、取締役会を開け」

八重垣が私に命令した。私は直ぐに取締役会招集手続きに入った。

6

取締役会は八重垣の独壇場となった。だれ一人発言をしなかった。

資本支援五千億円以上などが順調に決まっていった。説明は八重垣自身が行った。そのことも他の役員に発言を許さなかった原因の一つだ。

「今回の提案書をＷＢＪの大泉頭取に送付する。志波くん、送付手続きを頼みます。先方にも送付する旨の連絡を入れるように」

取締役会の終わりに当たって、八重垣は私に向かって言った。私は、「はい」と緊張した声を発した。

「ついに始まってしまいましたね」

取締役会会議室を出たところで斉藤が近づいてきた。

「斉藤常務、先日は失礼いたしました」

「こちらこそ、変な店に連れて行きまして、申し訳ございません」

「斉藤常務が何か頭取に意見されるのかと楽しみにしておりました」

私は薄く笑った。

「悩みましたが、止《や》めました。今はその時期ではない。ここはベルフェゴールになるべきだと……」

斉藤が微笑した。

「ベルフェゴール？」

私は首を傾げた。

「あの店の美保とかいうホステスの悪魔占いですよ」

「ああ、思い出しました。あの奇妙な女ですね」

私は大げさに驚いてみせた。実は、斉藤が発言しなかった時から、あの占いの成果だとは気づいていた。

「奇妙といえば奇妙。美しいといえば美しい。それにしてもあの占いは応《こた》えました。ぴたりと言い当てられましたからね。ベルフェゴールにならって、とりあえず怠惰を決め込むことにしました」

「幸せな家庭生活はないと思っている人間嫌いな悪魔でしたね」

「そうです。私の家庭生活もあまり幸せではありませんしね。息子のことはなんとかなってもその他諸々《もろもろ》、悩みは深いですよ」

斉藤は目を伏せた。

「私も同じようなものです。私などは幸せな家庭生活を望むべくもないようなものですからね」

私は、気の抜けたような笑いを漏らした。

斉藤がそれにあわせて笑った。

「しかし今後はどう展開していくでしょうか。上手く行くのでしょうか」

「さあ、正直なところ私にもわかりません。今回の経営統合申し入れの結果は、神のみぞ知るですね。私は、ただ頭取について行くだけです」

「志波常務は覚悟がおありです。私は今回はベルフェゴールでしたが、いつまで怠惰でいることができるのか自信がありません。頭取のことを心配するあまり、意に沿うべきか逆らうべきか、臣下として採るべき道を迷っております」

「斉藤常務のことを頭取は心から信頼されておられますので、反対されると悲しまれるのではないでしょうか」

私の言葉に、斉藤は深く頷いた。

私は斉藤と別れ、取締役会の決定事項を配達証明付速達でＷＢＪの大泉頭取宛に送付する手続きを終えた。そして先方の秘書企画担当の役員に直接電話で連絡をした。

電話口で驚いているのが目に見えるようだった。

そのようなものを受けとることは出来ません。

ただ今、送付いたしました。

受け取り拒否にさせていただくことになります。

そういうわけには行かないでしょう。頭取宛にお送りいたしました。内容をよく吟味されませんと……。

相手の役員の息遣いが聞こえてくるようなやり取りだった。私は電話を終えて、受話器を置いた。受話器が私の汗で光っていた。

私は電話の内容を報告するために八重垣のところに向かった。

もう誰かが入っているのか、八重垣の部屋の前に立ったとき、中からかすかに八重垣以外の人の気配がした。

私はドアを開けた。

そこにはベルゼバブがいた。

「志波さん、いろいろとご苦労様です」

ベルゼバブがにこやかに笑って、私を見た。

「あなたが考えた通りに取締役会も通りました。今、ＷＢＪに連絡して、決定内容を送付したところです」

私はやや不機嫌な顔をしたかもしれない。というのも全てベルゼバブが先回りしており、彼が書いたシナリオに乗せられているような気がしたからだ。

「私の考えではありませんよ。全て八重垣さんです」

ベルゼバブは八重垣と目配せをした。

「相手の反応はどうだった。驚いていたか」

「はい。受け取り拒否も辞さないと申しておりました」

「そうか」

八重垣は満足そうな笑いを浮かべた。

「あくまで我が方を無視するという考えのようです」

「ところで、今日の役員会は少しくらい異論が出ると思っていたが、全く出なかった。奇妙なくらいだった」

「斉藤常務も大人《おとな》しくされておりました」

「いろいろと意見があった方が、本当はいい。みんなが何も考えない、私に任せたとダンマリを決め込み、怠惰になってしまったら、このスバル銀行の本来の良さがなくなるぞ」

八重垣は僅《わず》かに顔を歪めた。

いい気なものだ。もし何かを発言すれば、そのことで粛清されるのは火を見るより明らかだ。その状況を作り出しておきながら、役員たちが何も発言しないことに不満とは！　権力者というのは勝手きわまる存在だ。

「おい、志波くん」

八重垣が突然、私を呼んだ。私は、はっとして我に返った。

「何をぼんやりしているんだね。そんな怠惰な態度では、私の後釜は狙えないよ。戦って勝ち取るものだよ。もうこれ以上無理だというくらい悪知恵を絞り出しなさい」

「はっ、はい。いえ、悪知恵などと……。そんな……」

私は焦った。

八重垣が何を言おうとしているのか分からなかった。

（もう一歩、ＷＢＪを追い込む方法を考えろってことですよ。あなたが怠惰なベルフェゴールになってはおしまいですよ。傲慢なルシファァさん……）

ベルゼバブの声が聞こえてきた。

ベルフェゴール？　なぜベルゼバブがそのことを知っているのだ。

私は、自分の顔の温度が急激に下がるのを感じて、ベルゼバブを振り向いた。彼は、何事も無い様子で八重垣と話していた。

空耳？

私は自分の耳を指でほじった。

「頭取……」

私は八重垣ににじり寄った。

「なんだ」

八重垣が大きく目を見開いた。

「マスコミを通じて、今回の申し入れの内容を発表いたしましょう。そうすれば嫌でもＷＢＪは封を開け、内容を検討せざるを得ません」

私は言った。

「それはいい考えです」

ベルゼバブも思わず手を打った。

「よし、では君たちの意見に従うことにする。影響力のあるマスコミを呼ぶんだ」

私は、すぐに自らの携帯電話を取り出し、広報部長を呼び出した。

（それでいいのです。あなたはベルフェゴールではありませんよ）

またどこからともなく声が聞こえてきた。

私は怠惰なベルフェゴールではない。怠惰を決め込んだのは斉藤だ。私は声に出しそうになり、口を塞《ふさ》いだ。額には汗が滲《にじ》んでいた。

7

「どうなっているんだ。これでは予測と違うではないか。ベルゼバブ君、君の予測は外れたのか」

八重垣が血相を変えて、怒鳴りだした。

ベルゼバブが青くなって俯いている。彼のこんな姿を見るのは初めてだ。

どうなさいましたか、と訊くのも愚かに思えて私は黙っていた。

「まさか、地裁の決定が高裁で翻るとは思わなかった。こんなことは倉敷も想定していないはずだ」

ＷＢＪは東京地裁の決定に従うわけにはいかないと、東京高裁に抗告していたのだ。その決定が下りたようだ。それも芙蓉信託や我々に不利な形でだ。

「情報がございましたか」

私は思い切って訊いた。高裁の決定内容については、まだどのマスコミにも出ていない。

ベルゼバブが私を見た。

「ただ今、芙蓉信託より連絡があり、東京高裁が東京地裁の仮処分決定を取り消しました。高裁は、ＷＢＪと芙蓉信託との独占交渉権について法的拘束力があるというもののの、両者の信頼関係が失われた現在においては、その効力を失ったと結論づけたのです」

「そんな馬鹿な」

私は思わず叫んだ。

「その通り、信じられない決定だ。私も倉敷も驚いている。信頼関係をなくした原因を作っておきながら、その点にまったく配慮せず、現状追認だ。こんな馬鹿な決定を出すようなら、世も末だ」

八重垣は吐き捨てた。

「地裁の判断を、よほどのことがない限り高裁は踏襲すると思っていましたから、ちょっと呆然《ぼうぜん》としているところです」

ベルゼバブが言った。

「いかがされますか。もうお諦めになるのですか」

私は挑発的に訊いた。

「馬鹿もの、そんなに簡単に諦められるか。それなら最初から手を挙げはしない」

八重垣が怒鳴った。

「失礼しました」

私は深く頭を下げた。そうしながら口元に笑みがこぼれた。

八重垣は負ければ、ますます熱くなり、のめりこんでいく。それはこちらの思う壺《つぼ》というとなんだが、望むところだ。こうして抜き差しならぬところまで足を突っ込んでくれれば、こちらも料理しやすくなる。面従腹背とまではいかないが、面従半腹背といったところだ。

「芙蓉信託は最高裁に特別抗告を申し立てたようです」

ベルゼバブは言った。

彼の情報は極めて早い。ありとあらゆるところにネットワークを張り巡らせているようだ。

「そうか。倉敷なら当然だな。最後までやるだろう」

八重垣は大きく頷いた。

「WBJと東亜菱光FGは勢いづいておりまして、我々の提案書にあった五千億円以上の資本支援額を上回る七千億円を支援するとしております」

「それは我々が五千億円以上と提案したからですね」

「その通りです、志波さん。提案書を送り、頭取がテレビの報道番組で提案内容を発表されました。そしてスバル銀行の提案のほうが優れていると強調されました」

「あの番組はなかなか視聴率がよかったと聞いているぞ」

「とても好評でした。お陰でＷＢＪを元気づけたようです。当初、高額な資本支援を渋っていた東亜菱光ＦＧも、スバル銀行を上回る金額を提示せざるを得なくなりました。また人事も対等にするということで、退陣させられる予定だったＷＢＪの経営陣も生き残ったようです」

「たいしたものだ。あの慎重居士《こじ》の東亜菱光ＦＧがそこまで動いたか」

「相当、ＷＢＪが揺さ振りをかけたと聞いています。勿論、スバル銀行をダシに使ってですが」

「そういう意味では、当行の提案はＷＢＪに感謝してもらってもいいですね、頭取」

「まさにその通りだ。東亜菱光ＦＧを悔しがらせる効果はあったようだが、そんなことで喜んではいられない。うちも直ぐに対抗策を打ち出さねばなるまい」

八重垣は私を強く睨んだ。

「すぐ対抗策を検討いたします」

私はベルゼバブに視線を送った。ベルゼバブも頷いた。

「すぐに取り掛かってくれ」

私はベルゼバブとともに八重垣の部屋を辞して、私の執務室に向かった。

8

私は無言でベルゼバブを見た。

ベルゼバブも私を見て、

「なにやら面白いことになってきましたね。どちらが勝つか分からなくなってきました」

とにんまりと口角を歪めた。先ほど八重垣の前で神妙にしていたのとは全く態度が違う。

私の執務室までは八重垣の部屋から少し距離がある。私はゆっくりと歩を進めていた。

「私としては、こうなってくるとＷＢＪにも東亜菱光ＦＧにも別の部署を派遣しなければなりませんな」

ベルゼバブは独り言のように言った。

「別の部署って、シルバーマンのですか？　それでは問題がおきませんか？」

私は硬い顔になった。

ベルゼバブはスバル銀行のアドバイザーだ。それが相手のアドバイスもするということになれば利益相反になり、信義に反するし、情報管理の点で法令上も問題になるはずだ。ましてやベルゼバブはシルバーマン・ブラザーズの法人部門の責任者であるから、なおさら問題になるはずだ。

「ファイアウォールは完璧ですよ」

ベルゼバブは私の懸念を振り払うように微笑みながら、柔らかい金髪をかきあげた。

「そうは言っても問題でしょう。頭取もなんて言うか……」

「裏切り者とでも言いますか。裏切り者は身近にも何人もいるではないですか」

ベルゼバブは声に出して笑った。

「あなたは、いつもそうやって勝ち組につくのですね。そのような態度では、そのうち日本の市場から信頼されなくなりますよ。日本の市場は勝ち負けよりも、信義や情を重んじるウエットな市場ですからね」

私は忠告した。

「ご忠告をありがとうございます。取《と》り敢《あ》えずは頭取ご指示の対抗策の検討に全力をあげましょう。私がこうした話をしているのは、あなたに保険をかけているからですよ。八重垣さんが失脚した後、誰がスバル銀行のトップになるのか。それは私にとってビジネス上の最大のリスクです。なにせ今まで八重垣さんとべったりですからね。もしあなたがトップになってくだされば、私のビジネスは安泰だ。色々なリスクを考えて、色々な方と接点を繋ぐこと、これが私のリスク管理です」

ベルゼバブは薄く笑った。

「あれ？」

私は思わず声を洩らした。

部屋の前に男が立っている。

「斉藤さんですね。あの方も色々な思惑があるようです。私も接触しておきましょうかな」

「いい加減にしてください」

「冗談ですよ」

ベルゼバブは心底嬉しそうな顔をした。

まったく喰えない奴だ。人を喰ってばかりいるくせに、こっちからは喰うことができない。まあ、蠅が群がっている間は、こちらに魅力があると割り切らざるを得ないのかもしれない。

私は忌々《いまいま》しく思いながらベルゼバブを睨みつけた。

「志波常務、ちょっとお話があるのですが」

斉藤が私に近づいてきた。

私は困惑して、ベルゼバブを見た。

「どうぞ。私は会社に戻って作業を行います。その結果についてはご連絡いたします。いいアイデアを見つけますから」

ベルゼバブは、そう言って軽く右腕を上げるとその場から立ち去った。

「それじゃあ、斉藤常務、中へお入りください」

私はドアを開けた。

「すみません。お忙しいのに」

斉藤は腰をかがめるようにして、部屋に入った。

ドアの前で立って待つほどの緊急性を要することとはなんだろうか。私は斉藤の暗く沈んだ顔を見て、嫌な気分になるのを止められなかった。

9

斉藤と執務室のソファで向かい合った時、私は数日前の直美との食事を思い出した。直美を「馳走《ちそう》　啐啄《そったく》」という変わった名前の店に待たせていた。店名の意味は、「啐」は鶏の卵がかえる時、殻の中で雛《ひな》がつつく音、「啄」は母鶏が殻をかみやぶることと広辞苑にある。要するに絶好のタイミング、あるいはいい出会いという意味だ。

銀座四丁目の交差点から西五番街通りを六丁目に向かう。新しくなった交詢《こうじゅん》ビルの向かいにある小さなビルの二階だ。

夫婦二人で真面目に料理を作っている。主人も女将《おかみ》も茶の湯に理解が深いらしく器などにも行き届いた配慮があって、料理を美味《おい》しくしている。

味は勿論のことだが、それよりもなによりもうれしいのは適量であるということだ。懐石となると最後には腹が一杯になってしまうことが多い。だが、ここの料理は最後まで美味しく味わうことができる。不思議なことに、少食の女性も大食の男性もともに満足の得られる量というのは、これをまさに適量というのだろう。

直美は、この店をすっかり気に入っている。値段的にもさほど張ることはない。それにカウンターと数脚のテーブルのみのこぢんまりとした店で、銀行の知り合いが来ないのもいい。

それでも、もしここで誰かに直美と二人のところを見つかったとしても、家庭的な雰囲気なので密会と疑われる心配はないだろう。

「美味しかったか」

私は食後のお茶を飲みながら訊いた。

「ええ、とても。このシャーベットもすてき……」

直美は、日本酒が少し効いたのか目をとろりとさせている。まだデザートの梨のシャーベットを食べていた。

「いつ来ても味が上品で満足するよね」

「鱧《はも》と松茸のお椀《わん》は美味しかったわ。また連れてきてね」

直美は満足そうにお茶を飲んだ。

「いいよ。直美が僕の頼みを聞いてくれたらね」

私は直美の額を指で軽くつついた。

「なあに、頼みって」

「人の動きをもう少し探って欲しいんだ」

直美は緊張した。

「誰の？」

「斉藤常務だよ」

私は軽く言った。

「時々情報を入れているわ」

直美は少しむくれた。

「斉藤常務は、子供が事件を起こしたことで分かるように、もともと家庭が上手くいっていないのではないかという話だ。あの事件で家庭の絆《きずな》が深くなるかと思われたが、子供との関係はさておき、奥さんとは冷たい関係が続いているらしい」

「よく知っているわね」

「まあね。ライバルの情報は摑んでおきたいから」

私はお茶を飲んだ。この情報は美保からもたらされたものだ。美保は斉藤を調査して、定期的に情報を提供してくる。

「それだけ知っていれば、他に知ることはないじゃないの」

「それはそうだが、斉藤常務が僕の強力なライバルであることは間違いない。だから直美が近づいて、もっとディープな情報を取って欲しいんだ」

私は微笑した。

直美は、俯いて黙った。何かを考えている様子だ。

直美が顔を上げた。目が怒っている。

「どうした？」

「それって私に斉藤さんを誘惑しろってこと？」

直美が口を尖《とが》らせた。

「そうじゃない」

私は直美の思わぬ真面目な抵抗に視線が泳いでしまった。

「だって、近づいてディープな情報を取れというと、そういうことになるじゃないの」

直美は本気で怒っている。目に涙が滲んでいる。なんにでも興味を持つのかと思って、軽い気持ちで話してみたのが間違いだったようだ。

「悪かった。忘れてくれ」

私は笑みを浮かべて、軽く頭を下げた。

「隆さんは私のことをどう思っているの？」

「どうって？　大切に思っているよ。だからこうして会っている」

「私のことを愛している？」

直美は目を見開いた。

私は言葉を探した。

「愛しているよ」

私は言った。

「今、躊躇《ちゅうちょ》したでしょう。ちょっと間があったわ」

「意地悪なことを考えるなよ。使い慣れない言葉だからだよ」

「私ね、もう二十八歳。いつまでも若くない。もし斉藤さんのご家庭を壊す手伝いをするくらいなら、隆さんの家庭を壊すわ。だって奥さんと二人だけでしょう。私がにっこり玄関に立てばいいだけのことでしょう。奥さんが出てきたら、隆さんは私を愛してくれていますって言うの」

直美の目の奥に暗い炎が見えた。

「もうよそう。この話は、僕が悪かった。そんなつもりじゃなかった。謝るよ」

私は先ほどより深く頭を下げた。

「私、毎日、悩んでいる。自分も幸せになりたいし、隆さんも幸せにしたいし、何もかも全て自分のものになったらいいなと思うのよ。勿論あなたも含めてね」

「なんだか欲深い話になったね。もう帰ろう。少し酔っているみたいだし……」

私は立ち上がった。

直美も立ち上がった。

「私、貪欲？　欲張りかな？　でももうそろそろ……」

「帰るよ」

私は支払いを終えると、外に出た。階段の前に立つと、直美が腕を絡ませてきた。

「ごめんなさい。変なことを言って……。嫌いになった？」

上目遣いに直美が私を見た。

私は軽く首を振った。

直美と付き合い始めて三年が経った。よく尽くしてくれるいい女だ。それに少し甘えてしまったようだ。だんだんとお互いに秘密にするものもなくなり、お互いを貪欲に利用するようになってしまっていたのだろうか。

確かに、妻とはいい関係だと自信を持っていえるほどではない。しかし、だからと言って離婚しようとは思わない。それに割くエネルギーの膨大さを考えると尻込みしてしまう。その代償が直美なのかということも、それでいいのかと思ってしまう。直美とは遊びとして割り切っているわけではないが、結婚しようというほどの強い感情もないのが本当のところだ。

直美が、私に対して貪欲になっていくのも理解できる。同期入行の女性たちが結婚で退行していくことも大きな原因だろう。

今日、この場で結論は出せないが、いずれ直美とのことも考えねばならない。

「何、考えているの？」

直美が私にもたれかかりながら言った。

「直美のことだよ」

私は微笑した。

「うれしい」

直美は私の腕を強く摑んだ。

10

「志波常務、お聞きになりましたか。高裁で仮処分が取り消されたことを」

斉藤が真剣な顔で言った。

なんの相談かと思ったら、やはりそのことか。そんなに深刻な顔で私のところに来る話題でもあるまい。

「ええ」

私は答えた。

「もう止めさせましょう」

斉藤は声を大きくした。

「何を、ですか?」

私はとぼけた振りをした。

斉藤ががっくりと肩を落とした。

私は斉藤をじっと見つめていた。髪の毛をきちんと分け、地味な眼鏡、全体的に冴《さ》えない風貌だ。

直美にこの男を誘惑させようと思った私が馬鹿だった。直美が怒るはずだ。もっといい男なら考えたかもしれないが……。

こんな男が私のライバルなのか?

この男に比べれば、私は外見ばかりでなく、才能や欲望の点でも数倍優れている。

しかし彼は着実に仕事をこなし、周囲の信望も厚い。なによりも旧東洋の連中から信頼されている。このことは私より斉藤の方が真面目で癖もなく、旧東洋にしてみれば御《ぎょ》しやすいという意味もあるだろう。またそれは八重垣のような個性派トップにとっては物足りないと映るのだろうか、それとも安全牌《パイ》と映るのだろうか……。

「やはり志波常務は、私と一緒に頭取に諫言《かんげん》していただけないのですね」

斉藤は俯いたまま言った。

「斉藤常務は怠惰なベルフェゴールに取り憑かれて、なにもしない悪魔になりきるのではなかったのですか」

「あの女性の言ったことですね」

「そうです。今は動くな、怠けているのがベストと言われたのではなかったですか」

あの時、美保が突然現れたのには驚いた。その後、美保がなぜ店に現れたのかについては聞きそびれたままだ。

「そう思いました。占いはよく当たっていましたからね。それに偶然とはいえ、私の悩みを全て言い尽くされましたから、信じようと思いました」

「それがどうして心境の変化をされたのですか」

「八重垣頭取が勝利されると思っていたからです」

「頭取が負けると言うのですか」

「負けます」

斉藤が強く言い放った。

「その根拠は？　高裁の決定ですか」

「それもあります。仮処分を取り消す高裁の判断が出た以上、もう法廷闘争は終わりです。それに東亜菱光ＦＧは直ぐに資金を注入するという話もあり、また金融庁の良識ある担当からは、頭取の晩節を汚《けが》すつもりですかと言ってきています」

斉藤は、力を振り絞るように言った。

「それで斉藤常務はどうされるおつもりなのですか」

「頭取に、今回のＷＢＪ経営統合から身を引くようにお話しするつもりです。そこで頭取の信頼が厚いあなたに同意していただきたいと思って、ここに参りました」

私は斉藤を見据えて、

「無理です。ベルゼバブと対抗策を至急考えろという頭取のご指示です。対抗策が決まれば直ぐにでも発表します」

と強い口調で言った。

「志波常務、おかしいとは思われませんか。あのベルゼバブという外国人は何者ですか。頭取にまとわりついて、何もかもあの男の言いなりに決まっていくのですよ」

斉藤が顔を紅潮させた。いつに無く力がはいっている。

「ベルゼバブは頭取の知恵袋です。それに勝手に決めているわけではありません。すべて皆さんにお諮《はか》りしています」

「形ばかりではないですか。反対は許さないという会議では、本当の意見は何も出ません」

「それは違うでしょう。反対しない方がおかしい。私はＷＢＪを取りに行くのは賛成だと申し上げています。とことんやるべきだとね」

「馬鹿な……。足元が見えないのですか。スバル銀行がどういう状況に置かれているかお分かりにならないのですか。あなた方は頭取を狂わせている元凶です。失礼な言い方ですが、君側《くんそく》の奸《かん》だと言うべきでしょう」

斉藤は顔を歪めて、言い放った。

「斉藤常務」

私は腹に力を入れて呼びかけた。

斉藤が私を睨んだ。

「今日の話は友情に免じて忘れることにいたします。頭取や私に対する失礼な言葉も、です。あなたはあの占い通り、怠惰な悪魔になるべきでしょう。ベルフェゴールでしたか？　それを決め込むべきです。悪いことは言いません。今、行動すれば、あなたを切らざるを得ません。頭取のために」

私は諭《さと》すように言った。

「失礼な言葉は謝罪します。しかし私はなんとしてもこれ以上、頭取をこの案件に深入りさせることは止めさせたいと思います。これは頭取のためでもあると信じております。失礼します」

斉藤は、すっくと立ち上がると、一礼してドアに向かった。

「斉藤常務、怠惰なベルフェゴールですよ。お分かりですか。私はあなたを失うのが惜しいのです」

私は言い終えると、不思議なことに声に出して笑ってしまった。

斉藤は、振り向きもせず部屋を出て行った。

愚か者は自ら地獄に落ちていく。愉快なことだ。そろそろベルゼバブが対抗策を考え出していることだろう。私は心の底から愉快になってきた。誰もが、何もかもが破滅に向かっているようにも思えるが、その先に私の栄光が見えるはずだ。

11

緊急に取締役会が開催された。

八重垣が新たな提案を取締役に説明した。それは驚くべき提案だった。

統合比率を株価ベースにするとしていたものをあっさりとひっくり返し、一対一にすると発言したのだ。それに資本支援額を五千億円以上としていたものを、七千億円まで引き上げた。

「統合プレミアムだ。統合によりコスト削減が二千億円程度見込める。それに将来収益を考えれば、一対一でもスバル銀行に損はない。七千億円は東亜菱光が提案している以上、対抗上、やむを得ない」

　八重垣は居並ぶ取締役を睨みつけた。

　八重垣の隣にベルゼバブが座っていた。本来は会議に参加する資格はないが、八重垣がオブザーバーとして呼んだのだ。ベルゼバブが、八重垣の発言に静まりかえっている会議場を見渡している。

　誰も何も言わなかった。しわぶき一つ聞こえない。重々しい空気というわけではない。強いて言えば、驚いて言葉を失った状態だった。

　誰かが咳《せき》をした。会長の山口が口元に手を当てている。八重垣は、どんな提案も山口には事前に説明しているはずだが、今回は急を要していたため説明をせずにこの場に臨んでいた。

　山口は何か発言するのだろうか。私は緊張して山口を見た。しかし山口は、再び咳き込んだだけだった。

「いいですかな。これにより東亜菱光ＦＧは、統合比率に苦慮するだろう。今は一対〇・五程度だが、引き上げざるを得まい。そしてＷＢＪの株主たちが、スバル銀行の方が有利な統合だと騒ぎ始めるだろう。ＷＢＪの経営陣が我々を無視するなら、株主から攻めていくだけだ」

八重垣は自信ありげに言った。

斉藤が手を挙げた。発言を求めている。緊張で頬が震えている。あの男、結局ベルフェゴールのように怠惰を決め込むことが出来なかったようだ。よっぽど人がいいのだろう。筋を通した意見を言えば、聞き入れてくれると八重垣を信じているに違いない。愚かな奴だ。

「なんだ、斉藤、意見があるなら言ってみろ」

八重垣は不機嫌そうに眉根を寄せた。斉藤は立ち上がって、八重垣に低頭した。

「頭取、確かに東亜菱光ＦＧを動揺させ、ＷＢＪの株主には歓迎されるでしょう。しかしスバル銀行の株主は納得しないのではないでしょうか。ＷＢＪはスバルの〇・六程度の株価です。これを一気に一対一にすることは、結果としてスバル銀行の株価を下げることと同義です。これでは我々の株主が納得しません。それに七千億円もの資本支援をしますと、スバル銀行の自己資本から同額を差し引く国際ルールがありますから、我々の自己資本比率は十パーセントを切ることになり、メガバンク中最低ラインになってしまいます。これにも株主は納得しません」

斉藤の唇が青ざめている。

「仕方がないだろう。今は戦時だ。直ぐに元に戻る。株主は納得させられる」

八重垣は斉藤を不愉快そうに睨んだ。

「私も斉藤常務に同意見です」

旧東洋の守田常務が立ち上がった。

「守田君も何か意見があるのか」

八重垣はますます不機嫌な顔になった。

「自己資本比率が低下しては、大胆な不良債権処理などが出来なくなります。とても七千億円を支援する力はございません」

「五千億円だったら、あったというのか」

「五千億円も本当は難しいでしょう。しかしそれでも自己資本比率はぎりぎり十一パーセント近くありましたから、賛成いたしました。しかし七千億円は無謀です。それに株価が一対一ではとても納得できない」

「これくらい提案し、ＷＢＪの株主に攻め込まないと、当方に勝ち目は無いぞ」

八重垣は声を荒らげた。

「八重垣さん、勝ち目がないなら止めましょうよ、この話」

山口が言った。おっとりとした言い方だ。

「山口さん、いまさら何を言うのですか。負けるかどうかは最後まで分からない。やってみなければ分からないのですよ」

八重垣は山口の反対が悔しいのか、身を乗り出すようにして言った。

「八重垣さん、あまりしつこくこの統合に首を突っ込んでいると、自分のためにやっていると思われますよ」

「どういうことでしょう」

「あなたが統合という大事業をやりたいために、延命を図っていると思われてしまうということです」

「会長は私が私利私欲で動いているとお考えなのですか。そんなことはありえない。私はスバル銀行のことのみ考えております。もしこの戦いに敗れれば、退陣します」

八重垣は、強い口調で言った。一瞬、ざわめきが起きた。

「それほどまで……」

山口が絶句した。

「もしこの提案でさえ拒否されたら、どうされるのですか」

斉藤が訊いた。盛んに額の汗をハンカチで拭っている。

「ベルゼバブ君、少し話してくれ」

八重垣は傍にいたベルゼバブに言った。

「私が説明してもよろしいですか」

ベルゼバブは青い目を八重垣に向けて微笑んだ。

「私がいいと言っているんだ」

「分かりました」

ベルゼバブはその場で立ち上がり、議場に一礼すると、

「ご指名ですので一言だけ発言させていただきます。もし今回の株価一対一などの提案が拒否された場合は、ＷＢＪにＴＯＢをかけることにしております。ＷＢＪの発行済み株式の五十一パーセント超の取得を目指します」

とにこやかに言った。

「ば、ばかな。いったい幾らかかると思っているのですか」

斉藤がテーブルを叩いて立ち上がった。

「少なくとも一兆五、六千億円の資金が必要ですが、我がシルバーマン・ブラザーズが世界中から集めてみせます。自信はございます」

「君はそれでどれくらい儲けようと思っているのかね」

山口は言った。

「さあ、スバル銀行のためなら当方の儲けは度外視です」

ベルゼバブが穏やかに答えた。

「頭取、考えを改めてください。とても我が行の体力が持ちません」

斉藤が悲鳴のように言った。

「斉藤常務、ここまでWBJや東亜菱光FGを追い詰めたのに、いまさら引くことができると思うか。私の方針についてこられないのなら、この場から即刻立ち去れ！」

八重垣が言い放った。

斉藤には珍しく頬を膨らませ、怒りを満面にたたえた顔になった。

「頭取、取締役として正当な意見を申し上げております。立ち去れとは、どういうことでしょうか。お取り消しください」

斉藤は強い視線で八重垣を見つめた。

怠惰なベルフェゴールになっていればいいものを、ますます頭取のご機嫌を損ねているではないか。しかし冴えないと思っていた斉藤が意外な強さだ。この男の不器用さが光って見えるのはどうしたことだろうか。ここで私も何か発言しないと、八重垣の心証を良くすることができない。それにこの提案が否決されでもしたら、こっちの計略が頓挫《とんざ》する。なんとしても八重垣には突き進んでもらわねばならない。

「それでは頭取、もし資本査定の結果、思いがけない不良債権などが出てくれば、統合比率を見直すこと、また資本支援をWBJがあくまで拒否するなら、これも見直すことなどの附帯条件をつけてはいかがでしょうか」

私は、八重垣に言いつつ、議場にも視線を走らせた。

「附帯条件で、修正するのか」

八重垣は口をへの字に曲げた。

「修正というより、もし事態が明らかに当方に利なしということになれば、見直すということは当然のことであります」

「わかった。みんなに聞いてみてくれ」

八重垣は私の提案を議場に諮るよう指示した。

私は自分の考えを説明し、賛同を求めた。誰も八重垣と本気で争いたいと思っている者はいない。できれば丸く収めたいと思っていた。沈黙が続いた。

「いいでしょう。その附帯条件をつけて賛成しましょう」

山口が言った。

「ありがとうございます、会長」

八重垣は嬉しそうに相好《そうごう》を崩した。

山口が賛成すると、旧東洋の守田たちも皆、口々に賛成と表明した。

「斉藤常務、いかがですか」

私は一人、頑なに口を閉じている斉藤に問いかけた。絶対に反対するという顔をしている。

「私は……」

斉藤が言葉に詰まった。まだ何か言おうとしている。

私は斉藤の傍に近寄った。そして彼の耳元に囁いた。

「ここはベルフェゴールになりなさい。怠惰の悪魔になりなさい。そのうち時が来ます。まだサタンとマモンがやって来てはいないのでしょう。今の頭取は止められません」

斉藤は私の顔を見て、はっと表情を変えた。そして首をがくりと落とした。

「マモンとサタンねぇ……」

斉藤が情けない声で呟いた。

「何をそこでごちゃごちゃ話しているんだ。見苦しいぞ」

八重垣が叫んだ。

私は八重垣を振り向き、

「斉藤常務も賛成とのことです」

と晴れやかな顔で言った。

＊

統合比率一対一を発表したとき、多くのアナリストは、八重垣の暴挙ではないのかと批判した。

しかしＷＢＪの株価は上昇し、東亜菱光ＦＧの株価は下落した。また市場には、スバル銀行は本気でＷＢＪにＴＯＢをかけるつもりだという噂が流れた。

八重垣恐るべし、東亜菱光ＦＧの役員が記者に洩らしたと私の耳に入った。

いやいや八重垣が恐ろしいのではない。八重垣の暴走気味の行動を誰も止めようとしないのが恐ろしいのだ。私も含めて……。

その意味ではどの役員にも怠惰の悪魔、ベルフェゴールがついているのかもしれない。

第六章　貪欲《どんよく》——マモン

1

最近、直美から何も言ってこない。

勿論、直美は同じ秘書室という職場にいて、毎日顔を合わせている。しかし日中は全くの他人の顔だ。よほどのことがない限り、私的な言葉を交わすことはない。それでも目が合えば、お互いが求め合っていることは感覚として理解できるものだ。

ところが最近の直美は彼女のほうからメールを送ってこないばかりか、すれ違ってもなんとなくよそよそしいのだ。やはりあのことが気になっているのだろうか。

それは、斉藤からディープな情報を取るように頼んだことだ。あの時、直美は思いがけなく反撃してきた。

私のことをどう思っているの？

直美からそういう言葉が返って来るとは思わなかった。お互いに割り切った関係だと思っていたからだ。しかしそれは私の考えであって、直美も割り切った関係を望んでいるのではないかと勝手に思い込んでいた。それはその方が私にとって都合がいいからかもしれない。

私は妻と直美との間に入ってあれこれと悩む気などなかった。そんなことをしても不毛な時間が過ぎていくだけだからだ。妻は私と別れる気などさらさらない。たとえ別居して実質的に婚姻関係が破綻しようが、彼女は私の妻であることの社会的な有利さを手放す気がない。彼女が何か事業でもやり、社会的な存在になれば別の考えが起きるだろうが、私の妻であることで優雅な日常を満喫できている間は、そんなことも考えないだろう。だから私が何をしようと関心はない。少なくとも私は、そう思っている。哀しいことではあるが、それも仕方がない。

私と妻との冷えた関係を知っている直美が何らかの期待を抱いても不思議なことではないが、彼女は私の持つ魅力に惹《ひ》かれて付き合っているのだと信じていた。これは私の傲慢な考えだったのかもしれない。直美はもっと世俗的な欲望、すなわち私の妻の座というものに魅力を感じ始めているのだろうか。

それはともかく八重垣がＷＢＪ獲得に乗り出した今、その成否次第では、私の出番が近くなったことは確かだ。そうなるとライバルである斉藤の動きが気になって仕方がない。

八重垣がＷＢＪとの統合比率一対一などの案を打ち出したとき、結果的には私のアドバイスによって賛成に回ったものの、一時は反対の意見も述べた斉藤のことだ、まだ何かを考えているに違いない。

もしあの時、私が怠惰の悪魔、ベルフェゴールに魂を売りなさいとアドバイスしなければ、今頃、彼はどこかに飛ばされているに違いない。

自分の意思を貫くのもいいが、八重垣のような独裁者タイプの経営者の時にはやめておいたほうがいい。自分の意思を曲げるのではない。一時的に休ませるべきなのだ。その独裁者が替われば、あるいは自分で替えることができればその時、自分の意思をまた持ち出せばいい。

八重垣は、とにかくＷＢＪの獲得に向かうことが、自分の政権を維持することだと固く信じている。他のことに耳を貸そうなんて気は全くない。それが分かっていながら反対することは、自らギロチンに首を差し出すような愚かな行為だ。

しかし斉藤は、まだなんとしてでも八重垣をＷＢＪ獲得から手を引かせようと考えているに違いない。そのために旧東洋側の重鎮である会長の山口と手を結ぶ可能性が残っている。もし結ばれたら、私の勝ち目はない。

私は、直美の携帯電話にメールを送った。直美は席にはいない。どこかへ用事で出かけているようだ。その方が都合がいい。私がボタンを押すと同時に直美の携帯にメールの着信音が鳴ったら、それなりに周りも驚くだろうが、私はもっと驚かねばならない。

『今夜七時、マスクで待つ』

「マスク」というのは銀座五丁目にあるカクテルを主体にしたバーだ。深夜三時まで営業しており、看板も小さく見逃してしまう秘密クラブめいた雰囲気がある。

直美を何回かマスクに連れていったが、凄《すご》く気に入ったようだ。フルーツをベースにしたカクテルがおいしいのと、バーにもかかわらず肉をメインにした料理が、本格的なのだ。

私は送信のボタンを押した。まもなく『待ち遠しい』などの言葉に、ハートなどの絵文字をあしらった返信メールが来るだろう。

私は目の前に溜まった書類を片付けていた。

携帯のメール着信音が聞こえた。私は慌てて背広のポケットから携帯電話を取り出した。

メール受信中の知らせだ。私はメールのボタンを押した。直美からだった。

『今夜は、無理です。ごめんなさい』

これだけだった。

私は携帯電話を机に置いて、考えた。こんなことは初めてだ。直美が私の誘いを断ったのだ。

今までも全く無いわけではない。彼女にもどうしてもやらねばならない用事があるから。

しかしそんな時は、くどくどと言葉を並べ、彼女の方から、明日は？　明後日は？と聞いてくるのが普通だった。

ところが『ごめんなさい』の一言だけというのは初めてだった。

直美は例の斉藤の一件にまだ腹を立てているのだろうか。もしそうなら、やはり今夜誘って謝らなければならない。

私は再度メールを送った。

『どうしても無理なのか。もし例の件で怒っているなら謝るから』

しばらくして返信されてきた。

『無理です。ごめんなさい』

私は携帯電話の蓋《ふた》を閉じ、ポケットにしまった。

直美とはなんとか修復しなくてはならない……。

また一つ憂鬱《ゆううつ》が増えた。

2

八重垣が、頭取室にすぐ来るように連絡してきた。

私は、席を立って急いだ。直美のことはまた後で考えよう。

頭取室のドアを開けると、ベルゼバブの声が聞こえてきた。彼とは、共闘を結んでいるはずだが、八重垣との癒着振りを見ると嫉妬《しっと》というべきか、あるいは不信というべきか、複雑な感情が湧き上がってくる。

この男と本当に手を結んでいいのだろうか。

ベルゼバブは未来永劫《えいごう》貪欲に金を少しでも多く手にすること、また大きな取引《ディール》を結び、世の中を動かすことのみに執着している。さらに言えば、淫していると まで言いきっていいだろう。その意味では、今は八重垣と手を結び、次は私だと考えているだけなのだ。

いや待て。それほど金や取引に淫している男ならば、何も私とだけ手を結ぶなどという義理堅いことを考えていないかもしれない。では私以外の誰に二重の保険をかけているのだろうか。

斉藤！　まさか！

「志波君か」

八重垣の重々しい声が聞こえた。

「はっ、志波でございます」

「入りたまえ」

私は一礼して、頭取室に足を踏み入れた。

そこにはベルゼバブばかりではなく、山口や斉藤もいた。

私は、山口の姿にも少なからず驚いたが、斉藤の姿に衝撃を受けた。なぜ、彼がここに？

一瞬、地軸が動いたかのように足元がふらついた。

「斉藤君の隣に座りたまえ」

八重垣が指示した。

私は言われるままに、斉藤の隣に座った。私が腰を下ろす際、斉藤が軽く低頭した。なぜ斉藤が、私を差し置いてここにいるのだ？

私はベルゼバブを見つめた。厳しい視線を送ったつもりだったが、彼は全く意に介さない様子だった。私を見て、薄笑いを浮かべた。

「これでいい。ベルゼバブ君、続けくれたまえ」

八重垣に指示を受けたベルゼバブは、私に一枚のペーパーを渡した。それは「TO

Bについて」と表題がつけてあり、幾つかの外資系投資銀行名とその横に数字が記入してあるだけだった。

「では続けます」

私は、ペーパーを持つ手が細かく震えた。身体の中から燃えるような屈辱感が噴出しそうなのだ。それを抑えるために、汗が滲みだしてきそうなほど力を込めなくてはならなかった。

これは、WBJの株式をTOBという公開買い付けの手法で取得するための協議ではないか。

なぜ、最初から私を呼んでいないのだ。なぜ、私より前に斉藤がいるのか。頭取、あまりではありませんか。これほどあなたがおやりになりたいように仕向けている私を、こんな大切な会議にまっさきに呼ばないなんて！

はははあん、私があなたにやりたいようにやらせているというのは、わたしがあなたの破滅を考えているからだと疑っておられるのですか。断じてそんなことはありません。そんなことをあなたに吹き込んだ者がいるのでしょうか。

もし私をないがしろにされるような屈辱感を味わわせるおつもりなら、私はあなたを裏切るかもしれません。

私の脳は熱に溶かされ、どろどろになり、渦を巻いていた。

「志波君、気分が悪いのか」

八重垣が声をかけてきた。

「い、いえ」

私は、慌てて意識を取り戻して、八重垣を見た。

「なんだか、額に汗が滲んでいるし、気分が悪そうに見えたが」

「ご心配をおかけいたしました。大丈夫です」

私はポケットからハンカチを取り出し、額を拭った。

「というわけで、ＷＢＪの大株主であるサウジの投資家も、我々のＴＯＢに応じる用意があると話しています。その他、調査をかけましたがＷＢＪ株の約四十五パーセントは、勿論名義を書き換えていないものを含めてですが、いつでも手放す用意のある株になっています。このことはおそらく、ＷＢＪ自身がまだ気づいていないのではないでしょうか……」

ベルゼバブが何かを話しているが、私の耳には届いてこない。

山口は、眠ったように目を閉じ、斉藤は真剣な顔でベルゼバブを見つめている。

いったいこの会議は誰が招集したのだ。先日の取締役会で、もしＷＢＪが私たちの提案をあくまで拒否するなら、ＴＯＢもあり得べしとの結論は出た。しかし、実際にこうして具体案を協議するなどとは何も聞いていなかった。

私がここへ来たときには、すでに山口と斉藤がいた。ベルゼバブがいるのは理解できる。どうせＴＯＢも何もかも彼のアイデアなのだから。しかし八重垣とベルゼバブとの協議には、私が入るのが順当だろう。反対者である山口や斉藤を呼んでは、まとまるものもまとまらないではないか。

では私をここに呼んだのは、いったい誰だ？

八重垣？　ベルゼバブ？　それとも斉藤……。

最初から、話に加えず、後から呼ぶなどとはどういう考えなのだろうか。

ベルゼバブが本当に私を八重垣の後継者として認め、彼なりの保険をかけているのであれば、私を外して会議を始めるようなことはしないだろう。斉藤が、八重垣に囁いて、私をこの場に呼ぶべきだと主張してくれたとでもいうのだろうか。もしそうなら、なんのために？　自分が八重垣から信頼されていることを見せ付けるためだろうか。

ああ、やっと八重垣が、破滅か大成功かいずれとも知れぬ道に猛進し始めたというのに。陰に陽に彼がその道に入り込むように仕掛けてきたのに、最終ゴール近くなって私は外されようとしているのか。

「資金的には問題がないのだな」

八重垣がベルゼバブに訊いた。

「大丈夫です。ここにリストアップした多くの投資銀行が、我がシルバーマン・ブラザーズをアレンジャーにしてシンジケートを組み、転換社債を全て引き受けてくれることになっています」

「また例の新株予約権付きかね……」

山口が不機嫌そうに訊いた。

「何か問題があるでしょうか」

ベルゼバブが訊いた。棘《とげ》が混じっていた。

「おおありじゃないかね。株が希薄化、ダイリューションを起こして、にっちもさっちもいかなくなるぞ。僕は反対だな」

「その懸念が全くないとはいいませんが、前回も切り抜けております。スバル銀行の経営の将来性が確かであれば、株価が暴落するようなことはありません。むしろ市場は今回のＴＯＢを歓迎して、スバル銀行の株価が上昇し、転換が一気に進むのではないでしょうか。その後は株を市場から買い入れ償却するなど、正常化の方法は幾らでも提案させていただきます。今は、進めてしまった戦いに勝つだけです。そうですね、頭取」

ベルゼバブが八重垣に問いかけた。彼は、あくまで八重垣の忠実な配下を演じているのだ。

「もしご了解が得られれば、水面下でＷＢＪの株を取得いたしますが、いかがいたしましょうか」

「それは無謀です。そのような投資が無駄になった場合、株主になんと説明すればいいのでしょうか」

斉藤が興奮した赤い顔で口を挟んだ。取締役会では賛成に回ってしまったが、実際の場では実務を遅らせようとしているのだろう。

「しかし、大株主は我々のＴＯＢを歓迎しておりますし、ここで少しでも株を集めておきますと、勝負は一気に方がつきます」

「ベルゼバブ君、とりあえず君のところで、うちのダミーとして買い集めるということは出来るかね」

八重垣が訊いた。

「いかようにもいたします」

ベルゼバブが薄く笑った気がした。彼にとってはこの八重垣の申し出は願ってもないことだ。好きなだけ好きな価格で買い、あとはスバル銀行に引き取らせるだけだ。ノーリスク・ハイリターンというべき取引だ。

私は彼らのやり取りを、まるで宇宙から見るように眺めていた。幽体離脱という現象なのだろうか、覚めた感覚で傍観していた。

それはこの場に最初からいなかったこと、そして誰がこの場に私を呼んだのか、八重垣以外の人物が呼んだのか、そのようなことをくどくどと考えてしまって、留《とど》まることのない意識の迷路に入り込んでしまっていたのだ。

私は意外に脆《もろ》いのかもしれない。傲慢に、八重垣をもマニピュレイト、操作していると思っていたのに、こうして権力に近づくにつれ自分を見失いそうになってしまうとは！

落ち着くのだ。冷静になるのだ。自分に言い聞かせるのだが、この場にいる誰もが信じられない存在に変わりつつあった。

「頭取、それは危険です」

斉藤が必死の思いで発言した。

「何が危険なのだ。君はベルゼバブ君を信用していないのか。彼ほど我がスバル銀行のために献身的になってくれている銀行家はいないぞ」

「よく分かっております。ベルゼバブ・フライ氏がスバル銀行になくてはならない存在であることは承知しております。しかし、もし彼の手によってＷＢＪ株を市場で取得するなら、その価格、株数を全てこちらでコントロールしなければ不測のリスクを負うことになります」

斉藤はベルゼバブを見ずに、八重垣だけに強く訴えた。

「私も斉藤君の意見に賛成だね。ベルゼバブ君には悪いが、彼のいいようにやられているような気がするよ。このスバル銀行は……」

山口は目を閉じたまま、呟くように言った。

ベルゼバブの顔が引きつったように見えたが、直ぐにもとに戻った。

「どうも信頼されていないようですね。頭取……」

ベルゼバブは小さくため息をついた。

「志波君は、どう思う？」

八重垣が訊いた。

私は宙を浮遊していた意識を急いで自分の中に戻した。

「私ですか？」

「そうだ、君の意見だ。君はＷＢＪとの統合に積極派だ。君の意見を聞きたい」

「株は買い進めておくべきでしょう。ＴＯＢについては取締役会で基本的な合意が得られているわけですから、みすみすＴＯＢによって高騰した株を買うより、現段階の価格での株を集めていくことには合理性があると思います。ただ斉藤常務のおっしゃるように、シルバーマン・ブラザーズで株を買うのであれば、一定の制限をかけるか、あるいは同社のリスクで購入してもらえばいいと思います」

私は冷静に発言することが出来た。

「分かりました。当方のリスクでＷＢＪ株を買い集めておきましょう」

ベルゼバブは、意外にあっさりと私の意見に同意した。私は驚いてベルゼバブを見た。彼は、いつもの微笑を返してきた。

「ところで頭取は、どの時点でＴＯＢをおかけになるおつもりですか」

ベルゼバブが訊いた。

八重垣は、しばらく無言で考えていた。

「私は、あくまで消極的賛成だからね」

山口は相変わらず眠ったように目を閉じている。だから口から出た言葉も本気なのか寝言なのかわからない。

「相手が全てを拒否してきたら踏み切るつもりだが、それまではせいぜいマーケットにこの噂を流していてくれ。東亜菱光ＦＧに、ＷＢＪの買収は高くつくということを見せてやるためにな。もしＷＢＪの買収がならないようだったら、芙蓉信託を買収するか。ベルゼバブ君よ」

八重垣は豪快に笑った。

斉藤は唇を震わせ、山口は目を閉じたまま、頬を引きつらせた。

「いかようにも、おっしゃるままに」

ベルゼバブは低頭した。

私は、八重垣のあくなき貪欲さに唖然《あぜん》としてしまった。

3

頭取室を出た直後、私はベルゼバブに近づいた。

「少し時間がありますか」

「何か？」

「今日の会議のことです」

私はこわばった顔で言った。会議中、ずっと頭を離れなかった考えをベルゼバブに質《ただ》したかったのだ。

「いいですよ。志波さんのお部屋に参りましょうか」

ベルゼバブは微笑を浮かべた。

「申し訳ありません。あまり時間はとらせませんから」

私は急ぎ足で執務室に向かった。

「今日の会議は……」

私は執務室に入るなり、ベルゼバブに向かって話しかけた。

「志波さんは相当機嫌が悪かったですね。どうしたのですか」

ベルゼバブは薄笑いを浮かべた。

「分かっているでしょう？　ひどい人ですね、あなたは。私を苛つかせるなんて」

「ほほう、何がそんなに苛つきましたか」

「あなたと私とは共闘を結んでいるはずです。それなのに、あんな重要な打ち合わせに私を呼ばないなどとは、どういうことですか」

「呼んだではないですか」

「途中からではないですか。それに引き換え、斉藤は……」

「斉藤さんが、最初から加わっていることに嫉妬しているのですか。意外と小心なのですね」

ベルゼバブは声に出して笑った。

私は顔を背けた。

「笑ったりしてすみませんでした。もともと私と頭取と二人でお話をしているところへ、二人で入ってこられたのです」

「二人で？」

「そうです。仲良くね」

ベルゼバブは意味ありげに微笑した。

「それであなたを呼んだわけですよ。頭取のご指示でね」

「頭取が呼べと……」

「山口さんと斉藤さんは、取締役会が終わってしまったものの、ＷＢＪ買収について消極的であることを、頭取に伝えておこうとされたのではないですか。しかし私がＴＯＢについて報告をしていましたので、それについての話し合いになったわけです。あなたを除外したわけではありません」

　ベルゼバブは薄く笑った。

　私は前面的に納得したわけではなかった。

なぜなら明らかに話は途中からだった。私を抜きに話が進められていた。

「本当ですね」

「本当ですよ。疑り深いですね」

「頭取が私を呼んだのですね」

「そうですよ。反対派が二人もこられたわけですからね」

　ベルゼバブのひとことに私は、頭取の意図が見えた気がした。山口と斉藤に対する防波堤として私を使うつもりだったのだ。彼らが賛成に回ったと思い、相談し始めたのだが、どうもまずい方向に空気が変わり始めたのを鋭く察したからかもしれない。

「斉藤さんは企画担当ですから、これからのことを相談するのは当然でしょう。あまり細かいことを気になさらないでください」

「わかりました。ところで山口会長と斉藤常務は相変わらず親密なのですか」

「たまたま一緒になったとお互い気を使っておっしゃっていましたが、示し合わせてこられたのでしょう。斉藤さんは、まるで山口さんの小飼いみたいですからね。斉藤さんはああ見えても、貪欲に頭取の座を狙っているのかもしれませんよ。油断ならないですね」

ベルゼバブは皮肉な視線を送ってきた。

「あなたは、斉藤にも保険をかけているのではないですか」

私はその視線を撥《は》ねつけるような目でベルゼバブを見つめた。

「そんなことは断じてありません。私は、志波さん、あなたを評価しているのですから」

ベルゼバブは薄く笑った。

とりあえず矛《ほこ》を収めよう。彼ら投資銀行マンの言うことに真実はない。ただ金になればいい。それだけが世界標準であるかのように動いているのだ。彼らの貪欲さの前には、あらゆるものがひれ伏すに違いないと思えるほどだ。

ベルゼバブに人情や道徳を期待するのが愚かなのだろう。私から見れば、裏切りであっても、彼は金が動く方向に流れただけのことだ。彼には善も悪もないのだから。

「あなたに関する噂を聞きましたよ」

私はベルゼバブに言った。

「ほう、どんな楽しい噂ですか」

ベルゼバブが目を細めた。

「あなたは、取引を交渉している社長にゴルフ場を進呈すると言ったそうですね」

「ゴルフ場ですか？　そんな会員権程度のものなら幾つもプレゼントしていますよ。なんなら志波さんにも差し上げましょうか。どこでもいいところをおっしゃってください」

「会員権ではない、ゴルフ場そのものです。あなたのところは今や日本一のゴルフ場保有会社じゃないですか。その一つを進呈しようと言ったそうですね」

「そんな噂ですか？　私の申し出に、その社長はなんと答えたのですか。それも噂になっていますか」

「ええ、社長は驚いて拒絶したことになっている。そんなものを貰《もら》えないとね。あなたの貪欲さ、非常識さに相手の社長は呆れたようです」

私の言葉にベルゼバブは激しく笑い出した。

「何がおかしいんですか」

私は怒りを滲ませた。

「その噂話は、とてもおかしい。そうですか、その社長は拒絶したことになっているのですか」

ベルゼバブは腹を抱えた。

「拒絶してはいないのですか」

私は顔を強張《こわば》らせた。幾らなんでも、取引の謝礼にゴルフ場を欲しがる経営者はいないだろう。

「そうしておきましょう。その方がまだモラルというものに信頼を置くことが出来ますからね」

「なんですか、その含んだような言い方は。はっきりしてください。これは単なる噂なのか、本当のことなのか」

「人は貪欲です。上に行けば行くほど貪欲になる。求めるものは果てしないものです。上手くいけばそれは向上心。そうでなければ人の愚かさを象徴する。昔話にも、天狗《てんぐ》の団扇《うちわ》で鼻を伸ばして、天に消えてしまった愚かな男が出てきます。その男も欲望をコントロールできなくて失敗するわけです。人というものはそのような生き物です。欲望を抑えられる者などいません」

ベルゼバブは、一転して私を威圧するような強い視線で私を睨んだ。

「そうなのですか。その社長も……。あなたは八重垣頭取にもゴルフ場を進呈したのですか」

「志波さんはおかしい人です。八重垣さんは私の宝です。もっといいものを進呈していきます。もちろんこれも噂ですよ……」

ベルゼバブは、再び声に出して笑った。

ベルゼバブの笑い声を聞きながら、私は私自身を省みた。欲望をコントロールできているだろうか。トップになるという欲望の虜《とりこ》になって、自分を見失っているのではないだろうか。貪欲さの虜になっているのではないだろうか。

しかし直ぐに否定した。この期《ご》に及んで我が身を省みるなどという行為は、自殺行為に等しい。弱気になるな。八重垣は私を一番に信頼し、自分が果てた後は私に譲るだろう。その日を一日でも早めるのだ。弱気になるな。信じられるのは自分だけだ。貪欲に自分の欲望に忠実でなければ、この世の負け犬となる。

「志波さん、あなたは私が信じられなくなったのですか。私が斉藤さんと手を結んでいると思っているのですね」

ベルゼバブは喜びを湛《たた》えたような微笑を浮かべた。

「いや、そうではありません」

私は首を振った。

「疑心暗鬼になっておられるのです。権力への道はもうすぐゴールを迎えるでしょう。ここで道を間違ってはなりません。いい情報を教えましょう。最高裁はきっと、芙蓉信託の仮処分の申し立てを棄却するでしょう」

「それは本当ですか」

芙蓉信託が東亜菱光ＦＧとＷＢＪとの統合交渉中断を申し入れた仮処分は、地裁では芙蓉信託の仮処分を認めたが、高裁で逆転された。そのため最高裁の場で争っていた。

「本当です」

ベルゼバブは自信たっぷりに言った。

「そうなれば、こちらに勝ち目はない」

「その通りです。ですから頭取は走り出します」

「ＴＯＢをやるというのですね」

「ええ。それは勝つか負けるかの大きな勝負になる。彼はこの勝負に出ることによって、自分自身の延命も図るでしょう。そこであなたがどう動くか、それがあなたの運命を決めるのです」

私はベルゼバブの強い口調に圧倒され、何も言えなかった。

運命を決める日がもう直ぐそこに近づいているという実感に、恥ずかしいことだが私は足が細かく震えた。

4

ベルゼバブが話していた通り八月二十八日、最高裁第三小法廷は芙蓉信託の特別抗告と許可抗告を棄却した。

倉敷は八重垣とのテレビ電話で悔しさは滲ませていたが、歯軋《はぎし》りするほどではなかった。画面いっぱいに広がった倉敷の顔から、時折微笑が洩れたのを私は見逃さなかった。

「うちの独占交渉権は認めてくれたのですが、ありていに言えば、いまさら元に戻らんでしょうということです」

倉敷が言った。

「覆水盆に返らずと言われてしまったわけですな。裁判所にそこまで言われるとは思ってもみなかったですな」

八重垣が眉根を寄せた。

「最高裁まで行ったわけですから、私の顔も立ちましたよ」

倉敷は微笑した。

「最高裁の裁判官どもは、まったく筋が通らない。下世話な言い方だが、仲良く婚約していた二人の間に急に割り込んできて、相手と関係ができてしまったから、婚約解消もやむを得ない。たいしたことではないといったわけですな。これでは商道徳もあったものじゃない」

八重垣が興奮して言った。

「まさにその通りです。私としてはこれからもＷＢＪ信託買収の旗印を下ろしませんが、実際は厳しいでしょう」

倉敷が落ち着いているのは、自分の失策が大きく表面化しないで問題が収束しそうだからに違いない。倉敷は多くの投資家に対し、ＷＢＪ信託の買収で芙蓉信託の成長を約束し、株価を引き上げ、投資を募ってきた。

ところがこの計画が東亜菱光ＦＧのせいで頓挫《とんざ》することになった。ＷＢＪの経営不振の深刻さという事態を受けてのことではあるが、まさか横槍《よこやり》が入るとは思っていなかった倉敷の甘さが招いた失敗だった。

そこで慌てて戦う姿勢を見せたが、最高裁まで戦ったことで投資家もしぶしぶ倉敷の失敗を容認したのだろう。このことが敗北にかかわらず、倉敷の落ち着きに繋がっているのだ。

「厳しいなどとおっしゃらずに共闘関係は続きますぞ。引き続きやれる手立ては打ちましょう」

「八重垣さんが、励ましてくださるのは感謝しております。私どもは損害賠償を請求することといたします」

「そうですか……。せいぜい揺さ振ってやりましょう」

「ところで、ＴＯＢは実際におやりになるつもりですか」

「勿論です。具体的に検討しております。とにかく徹底して戦い抜きますよ」

八重垣は力強く言って、電話を終えた。

「奴は、すっかりやる気を失ったな」

八重垣は、私に言った。私は何も答えなかった。

「それでは芙蓉信託にＴＯＢをかけ、買収するというアイデアを実行に移しましょうかね。眼が覚めると思いますよ」

ベルゼバブがにんまりとした。

「早晩、それを実行に移さねばなるまい。せっかく倉敷に大芙蓉グループ、いやそうではない、大スバル銀行グループの夢を見させてやろうと思ったのに、欲がないというか、自分の城を守ることに汲々《きゅうきゅう》としている。昔から攻めないで勝った武将はいないというのに……」

八重垣は言った。本気で言っているのか、思い付きなのかは測りかねた。それだけ八重垣の顔は厳しいものだった。

「まだまだ金融界は落ち着き先が見えないようでございますね」

ベルゼバブが言った。

この金融のスマートなアメリカ人が、何もかもシナリオを書いているのではないだろうか。この先、本気で芙蓉信託を買収にいくつもりなのだろうか。

5

リバイアサン探偵事務所の美保から私の携帯電話に連絡があったのは、ちょうど八重垣と倉敷がテレビ電話で話をしている最中だった。

私は、慌てて部屋の隅に移動して電話をとった。

「今、取り込み中だよ」

「仕事が終わったら、事務所に来て」

美保はそれだけ言うと電話を切った。

なにかあったのだろうか。急いでいるようだったが……。

私は気ぜわしい気持ちになりながらも、美保の言葉を頭から追い出し、八重垣と倉敷の話に耳を傾けた。

八重垣は倉敷との話が終わると、私とベルゼバブを見て、

「倉敷はもう諦めたようだ。これからは本気で私だけが進んでいくぞ。ドン・キホーテでは終わらんからな」

と強い口調で言った。

私は八重垣の衰えを知らない貪欲な征服欲に気おされながら、会議室を出た。

タクシーは美保の事務所の前で止まった。

私が事務所のドアに手をかけると、中から開いた。

「どうぞ」

赤いスーツを着た美保が艶然《えんぜん》と微笑んでいる。

「よく分かったね」

私は驚いて眼を見張った。

「私はいつもあなたを監視しているのよ。いつ来るかくらいは分かるわ」

「驚いたものだなぁ」

私は、ぎこちなく笑った。美保の監視能力には、一目も二目もおいている。こんな美人に監視されていることは、気分の悪いことではないが、彼女の能力を考えたら気味が悪いこともある。それが複雑な笑みになった。

「入って」

美保は私を中に招じ入れた。私は言われるままに中に入り、ソファに座った。

「紅茶？　それともコーヒー？」

「コーヒーにしてくれ。ブラックでいい」

「承知しているわ」

美保は奥に入って行くと、しばらくして白いカップを二つ運んできた。

「カフェから取るのかと思っていたよ」

「自分で淹《い》れたのよ」

美保がテーブルにコーヒーを置いた。香ばしい香りが鼻腔を刺激する。口に含むと更に香りが広がった。

「ところで、あなた直美さんと上手く行っていないでしょう」

美保がカップを口に運びながら言った。私は口の中のコーヒーを吐き出しそうになった。

「なに、それ？」

私は慌ててコーヒーを飲み込み、質問の意味を訊いた。

「その通りの意味よ。上手く行っていないのでしょ」

美保は表情も変えずに言った。

直美との関係など美保に調査を頼んだ覚えはない。また銀行内でも誰も知らない話を、なぜ美保が知っているんだ。

「どういうことなんだ！」

私は怒りを顕《あら》わにした。

「そう怒らないで。私はあなたも監視しているの。それはあなたから依頼された斉藤さんの調査の一環よ。全てを把握するのが、当探偵事務所の主義なの。だからこの間は助かったはずよ」

「この間というのは？」

「もう忘れたの？　クラブ星座でのことよ」

「ああ、あの時は、びっくりした。なぜ君がここにいるんだとね」

「あれは斉藤さんを監視していたら、あのクラブに頻繁に出入りするのでママに頼んで潜入させてもらったのよ。そこにあなたも来たわけ」

「それで占いをやったわけか」

「そうよ。斉藤さんは、あの時怠惰の悪魔ベルフェゴールを信じたわ。それで何も反対しなかったはずよ」

「そうか……。君が占いという手段で彼の口を封じたのか」

私はあらためて美保をまじまじと見つめた。

「君の力には恐れ入ったよ。何もかもお見通しなんだね」

「だから直美さんのことも調べてあるのよ」

美保は、足を大きく組んだ。スリットの入った赤いスカートの奥を大きく覗かせた。

「あっ」

私は思わず驚きを口に出した。

「どうしたの？」

「いや、なんでもない」

私は、ハンカチを取り出して汗を拭った。

「暑いの？」

「そうじゃない。ちょっとね」

私は美保の膝《ひざ》辺りに視線を置いた。確かにあの太腿。白く輝くような太腿。魔窟のような秘密の館、アスモデウスの館で見た太腿ではないか。いや、スタイルのいい美人女性の太腿などどれも似たり寄ったりに違いない。いくら美保が神出鬼没であったとしても、あの仮面の女性が美保である可能性は微塵《みじん》もないだろう。

「大丈夫？」

「大丈夫だよ。なんだか君の凄さに圧倒されてしまってね。それで直美と上手くいっていないことかな。質問は……」

「あなたと秘書室の直美さんが深い関係だということは、調査済みよ。気にしないで。誰かに、例えばあなたの奥さんに頼まれたわけじゃないから」

美保は微笑した。

「あたりまえだろう。もしそうなら信義則違反だよ」

私はまた汗を拭った。

「どうなの？　別れたの？」

「どうしてそんなことを訊くんだい。何か根拠があるのか」

私は逆に聞き返した。

「直美さんと斉藤さんが食事をしていたからよ」

「えっ、二人でか？」

「そう二人っきりでね。高輪《たかなわ》プリンスの中庭が見える『桂』というステーキハウスでのこと。ステーキを食べ、楽しそうにワインを飲んでいたわ」

美保は淡々と言った。

高輪プリンスホテルのステーキハウス桂なら私も知っている。直美を何度か連れて行ったことがあるからだ。桜の古木を眺めながら、目の前で焼いてくれる厳選された肉は、舌の上でとろける美味《うま》さだ。

直美が斉藤と食事をしている？

直美に、斉藤からディープな情報を入手してくれるように依頼したからなのだろうか。私に考えられる理由はそれしかない。

「それは私が直美に頼んだことだ。斉藤が何を考えているか、深く調べてくれと彼女に頼んだのだ」

「そういうことがあったの？　でもそれは私の役割よ。余計なことを企てるとあなたのためにならないわ」

「それはひどい言い方だ。まさか直美が実行してくれるとは思わなかったよ。私が頼んだ時、直美はひどく怒ったからね。でも、私に極めて忠実に従ってくれているんだ」

私は、少し自慢げに美保を見つめた。美保は口元だけに微笑を浮かべ、視線は私を捉《とら》えたままだった。

6

美保は立ち上がって、自分の机に向かった。引き出しを開け、中からＡ４判大の封筒を取り出した。その封筒を持って、美保はまた私の前に座った。何が入っているのだろうか。私を驚かすものだろうか。私は気にしながらも黙って美保が口を開くのを待った。

「斉藤さんの家庭は壊れたわよ」

美保がぽつりと言った。

「えっ、なんだって」

私は驚いて聞き返した。

「斉藤さんと奥様は離婚の準備に入ったわ」

「なぜ？　例の子供の事件があった後、雨降って地固まると思っていたのに……」

「ええ、一時期はそうなるかに思えた。しかし無理だったようね。子供さんとの関係が不味《まず》くなったとかと違うのよ。それは以前より上手くいっているわ。でも夫婦は違うのね。子供さんと斉藤さんとの関係が上手くいき始めると、今度は夫婦の関係に目が行き始めたのではないかしら」

「夫婦とは難しいものだな」

私は自分の妻を思い出した。彼女とはすっかり仮面夫婦だ。お互いが夫婦としての干渉を止《や》めてしまっている。

「子供さんが荒れてしまったのも、元を辿《たど》れば夫婦の関係が原因だったようなの。それに……」

美保が小さく笑った。

「何かあるのかい？」

私は興味深い顔で答えを促した。

「直美さんよ」

美保は言った。

「直美は、私が彼に近づくように頼んだから近づいただけだ。それ以上でもそれ以下でもない」

「あなたの言う通りかもしれない。でもこれを見て……」

美保は、封筒の中から数枚の写真を取り出し、テーブルの上に並べた。どの写真も大きく引き伸ばされている。

「これは……」

私は写真を手にとって、思わず息を呑んだ。それには斉藤と直美が仲良く車に乗り込む場面が写っていたからだ。直美はカメラのレンズに向かって、にこやかに微笑んでさえいる。背景は、非常に凝った造りの日本旅館のようにも料亭のようにも見える。

「これはどこなの？」

私は、気持ちを取り直し、冷静さを装った。そして写真から目を離し、美保に訊いた。

「芦ノ湖畔にある『龍宮殿《りゅうぐうでん》』よ。知らない？」

「行ったことはないが……」

「箱根芦ノ湖の遊覧船から見える、宇治の平等院のような豪華な日本建築の建物に見覚えはない？」

私は美保の言葉に促されて、記憶を探った。そう言えば見た覚えがある。

「なんとなく見たような記憶がある」

「あれが龍宮殿よ。プリンスホテル系列の高級日本旅館とでも言うのかしら。内装も豪奢《ごうしゃ》で、料理もとってもおいしいの」

私は写真の中の直美を見た。いつもの直美より満足そうな笑顔に見えるのは、嫉妬の気持ちからだろうか。芦ノ湖畔まで斉藤と同行することはないのに……。

「この写真が撮られたのは朝」

美保は真面目な顔で言い、写真の右隅を指差した。そこには幾つかの数字が並んでいた。

「朝？」

「そうよ。午前九時……」

「泊まったというのか」

私は言葉を失った。まさか……。

「直美さん、あなたの指示によほど忠実に行動されているみたいね」

美保が、笑った。

私はもう一度写真を見た。四角い枠の中から直美が飛び出してきそうなアップの写真もある。屈託無い笑顔だ。

「説明してくれ。君は何でもお見通しなのだろう」

　私は怒ったように写真をテーブルに叩きつけ、美保を睨みつけた。

「そんなに怖い顔で睨まないでよ。私が悪いんじゃない。強《し》いて言えば、あなたが悪いのよ」

「私が？　なぜ私が悪いのだ。斉藤に近づけとは頼んだが、一緒に箱根に行けとまでは言わなかった。そこまでやるとは……」

「あなたがいつまでも直美さんを、自分に便利なように使っているからよ。彼女だってもう二十八歳よ。いろいろと考えるわ。普通のお嬢さんなのだものね」

「私が直美を便利に使っている？　そんなつもりは毛頭ないが……」

「でも結果だけ見ればそうでしょう。あなたと奥様の関係は、全く正常な夫婦とは言えないわ。失礼だけどね。だったら直美さんが、ふと、あなたと結ばれることを思い描いても不思議ではないわね……」

　美保に指摘されるまでもない。最近の直美は、私との関係についてこのままでいいのかと悩んでいる様子が見えた。私は真剣に取り合わないようにしてきたのだが……。

「実は最近、一緒に食事でもしようという誘いを断られた。珍しいことだ。私も忙しいが、少し疎遠になった気はしている。でもそのことと、この写真はどうも結びつかない。あるいは結びつけたくない」

私は奥歯を嚙み締めて、美保を見つめた。

「そうだと思ったわ。直美さんと上手く行っていないのでしょ、という最初の質問よ。本当に上手く行ってなかったわけね」

「私にはあまりそのような認識はなかったが、写真を見ると、直美はそう思っていたのだろう」

私は頭を抱えた。

「これは問題なのよ。大きな……」

美保は、何かを考えるかのように僅かばかり顔を曇らせた。

7

私は裏切られたのだろうか。激しい悔しさが心を支配していた。直美に確認をしてみないとはっきりした彼女の気持ちは分からないが、美保に言わせると、私が直美の気持ちを理解しなかったことが、こんなにも深く直美を斉藤に近づけてしまったことだけは事実のようだ。

「ショックだよ」

私は、テーブルの上に乱雑に置かれた写真を見ながら言った。

「彼女はマモンなのよ」

美保は真剣な顔で言った。

「マモンって……。あのカード占いの時に聞いたね」

「そうよ。マモンは世俗的な欲望が大きくなったときにとり憑《つ》かれる悪魔なの。梟《ふくろう》の頭に狼《おおかみ》の上半身と蛇の下半身を持つといわれているわ。マモンが一番好きなものは金銀なの。金銀に貪欲なの。私がカードで占ったとき、直美さんがマモンにとり憑かれたと出たのよ」

「直美は斉藤に金で誘われたとでもいうのか」

私は呆れて、言った。

美保は声に出して笑った。

「それは実際のマモンの話だわ。直美さんは、世俗的な欲望、すなわち結婚も含めてのことね、それを求める気持ちが日に日に大きくなっていた。その気持ちを抱いたまま、あなたに言われて絶えず斉藤さんに注目していたのよ。人に注目するというのは、その人をじっと見つめていることなのだけれども、それは相手にも大きな影響を与えてしまうのよ。そのうち斉藤さんは気づいたの。直美さんが自分のことをじっと見つめていることにね。斉藤さんにしてみれば、直美さんが自分に好意を抱いてくれていると思ったことでしょう。彼の家庭が壊れつつあった頃でもあるし、彼の心の中には荒涼とした風景が広がっていたと思う。その灰色の中に直美さんの熱い視線は、ぽっと赤く咲いた小さな花のようなものだわ。それがいつしか彼の心の中を赤く染めていく。もうこうなると恋そのものね。斉藤さんは、思い切って直美さんを誘った。直美さんは、あなたからの依頼もあるからとその誘いを受けた。マモンにとり憑かれていた直美さんは、斉藤さんにその世俗的欲望を叶《かな》えられる可能性を見つけたわけ……」

「バカな……。直美が斉藤と結婚するとでも言うのか！」

　私は悲痛な声を絞り出した。

「バカなことが実際におきようとしているのよ。斉藤さんは奥様との関係は報われなかった。それはどちらに原因があるのかはわからないけれども、子供さんが斉藤さんに従いそうな状況であることを考えると、奥様により多くの問題があったのかもしれない。そこに直美さんが同情したということも考えられるわ。いずれにしても急速に二人は関係を深めて、一緒になる可能性も十分よ。この写真の笑顔を見なさいよ。満足そうだわ」

　美保は、写真の中の大写しになった直美の顔を指差した。確かにそこには、にこやかな笑みを溢れさせた直美がいた。こんな笑みを私に見せたことがあっただろうか。

「なんてことだ！　ありえない。ミイラ取りがミイラになるような話ではないか」

　私は髪の毛を掻《か》き毟《むし》った。彼女の気持ちを汲《く》んでやらなかったことが、この結果を生んでしまったのか。確かに直美が素直な性格であるのをいいことに、斉藤にもっと近づけと命じてみたが、それはあまりにも愚かだった。

「あなたの傲慢さが生んだ悲劇なのかしら、それとも喜劇かしら？　誰も二人の主人につかえることはできない。一方を憎んで他方を愛するか、一方を愛して他方を憎むかどちらかだと聖書にもあるわ。直美さんもあなたを取るか、斉藤さんを取るかの選択をしたのだと思う。その際、彼女にマモンが憑いたのよ。あなたとの刺激的な生活より世俗的な欲望を貪欲につかもうとしているのね」

「せいぜい私をバカにすればいいさ。斉藤のような冴えない男に直美をとられたとはね。信じられない。これは容易ならざる事態だなぁ」

私は深いため息をついた。

「斉藤さんのベルフェゴールとマモンが手を結んだことは、大きな事だわ。問題になるかもしれない」

「具体的には？」

「斉藤さんが動き出すことよ。あの人がマモンのせいで世俗的欲望を得ようとするのよ。それにいずれ、あなたと直美さんの関係は彼の知るところとなるわ。そうなると彼はあなたを攻撃するようになるに違いない」

「君のカード占い通りだと、マモンに加えてサタンが彼に味方すれば、本格的に私の行く手を遮ることになるというのかい？」

私は深いため息をついた。直美を奪われた衝撃が心を打ちのめしていた。直美に問いただささなければならないと思っているが、そのときは直美を斉藤から引き離すだけのもの、すなわち直美の世俗的欲望を満足させてやれるだけのものを用意できるのだろうか。それが用意できないのであれば、直美は、もはや私のもとに戻ってこないだろう。

8
「どうした。あまり元気が無いようだが」

八重垣が声をかけてきた。

藪内大臣に挨拶をした帰りの車中だった。

藪内は、七月の参議院選挙で与党民事党比例区から出馬し、見事当選を果たしていた。民間から政界に飛び込み、遂に政治家になってしまった。簡単なことのようだが、なかなかできることではない。金融改革で大手銀行を震え上がらせ、不良債権処理を断行した。その手法には批判はあるものの、アメリカ政府などの強い支援を受け、軌道に乗せた。その成果を受けての当選だった。

藪内は金融界から見れば、悪魔中の悪魔とでも呪うべき存在ではあるが、八重垣は違った。彼の選挙を応援したのだ。

金融界は、数十万人の行員や家族を抱えているが、選挙の票田としてはあまり価値がない。それは絶えず転勤という形で、行員たちが地域に根ざしていないことや、金融という業務の性格上、特定の個人や組織との癒着をさける傾向にあるからだ。

しかし八重垣は、藪内の実力を認めるや否《いな》や、応援を買って出て、彼やスバル銀行が影響力を行使しうる企業に藪内に対する支援を頼んだのだ。藪内を支援することで、八重垣自身が逆に藪内の支援を得ようとしたのだろう。

「申し訳ありません」

「体調でも悪いのか」

「いえ、全く問題ありません。大丈夫でございます」

私は強く否定した。直美のことが気になって仕方がないのだ。それが顔に表れている。情けない。直美を呼び出して、斉藤との関係を質したいのだが、それをすればかえってマイナスになりそうな恐れがあった。

私のことをずっと監視しているの！

こう居直られたら、全ては終わりだ。そう思うと怖くて、何も聞けない。その鬱々とした気持ちが、私から精気を奪っていた。

「ならいいが、これからが大事なときだ。今まで以上に君に頑張ってもらわないとな」

「はい。ありがとうございます」

「それにしても藪内大臣は相当喜んでおられたな。すっかり政治家になられた。部屋に入った途端に、両手を摑んでの握手だもの、驚いたよ」

八重垣は相好《そうごう》を崩して、喜んだ。

「そうでしたね。頭取のご支援を感謝されていることでしょう」

私は言った。

藪内が八重垣の前で何度も感謝の気持ちを繰り返したからだ。

「志波君の言う通りだ。彼は私の応援が無ければ当選出来なかったに違いない。これでスバル銀行も安泰だ。余計な雑音はなくなるぞ」

「余計な雑音とは、例の不良債権処理の遅れのことですか」

「そうだ。今、ＷＢＪの統合に全力を尽くしているから、それを見守ってくれと申し上げただろう。あれは言外に不良債権処理についても、ことを匂わせたのだ。金融検査など差し向けて騒ぎだてしないでくれとね」

「分かってくださったでしょうか」

「大丈夫だ。藪内大臣の目を見たからね。分かりましたと言っていた」

八重垣は満足そうに何度も頷いた。

しかし藪内はそんなに信義に厚いだろうか。民間人の場合ならいざ知らず、政治家になれば裏切るのが常道だ。藪内は、平気で八重垣を裏切り、捨てるような予感が私にはする。またそうしてもらえねば八重垣の後釜《あとがま》は狙えない。

自宅の前で車を降りたとき、八重垣は、記者に捕まった。

私が先に車を降り、八重垣側のドアを開けた。八重垣が半身を外に出したとき、暗闇の中から、走って車に近づく、靴音が響いた。

すわ！　暴漢か！

私はドアに手をかけたまま、緊張した。

「朝毎新聞経済部の宮本《みやもと》と申します。突然、すみません。スバル銀行の八重垣頭取ですね」

暗闇の中から男が声をかけてきた。朝毎新聞と聞いて、緊張は解けたが、まだ完全には気を許すわけにはいかない。私は八重垣を一旦、車の中に押し込めた。

「こちらに来て、確認させてください」

私は男に言った。

「申し訳ありません」

男は、名刺を手に持ち、ようやく玄関灯が明るく照らす光の中に入ってきた。小太りな男だった。

私は名刺を受け取った。確かに朝毎新聞経済部記者宮本裕二《ゆうじ》とある。

「なんでしょうか。八重垣は疲れておりますが」

「お手間はとらせません。もうここで結構です」

宮本は、卑屈そうに何度も頭をかいた。

私は車の中の八重垣を見た。視線が合うと、軽く頷いた。私はドアを開けた。八重垣が身体を折り曲げるようにして車から出てきた。

「頭取、ぜひ、お話を」

宮本は八重垣に叫んだ。

「なんだね。あまりうるさく言わないでくれ」

八重垣は答えた。私は八重垣と宮本の間に入った。

「最高裁の決定が出ました。芙蓉信託の特別抗告棄却です。もうＷＢＪ獲りは諦めますか」

「何を根拠にそんなことを言っているのだね。生半可な気持ちでやっているわけではない。諦めない。できることは全てやる」

「ＴＯＢもですか」

「できることは全てやると言っているではないか」

八重垣は自宅に入ろうとした。宮本が私の身体にぶつかるようにして八重垣に近づこうとした。

「いい加減にしてください」

私は宮本の身体を押した。小太りな宮本はよろよろと足下をふらつかせた。

あっと思ったが、遅かった。

「いてえ……」

宮本は、尻餅をつき、灯りの下で苦しそうに顔を歪めた。

「だ、大丈夫ですか」

私は慌てて、宮本の手を摑まえた。

「酷《ひど》いなぁ。暴力を振るうなんて」

宮本はズボンについた砂埃《すなぼこり》を払いながら、立ち上がった。

「そんなつもりではないのですが、申し訳ありません」

私は謝った。

「君、大丈夫かね」

八重垣が宮本を心配そうに見つめた。

「暴力を振るわれましたよ。暴力ですよ」

宮本は八重垣に言い募った。

「そう騒ぐな。家に入れ。美味い酒を飲ませてやるから」

八重垣が笑いながら言った。

「頭取……」

私は八重垣を振り返った。

「いいんだ。君はこの車で帰れ」

八重垣は社用車を指差した。

「大丈夫ですか」

「問題ない。宮本くんとやら、ついてきなさい」

八重垣は自宅のドアを開けた。

「ありがとうございます」

宮本は飛ぶように八重垣の後に従った。私は二人の背中を見送るだけだった。

9

朝毎新聞に八重垣の発言が大きく取り上げられたのは、宮本記者と出会って数日後のことだった。

八重垣は、記者の質問に答える形で「ＷＢＪとの合併を絶対に諦めない。これが両銀行グループの株主、お客様、行員たちにとってベストの選択だ」と発言していた。

東亜菱光ＦＧと経営統合するなどというのは、全くの間違い、愚の骨頂だと言わんばかりだった。

スバル銀行には収益を大幅に上げるノウハウがあり、ＷＢＪとの経営統合はそのノウハウを生かせば、他の追随を許さない最強の銀行になると言うのだ。

行風についても両銀行グループは似ていると強調した。東亜菱光ＦＧとＷＢＪは行風が合わない。絶対に失敗するというニュアンスが記事から伝わってきた。幾らでも批判してくれという強気の発言だ。

最後にこれからはどうするのか、という記者の問いかけに、「来年、二〇〇五年六月末の株主総会まで戦い続ける」と宣言したのだ。

その戦い方は、との問いには「プロキシファイトだ」と答えた。

私はあっけにとられた。八重垣の貪欲さは底知れないものがある。私は彼をコントロールしていると自負していたが、こうして新聞で私自身が予測もしていない戦略を知ると、その自信は脆く崩れ去ろうとしていた。

プロキシファイトというのは、ＷＢＪの株主の委任状を競合する相手、即ち東亜菱光ＦＧと奪い合うということだ。もしスバル銀行がＷＢＪの株主の三分の一から委任状を獲得できれば、東亜菱光ＦＧとの経営統合を阻止できるし、三分の二超集められれば、スバル銀行の勝ちだ。誰がなんと言おうと、悔しがろうと、ＷＢＪはスバル銀行のものになる。

八重垣に知恵をつけているのはベルゼバブに違いない。彼は水面下でＷＢＪの株を集め始めているし、大株主から順に接触を開始しているのだろう。彼の後ろ楯があるから八重垣は強気の発言をしているのだ。

ベルゼバブは八重垣を欲望のおもむくままに破滅に向かって走らせ、その後は私をトップに座らせると甘く囁いていたが、あの言葉は信じていいのだろうか。今回のプロキシファイトのことを何も私に知らせないということは、彼が私から離れつつあるのではないだろうか。

ああ、わからない。私は誰も信じられなくなってきたようだ。それもこれも全ては直美のせいだ。絶対に裏切らず、私に忠実で、奉仕する女だと信じて疑わなかったのに、斉藤を選択するなど許せない。

ＴＯＢもやりますか？　記者は遠慮なく問いかけた。八重垣は、「勿論、ＴＯＢも視野に入っている。これからの金融界は、今までのような事前の合意形成に時間をかける手法ではなく、ＴＯＢなどの手法で再編がおきるだろう」と答えた。

八重垣は、スバル銀行の経営から下りる気持ちをこれっぽちも持っていないようだ。プロキシファイトをやるなら来年の六月までは居残るだろう。その後も再編に意欲を見せているようでは、退陣などしないに違いない。

やるべきことがまだまだある。こう八重垣に言われたら、誰が首に鈴をつけることができるだろうか。僥倖《ぎょうこう》を待っていては、私の出番など永遠に訪れないに違いない。いったいどうすればいいのだ……。

私は直美を呼び出すことにした。

私は、すがりたいほどの弱気になっていた。誰かから、あなたといつも一緒にいますという答えを聞きたかった。

携帯の呼び出し音が鳴る。非通知にしていないから、私だということがわかっているはずだ。しばらくというよりしつこく音を発し続けた。

「もしもし……」

「私だ。今、いいか？」

「ごめんなさい。頭取に呼ばれているの」

「頭取に？」

「お客様にお茶よ」

「誰だ？」

「ベルゼバブさんじゃないかしら」

「今日の記事のことか」

「私には分からないわ」

「茶を運んだ後、私の部屋に来られないか」

いつもなら来てくれというところを随分とへりくだったものだ。直美は沈黙している。

「時間はとらせない」

「分かりました。お伺いします」

「待っている」

私は携帯電話を切った。

しばらく携帯電話の画面を眺めていた。直美を呼んで何をしようというのだろうか。斉藤とのことを問い詰めるつもりなのか。

あの写真や美保の言う話が、すべて捏造《ねつぞう》であればいいが、本当ですと答えられたら、私はどうすればいいのか。

別れましょう。それがお互いのためです。そんなことを言われて直ぐに納得できるものだろうか。

ベルゼバブが八重垣と会っているようだ。最近、頻度が著しく高い。もはや八重垣はベルゼバブの傀儡《かいらい》になってしまったように見える。このままでは、このスバル銀行はベルゼバブが支配する銀行になってしまう。私が支配しなくてはならないのに……。

もうすぐ直美が来る。

10

ドアを叩く音がする。直美だ。私は椅子を蹴るようにして立ち上がり、ドアに走った。

「待っていたよ」

私はドアを開けた。

あっ。小さく悲鳴を上げた。だが直ぐに気持ちを整えた。

「よろしいですか。誰かが来られる予定でしたか」

ドアのところに立っていたのは斉藤だった。いつものように冴えない男の地味な背広姿だ。

「い、いえ。どうぞ」

私は斉藤を部屋の中に招じ入れた。まもなく直美が来るが、それまでには帰ってもらわねばならない。

「突然、お邪魔して、もうしわけありません」

「なにかありましたか」

私はドアを閉め、立ったまま斉藤と向かい合った。ところが斉藤は、私の側を過ぎ、部屋の中をゆっくりと歩いてソファに座ってしまった。

「ちょっと緊急のお話です」

「なんでしょうか」

仕方がない。私は斉藤の前に座った。緊急だという割に、斉藤は妙に落ち着いている。私は顔に苛立ちを浮かべた。直美が来たら、どう対処すればいいのだろうか。二人を前にして関係を問い詰めるなど出来るはずもない。

「金融検査を引き込もうと考えております」

「えっ、検査ですか」

「ガバナンスを徹底して調べてもらうのです」

斉藤は微笑した。

「どういうことですか。呼び込むとは？」

「文字通り、こちらから来て欲しいと要請するのです」

「なぜですか？　そんなこと聞いたことがありません」

「検査の力を借りなければ、このスバル銀行はよくならない、正常化しないからです」

斉藤は真剣な目つきになった。

「何をおかしなことをおっしゃるのですか。検査を利用して何かをしようとされるおつもりですか」

　私も真剣にならざるを得なかった。

「何かを為《な》すなどと大それたことを考えているわけではありません。ありのままを検査に見てもらうつもりです」

「ありのまま？」

「そうです。不良債権も、今回のＷＢＪ経営統合に関する一連の意思決定のプロセスなどもです」

　斉藤は強く言った。

　彼は私に何を言いに来たのだろうか。まるでクーデター計画を事前に洩らしているようなものではないか。不良債権とは、旧芙蓉銀行が処理できずに持ち続けている緊密会社のものを意味しているのだろう。意思決定のプロセスとは、ベルゼバブの言いなりになっている八重垣の実態についてのことだろう。これをそのまま金融庁に報告すれば、結果はスバル銀行にとって最悪のものとなる。不良債権処理に伴う赤字決算、ＷＢＪ統合断念ということだ。

　最悪の事態？　それはイコール私が望んでいる事態だ。私は斉藤の顔をじっと見つめた。

「それは頭取のご指示ではありませんね」

「私の考えです」

斉藤は、言い終わると軽く目を閉じ、私の反応を待った。

ドアを誰かが叩く音がする。今度こそ直美に違いない。どうすべきか。

「誰か来られたようですね」

斉藤は立ち上がって、自らドアに向かった。

「斉藤常務……」

私が声を発したときには、既に斉藤はドアを開けていた。開けられたドアの向こうに直美が立っていた。

「どうぞ」

斉藤が中に入れた。

直美は低頭して部屋に入ってきた。特別に驚いた様子もない。

「志波常務、何かございましたでしょうか」

直美は訊いた。

私は直美の顔を見ないまま、

「今、斉藤常務と話がありますので、後で連絡します」

と言った。

「分かりました」

直美は部屋から出て行った。息が詰まる思いがしたが、これでいい。余計なことを言えば、斉藤にどう勘ぐられるかしれたものではない。しかしそれにしても直美は平然とした顔をしていた。女という者はいざとなれば、肝が据わった生き物だ。私の方が、かえって慌ててしまったではないか。

「よかったのですか」

斉藤が訊いた。

「ええ。特に急ぐことでもありませんでしたので」

私は答えた。

しらばっくれるな。直美を横取りしておいて、よくもそんな白々しい顔が出来るものだ。私は斉藤の顔をまじまじと見つめた。

斉藤は顔を撫《な》でながら、

「何か付いておりますか」

と訊いてきた。

「いえ、いえ、何も」

「では話を戻しましょうか。志波常務、私の考えを分かっていただいたでしょうか。このスバル銀行を正常に戻すには、金融庁の力を借りる以外にないと思っております」

「ですが……」

私は藪内大臣のところに八重垣と行ったことを話した。斉藤は黙って聞いていた。

「藪内大臣は、スバル銀行を支援しているから、金融検査などには来ないということですか」

「そうです。私はそう思います。恩を仇《あだ》で返すようなことはなさらないでしょう」

「それはないでしょう。藪内大臣は金融担当を外れられました。ですから、金融庁に影響力を行使されるようなことはないはずです」

　斉藤は言った。自信ありげだ。もう覚悟を決めているのかもしれない。

「どうやって金融庁を動かすのですか」

　私は訊いた。

「それは、今からです。もし何が起きても静観しておいてください。お願いします」

　斉藤は頭を下げた。今日ほど斉藤が凛々《りり》しく見えたことはない。先ほど冴えない黒い背広と思ったが、それさえ輝いて見えるほどだ。

「なぜ、私にそのようなお考えを話されるのですか。私が頭取に一言告げれば終わりになりますよ」

「あなたは告げないと分かったからです。決して私と同じ考えだとは思っていません。しかし、あなたが本音では、頭取の失脚を願っておられることに確信が持てたからです」

「なんてことを。そのようなことを誰が言ったのですか。おっしゃってください。そうでなければ、私はあなたが頭取を失脚させる企てを起こそうとしていることを、頭取にご注進申し上げます」

私は立ち上がった。ここで強く否定しておかなければ、私はクーデターの共犯にされてしまう。

「直美から聞きました」

斉藤は呟いた。

「えっ」

私は言葉を失って、呆然《ぼうぜん》とその場に立ち竦《すく》んでしまった。

「直美は、あなたがベルゼバブと組んで頭取の経営の暴走を煽《あお》るよう仕向けている。それは最後に頭取を失敗に追い込み、自分が後に座るためだと話していました」

斉藤は私から目を離さない。

「ば、ばかな。何を根拠に、そのようなたわいの無いことをおっしゃるのですか」

私は喚《わめ》くように言った。

「それを聞いて、全て納得いたしました。私が頭取に自制を求めても、あなたがことごとく反対される理由が……。ただしあなたは組む相手を間違えておられるのです。それに気づいてください」

「いったいいなんだ。いい加減にたわごとはよしてくれ」

「では勝手に聞いてください。ベルゼバブはあなたのためになど動いてはいません。彼の名は暴食の悪魔から取ったというではありませんか。何でも食べてしまうのですよ。彼はこのスバル銀行を外資に売り渡そうとしています。ＷＢＪを買収するのも、全てそのためです。あらゆる計画が上手くいった場合も、いかない場合も、この銀行はベルゼバブたちの手に落ちてしまうのです。それをむざむざ見ているおつもりですか。少なくとも頭取から彼を引きはなさなくてはなりません」

斉藤は真剣な表情で話した。私は彼の前にくずおれるように座った。

斉藤の言っていることは、全て私が懸念していることだ。だが、直美から聞いたと言い、この私に何をしろというのか。

またドアを叩く音がした。

「入りなさい」

斉藤が言った。それはまるであらかじめ約束されていたかのようだった。

私はドアが開くのを緊張して待った。そこに現れたのは直美だった。

「直美……」

私は思わず呟いた。

11

私の目の前に斉藤と直美が座っている。信じられない光景だ。こんな光景をいったい想像できただろうか。

「私は直美を愛しています。私は直美にプロポーズをいたしました。その際、彼女からあなたとの関係を全て聞きました。最初は悩みました。しかし私も傷を負う身です。理解しました」

「奥さんとは……」

「別れることで合意しています。子供の事件で亀裂が決定的になりました。修復しようと思いましたが、私が仕事だけの生活で家庭を壊したのだと許してくれませんでした。彼女は自分の人生を生きたいと考えたのでしょう」

「そこへ直美が現れた……」

「その通りです。直美と話しているうちに心の傷が癒やされて行きました。それで結婚してくれと……」

「承知したのか」

私は直美に訊いた。直美は小さく頷いた。私は力なく肩を落とした。

「今度こそ人生を間違えないために、私は銀行を去るつもりでいます。その前にやるべきことをやりたい。このスバル銀行がみすみすベルゼバブの食い物になったり、不良債権処理で遅れをとったりしないようにする決意を固めたのです。その時、直美があなたにその考えを打ち明け、協力者になってもらえとアドバイスをくれたのです。それで、あなたがどういう考えでこれまで行動されてきたのかを聞いたのです」

「直美……」

私の呟きに、直美は顔を上げた。

「私は斉藤常務の優しさに触れ、救われました。結婚など無理な話だと諦めていたものですから、お話をいただいたときはとても嬉しく思いました。今までのことを全てお話ししても、それでもいいとおっしゃってくださいました」

直美の一言一言が胸を刺す。直美は私のことを冷酷だと言っているようなものだ。彼女は、結婚という提案に斉藤の本気の愛を感じたのだろう。美保が直美に貪欲の悪魔マモンが憑いたと言っていたが、ここまで進展しているとは思いもよらなかった。驚くばかりだ。

直美が結婚というものに貪欲であったとは思えない。しかし私をとるか、斉藤をとるかという中で、宙ぶらりんな関係よりもしっかりした結婚という基盤を選ぶのは当然の選択だ。

「お辞めになるのですか」

「はい。結果として頭取の意に添わぬ動きもする以上、その覚悟でおります」

「私には何を期待されます」

「これから起きることに私の支援をしていただきたいということです。今までのように、反対や宥《なだ》めに回ることのないようお願いします」

斉藤は頭を下げた。

「何が起きるのですか……」

私はすっかり斉藤に気圧《けお》されてしまった。声もかすれてしまった。

「それはまだです。具体的には私も分かっていません」

斉藤は吹っ切ったような顔を見せている。

「そんな無手勝流《むてかつりゅう》でいいのですか」

私は訊いた。

「無手勝流でないと、かえってベルゼバブに潰《つぶ》されてしまうでしょう」

斉藤は微笑んだ。

「斉藤さん、あなたは頭取に計り知れない恩があるのではないですか。子供さんの件では本来、事件化していいものを、そうならなかったのも頭取のお陰でしょう。それ程恩のある頭取を裏切るのですか。人間でなくなりますよ」

私は最後の力を振り絞るようにして言った。

斉藤は、じっと私を見つめた。彼の目に堪《こら》えられないように涙が溢れ始めた。

「私は望んで頭取の行動を阻止しようというのではありません。本当は、行動を支える側になりたいのです。しかしスバル銀行の取締役としてそれはできません。恩と義との間で悩みましたが、義を選択せざるを得ませんでした。私の心を強くしてくれたのが、この直美です」

斉藤は、隣に座る直美に視線を送った。私は打ちのめされた気持ちになった。斉藤が輝いているように見えてきた。私は何も言えなかった。私は直美を失ったばかりでなく、義に殉ずるという斉藤に人間としても敗北したのだろうか。人間でなくなるのは私の方かも知れない。限りなく気分が落ち込んで行く。

美保が言ったとおり、怠惰のベルフェゴールに貪欲のマモンが仲間になった途端に、斉藤が動き出した。斉藤が直美との新しい人生に貪欲になったかのようだ。

私は俯いている直美の頬が生き生きと輝いているのを見た。彼女は重ねた手をそっとずらした。その左手の薬指にダイヤモンドが……。

私は深くため息をついた。

第七章　憤怒《ふんぬ》――サタン

1

私ほどの愚か者はこの世にいないのではないだろうか。いったい何をやっているのだ。あらゆるものを支配し、全てが自分の配下にあると信じていた。世界は私を中心に回っていたし、私はまぎれもなく世界の中心だった。

それが疑わしくなってきた……。

私は、スバル銀行頭取である八重垣を意のままに動かす力を持っているはずであったし、動かしていると思っていた。八重垣が今日《こんにち》まで六年もの長きにわたって頭取の座を占めていることが出来るのは、全て私がいたからこそだ。それは間違いない。だから八重垣が退陣すれば、その後に私が座ることは自明の理なのだ。そう思ってやってきた。

それなのに……。ああ、なんてことだ。まるで砂のように私の指の間から、さらさらと野望がこぼれ落ちて行く。

八重垣は、今やベルゼバブの手に落ちた。その姿は、まるでベルゼバブにマインドコントロールされているのではないかとさえ疑ってしまうほどだ。

　昼に夜に、ベルゼバブはいないのかと大声を上げて捜し回る姿は、浅ましさを通りこして情けないほどだ。取締役会は勿論のこと、重要な記者会見にさえ同席させるまでになってしまった。そのありさまを山口たち旧東洋銀行出身の役員たちは苦々しく思いつつも目を背けていた。直接、八重垣に物申す者はいなかった。それは当然のことだった。八重垣は、彼らにとって別の銀行の頭取であった。ただ彼のカリスマ性によってスバル銀行の地位が保たれている以上、彼らにとって動くメリットはなかった。いずれは八重垣にも退陣の日が訪れる。それがどのような形で訪れるのかは分からないが、人間の死が確実であるように、確実なことだった。その時を待てばいい。その時までは口を閉ざし過ぎて唾《つば》が溜まり、それがたとえすっぱくなったとしても吐き出さずに飲み込み続けなければならないと彼らは決めていた。

　では旧芙蓉銀行出身の役員たちはどうか？　ベルゼバブを重用する八重垣をどのように見ているのか。

　旧芙蓉銀行出身の役員たち、彼らは羊だ。誰も何も考えない。羊飼いである八重垣を見ているだけだ。八重垣が、草を食《は》めといえば、草を食むし、小屋に戻れといえば、小屋に戻る。もし海に臨む崖っぷちの草原で草を食んでいる羊に向かい、羊飼いが「海へ」と叫べば、羊は海に飛び込んでいくだろう。役員たちも八重垣が「海へ」と言えば海に飛び込むだろう。それは勇気ではない。海があることを知らないからだ。無知で従順なだけだ。

わずかに一人、勿論私以外という条件だが、斉藤だけが海に飛び込まないだろう。彼は、八重垣をベルゼバブの呪縛《じゅばく》から解き放とうとしている。無謀な試みにならなければいいが……。

その斉藤の下に直美が走ってしまった。なんということだろう。直美は私を愛していないわけではない。そう思うのもお前の傲慢さだという声が、どこからともなく聞こえてくる。

直美と過ごした数々のホテルや旅館……。その夜に見せる直美の艶《つや》やかな肢体。その感触は、私の身体が覚えている。誰かの小説に、自分の指が女の匂いを発し、指が女を覚えているのだと感慨にふける場面があるが、まさにその通りだ。私の指が直美の身体の隅々、奥の奥までの感触を覚えている。忘れようにも忘れられないほどに……。

直美は私の支配下にいた。そこで安住する女だと思っていた。ところがそれは私の見込み違いだった。直美は出て行ってしまった。結婚という世俗的な価値に大きな価値を見つけ出してしまったのだ。私をいとも簡単に振り捨ててまで結婚というものに貪欲に、むしゃぶりついたと言っていいだろう。

私にとって直美は大切な女だった。しかし私は彼女を人間として扱わなかったのかもしれない。道具のように扱ってしまったのだ。それは彼女があまりに私に従順だったために、私が傲慢になってしまったのだろう。

ところが直美は決して従順な女というだけではなかったのだ。貪欲に自分の幸せを探している女だったのだ。それを理解しなかったのが、斉藤に直美を奪われるという屈辱を味わうことになった最大の理由だろう。

直美を奪われたばかりではない。八重垣をベルゼバブから引き離すために起こす斉藤の行動に対して、邪魔をしないでくれとまで約束させられてしまった。

斉藤は直美の口から、私とベルゼバブが組んでいること、八重垣の退陣後はその後釜に座りたいと熱望していること、そして退陣時期を出来るだけ早めようとしていることまで聞いていた。

ひょっとしたら斉藤のことを私が調べ上げ、子供の事件の背後に私が一役買っていることも知ってしまったかもしれない。こうなると斉藤をもはや無視することはできない。私は今から斉藤が起こそうとする事態をただ傍観しているだけで、果たしていいのだろうか。

ベルゼバブに文句を言ったことがある。彼が八重垣を独占していることに対して、行内に嫉妬が渦巻いているという意味のことだ。少し自重したらどうかという思いもこめた。これはなさけないことだが、私自身の嫉妬でもあった。

ところがベルゼバブは柔らかい金髪を手ですきながら、微笑を浮かべて、

「みんな志波さん、あなたのためではないですか。私はあなたのご指示で動いているようなものだ」

と言ったのだ。私はその微笑に寒々とした思いを抱いた。これでは全ての責任が私にあると言っているようなものではないか。ベルゼバブはスバル銀行から膨大な収益を得ている。もちろんそれは彼が勤務するシルバーマン・ブラザーズの収益になるのだが、彼はその何割かは個人として得ているはずだ。

だからであろうか。噂では彼の資産は数百億円に上るというのだ。彼はその資産を使って、次々と大型のディールを纏《まと》め上げていく。その姿はディールに取り憑《つ》かれた男というべきだろう。

そして彼の客である各界のトップには、ゴールド・ブラックカードを自由に使わせ、アスモデウスの館で夜な夜な淫猥《いんわい》なセックスの宴《うたげ》を催しているのだ。その宴には、この国の多くの政治家や官僚、経済人が匿名で参加している。

彼らはこの国の中では、もはや自分を解放する手段を持っていない。そこにベルゼバブは目をつけ、彼らにアスモデウスの館を開放した。

ここで彼らが注意しなければいけないのは、彼らの痴態の全てがベルゼバブに握られているということだ。

かつてある共産圏の国にのこのこと出かけて行ったこの国の政治家たちが、セックスの饗応におぼれている姿を握られ、その国の言いなりになってしまったという噂が流れたことがあった。

ベルゼバブがやっていることは、それと同じだ。彼らは番号で呼ばれているが、その番号が誰であるかを知っているのはベルゼバブだけだ。そしてベルゼバブが支給する仮面をつけているが、その仮面にどんな仕掛けがあるやもしれぬ。ベルゼバブには、すっかり素性がばれてしまっているといってもいいだろう。

それでも多くのトップリーダーたちがアスモデウスの館に集まって来る。日常は規律と道徳にしばられて、彼らは自由に息さえもしていないのだ。それを夜に思いっきり解放するという快楽を知ってしまった彼らに戻る道はない。

そのうち、彼らの快楽の追求は留《とど》まるところを知らず、行き着くところまで行くことだろう。すでに薬物でショック死したり、女性の腹の上で死んだり、女の首を絞めてしまったりというばかげた事件も起きているという。ベルゼバブは愉快に笑いながら、それらの事件を処理するのも仕事ですから、と言った。

そのアスモデウスの館の主要なメンバーに八重垣は名を連ねている。そのことも彼がベルゼバブから離れられない理由の一つなのだ。

私はベルゼバブを利用して、八重垣を出来ることなら早く失脚させるつもりだった。

しかし今では八重垣同様、私自身もベルゼバブに操られているのではないだろうか。

2

私は、暗闇の中で固いベッドに横たわりながら一人で延々と話し続けていた。ベッドの周囲には香が焚《た》かれ、うっとりとするようなその香りに身体が溶け出してしまいそうになる。

「傲慢さが取り柄の志波さんが卑屈になってはいけないわ。あなたには傲慢の悪魔、悪魔の中の悪魔ルシファが憑いているのよ」

美保が軽《かろ》やかに笑いながら言った。

美保の姿は見えない。声が聞こえ、彼女が傍に立っているという気配がするだけだ。それほど周囲は暗い。

「さすがの私でもいささか疲れたよ。特に直美のことはショックだった」

「でもこれからよ。あなたが八重垣さんを追い詰めるのか、あなたが追い詰められるのか……」

「君は凄い人だね。こうして疲れた私のカウンセリングまでしてくれるとはね。どう動いていいかわからなくなって、気がついたら君の事務所に来ていたとは……。我ながら情けない」

私は自分に自信を無くしてかけていた。その時、ふと美保に会いたくなった。今まで美保が、大事な局面にはいつもいてくれたからだ。

美保は、私を見るなり、私の中に変化が起きているのを悟ったようだ。

私に、少し待っていなさいと言い、別の部屋に入った。しばらくすると事務所の中の明かりが消え、周囲は暗闇の中に消失した。そこへ美保が近づき、手をとって別室に案内され、ベッドに横たわったのだ。

「この探偵事務所は、どんな悩みでも受け入れるの。それは人というものが正しい行いをしようと悩む動物だからよ。悩んでどうしようもなくなって、ここを訪ねてくる。相手より自分のほうが不幸ではないのかと、いつも人というものは他人に嫉妬している動物よ。私はそれを餌《えさ》にしているというわけなの。あなたも同じ。斉藤さんと直美さんの幸せを素直に喜んであげればすむことなのに、それが出来ない。そんな心の狭い人間だったのかと自分自身が驚くほどよ。二人の幸せに嫉妬しているの」

「そうかも知れない。でもここで君に自分の思いを語ったお陰で随分楽になった」

「聖書を読んだことがある？」

「ない」

「その中にローマ人《びと》への手紙というのがあるの。そこにね、こんな言葉があるの。『心では神の律法に仕えているが、肉では罪の律法に仕えているのである』」

「ふーん」

「人間とは、たとえ神に仕えているような人でも皆、内なる悪に取り込まれているということを言っているのよ」

「意味はなんとなくわかる。今まで起きたこと、今起きていることも全て善なる心があれば、それの欲する道に従えばどれだけ楽かしれない。それなのに悪の声を聞き、それに従ってしまう」

「それが人というものなの。そして私を訪ねてくるのよ」

「そこで君は何を教えてくれるのかい？」

「心が悪を欲しているなら、悪に従いなさい。悪の虜《とりこ》になりなさい。こう言ってあげるのよ。悪の虜になることは、神から見離され、堕落するということではない。自分に素直になるということなのよ」

「そう考えると、とても気持ちが楽になるね」

「悪の虜になったものを悪魔と呼ぶでしょう。恐ろしいもののように忌み嫌うでしょう。でもあれは人間の最も素直になった姿なのよ」

「わかったよ。ところでこのなんとも不思議なリズムを打つ音はなに?」

私は部屋の中を満たす重厚な音について訊いた。

「何に聞こえる?」

「心臓の音のようだが……」

「そうよ。今、あなたは母親の子宮の中にいて、母親の心臓の音を聞いているのよ。羊水に身体を浮かべ、自分を外敵から守ってくれる厚い子宮の壁に囲まれ、心音で母親と対話しているの」

「そうか……。私は今、母の子宮に戻っているわけか……」

「一番、安らぐ場所。それが母の子宮なのよ」

「そう言えば、なんだか眠くなってきた……」

私はけだるく感じていた。いつの間にか身体を曲げているようだ。ちょうど胎児が子宮の中にいるときのような形になっている。

眠くなってきた……。母の心音が心地よく身体を揺らす。

「さあ、眠りなさい。そして蘇《よみがえ》るのよ……」

美保の声が、心音にかき消されていく。私はリズミカルな心音に包まれ、いつしか意識が遠のいて行った。

3

八重垣は数百人もの投資家を前に、高揚した気分になっているようだった。主催した外資系証券会社の担当者に確認してみると、約四百人程度の内外投資家が来ているということだった。

九月初めのことだ。場所は今や東京の名所となった感のある六本木ヒルズ。四十七階にある会場からは広く東京全体が眺められる。その広大な景色を背景にして八重垣は演壇の端を鷲《わし》づかみにしていた。

「今日は、皆さん、八重垣さんの話を聞きに集まっているのですよ」

担当者は囁いた。

旧大蔵省の元大物財務官の日本経済に関する基調講演の後、六本木ヒルズを拠点とするネット企業の社長が自社の投資戦略を説明した。若手有望社長の説明にもかかわらず、会場の空気はいまひとつ盛り上がらなかった。

続いて八重垣が登場した。するとややだれた空気が漂っていた会場は、一変して張り詰めた。主催者側として会場の隅から眺めていた私でさえ驚いたほどだ。

「ねっ。言ったとおりでしょう」

担当者は私を見て、にやりとした。私は、何度も頷いた。不思議な気持ちだった。最終的には八重垣の失脚に繋がるようにＷＢＪ買収へと煽っておきながら、八重垣の堂々とした会見姿を見ると、とても誇らしい。

この人無くしてスバル銀行は成り立たないのではないか。私は真面目にそう思ったほどだ。私の目論見《もくろみ》どおりに八重垣が退陣し、その後に私が座ることになってもそれはスバル銀行ではない。八重垣がいたからこそ、攻撃的で、ある意味勇敢なスバル銀行のイメージが定着したのだ。

私は、演壇で投資家たちを睨みつけ、経営方針を語る八重垣を見て、あらためてその凄さを実感していた。

「頭取、質問いたします」

早速、アナリストらしい男が手を挙げた。

「どうぞ」

八重垣は、挑戦的な視線で彼を見た。

「ＷＢＪとの統合比率の、株主からの回答期限を来年平成十七年の六月末まで延ばされると聞きましたが、見込みのない統合にそこまで執着するのは経営的に問題ではないですか」

最高裁判所が東亜菱光ＦＧとＷＢＪとの統合にゴーサインを出した。両者は、それを受けて早急に具体案を詰めている状況だ。それにも拘わらずスバル銀行は、ＷＢＪに対して株価一対一での統合比率の申し出を下ろしもせず、来年まで延長するという。これが世間を驚かせたのだ。

「ＷＢＪにとってはスバル銀行と経営統合することが、最も適切な経営戦略であるとの私の信念です」

「一説にはプロキシファイト、すなわち委任状争奪戦まで想定されているといわれていますが、事実でしょうか」

「考えうるあらゆる手段を使う考えは変わりません」

　八重垣は強い口調で言い放った。

　男は座ろうともせず質問を続けた。

「東亜菱光ＦＧはＷＢＪに、今月九月十日にも七千億円の資本注入を実施することを決めたようです。もしそうなれば、もはやスバル銀行は手詰まりになりますが、どうしますか。またＷＢＪのトップは、あなたとの交渉を完全に拒否しているではないですか」

　会場が一瞬どよめいた。九月十日に資本注入が実施されるというのは、まだ広く拡散している情報ではないようだ。

「今の話、本当でしょうか。とても信じられませんが」

担当者が囁きかけてきた。

信じられない理由はただ一つ。東亜菱光FGは意思決定が極めて慎重だというのが定評だからだ。自分の銀行の株主に了解を求める時間もなく、そうした重要な案件を実行に移すはずがないと思われていたからだ。

八重垣は目元に笑みを浮かべていたが、内心はいかにも機嫌が悪いのか、唇を曲げていた。

「ほほう初耳ですな。あの慎重な東亜菱光がそこまでやりますかな。やればやったで面白い。最終的には株主がどう判断するかでしょう」

八重垣は、彼が言った情報を確認していないようだった。ベルゼバブは入手していなかったのだろうか……。

4

別の男が立った。若い男だ。私はその姿に目を見張った。見たことがある男だったからだ。

確か……。そう佐丹晃。美保から紹介を受けたフリージャーナリストだ。その彼がどうしてこの場所にいるのだ。スバル銀行における旧芙蓉銀行の不良債権問題を調べている男だ。

美保は、彼を私に紹介しながら、彼と手を組めと言った。彼の情報によって八重垣を早期退陣に追い込めるかもしれないからだ。八重垣を退陣に追い込むということでは利害が一致しているというのだ。

しかしＷＢＪ統合騒ぎの中でいつしか彼のことは忘れていた。勿論不良債権問題のことは忘れたことはないが、彼が記事にする気配は今のところなかったからだ。もし何かあれば美保から連絡が入ると思っていたのだが、それもない。

しかしアナリストばかりの会に、なぜ彼が入り込めたのだろうか。あのように少年のような美しい顔をして、執念ぶかく八重垣を追いかける彼の本当の目的はどこにあるのか。確かバブルの清算を求めることに強い関心があると言っていたのを思い出す。

「八重垣頭取にご質問します」

佐丹が言った。会場が彼に注目した。それは彼がこの場に相応《ふさわ》しくない美しさを放っていたからだ。まるで漆黒《しっこく》の悪魔、八重垣に対して天使が戦いを挑んでいるように見える。

「どうぞ」

八重垣は相変わらず不機嫌そうだ。この若造がどんな質問をするというのだ、そんな思いなのだろう。

「あなたは、もはやＷＢＪ統合に決着がついているにも拘わらず戦いをやめようとしない。それは藪内大臣の指示なのですか。あなたは藪内大臣と懇意だという話ですが……」

「バカな質問をしないでくれ。まだ決着はついていない。それに藪内大臣と今回のことは全く関係がない」

「では次の質問です。あなたはスバル銀行をＷＢＪ統合問題に引きいれることで、旧芙蓉銀行がバブル期から抱えて、未《いま》だに処理できていない二兆円とも言われる不良債権問題を、金融庁などの目から隠そうとしているのではないですか」

佐丹は穏やかな口調で言った。

「何を言いたいのかわからない」

八重垣の顔が赤みを帯び始めた。怒りだ。

「こうして騒いでいる間は、金融検査を免れるとでも思っているのではないですか。あなたが極秘に藪内大臣に会い、ＷＢＪの問題を結果はどうあれ推し進め、早期にＷＢＪが東亜菱光かスバルに行くようにすると約束されたという話を聞いております。あなたと大臣がどれだけ親しくしても、検査の現場はあなたのところの不良債権にメスをいれようとしていますよ」

「藪内大臣は既に金融担当から外れているではないか！　もういい。なんだね、君は関係のないことばかり言わないでくれ。他の人に質問を回したまえ」

八重垣は激しい口調で言った。もう怒鳴りだす寸前だった。

「あなたは旧芙蓉銀行をバブルまみれにして退陣した岩村二郎元会長を当然ご存知ですね。彼は九年前に亡くなりました。一度は金融界のトップに立った人物でしたが、その死は憤怒に満ち満ちた寂しい死だった。あなたはその最期を看取《みと》ることもなかった。彼は何に対して憤怒を向けていたか、ご存知ですか？　それはあなたへの憤り、あなたへの憤怒だったのです。

岩村氏を追い出せば、行く行くは必ずあなたを頭取にすると当時の頭取に確約させ、あなたは部長クラスを組織し岩村氏に退陣を迫った。岩村氏はあなたを一番信頼していたのに、その岩村氏に弓を引いた。

それがなぜできたか。あなたが岩村氏のバブル案件を全て牛耳《ぎゅうじ》っていたからだ。それを盾に頭取に迫ったのだ。当時、頭取は闇の世界から脅され、すっかり腰が引いていた。そのため、あなたの申し出には一も二もなく飛びついたのだ。

その時以来、あなたにとって旧芙蓉銀行に絡む不良債権問題は、皮肉なことにあなたを支える強力な支持基盤になってしまった。その不良債権があるからこそあなたは頭取になり、今も続けている。違いますか？」

「もう黙りたまえ」

「岩村氏は、静かに名誉を持って消えて行きたかった。ところが数々のスキャンダルにまみれて、石もて追われることになった。それらのスキャンダルは全て信頼していた仲間が自分を追い落とすための策略だったことを知り、どれだけ悔しかったことだろうか。静かに退陣する権利も認めてくれないのか。岩村氏は憤怒のためみるみるうちに身体を害し、死んでいったのだ」

「止《や》めたまえ。誰かもう質問を止めさせろ」

八重垣が叫んだ。

「確かに岩村氏は、最終的に経営を間違えたかもしれない。しかしその間違いを未だ正さずして、あろうことかその上に君臨するとは、なんということだろうか。その矛盾に気づかないのか」

佐丹は強い口調で演壇の八重垣を追及し続けている。八重垣がどんなに大声で騒ごうと視線をびくとも動かさない。一切止めようとしない。

佐丹に対して誰も野次を飛ばすことはない。それは佐丹の美しさが影響している。美しいものは正しいという思い込みがあるに違いない。彼らは美が醜を追い詰める姿を固唾《かたず》を呑んで見守っていた。

「大洋朝日銀行が総会屋への巨額の利益供与事件で、自殺者まで出すという大きな犠牲を出した。自殺し、責任をとられた方は極めて清廉潔白な方だった。全く私財に関心がなく、清貧のトップだった。それに引き換え、あなたはどうだ！」

「何を言いたいのだ。誰かこの男をつまみ出せ」

「あなたはその総会屋事件の原因を作ったというゴルフ場開発に関し、地元開発会社と癒着したということはありませんか。総会屋の錬金術に使われたゴルフ場が、今や旧芙蓉銀行系列のゴルフ場になっているのはなぜですか」

「もう止めろ！　くだらない」

「その地元開発会社は当時仕事がなく資金繰りに苦慮していた。あなたは社長を呼び出し、総会屋事件のけじめをつけようと動き出した大洋朝日銀行をあざ笑うかのように、彼にゴルフ場開発をやり遂げるように直接指示したのではありませんか。なぜ総会屋事件の原因となったゴルフ場を開発する必要があったのですか」

「そんな話は知らん！」

八重垣は血相を変えた。

かつて大洋朝日銀行は総会屋への利益供与事件を引き起こしたが、その原因になったのはゴルフ場開発に総会屋から頼まれて三十億円を融資した資金が焦げ付いたためだった。そのことは新聞などでも大きく採り上げられたために私も記憶していた。

そのゴルフ場は現在、旧芙蓉銀行グループのゴルフ場の一つとしてオープンしている。そのことに関しての疑惑を佐丹は追及しているのだ。

「その開発会社との間に癒着はありませんか」

「もう止めろ！」

八重垣が正体をなくすほど怒りで顔を赤らめている。私は佐丹の席に近づき、深く頭を下げた。

「もうお座りになっていただけませんか」

佐丹は、私を見つめて涼やかな笑みを浮かべ、承知いたしましたとばかりに軽く低頭した。

そして壇上の八重垣をもう一度見つめたかと思うと、

「それでは、志波さん、また……」

と囁いた。

彼は、ゆっくりと周囲の視線を集めながら、出口へと歩いて行く。突然、振り返ると彼は私に微笑みかけた。その時、私は足元から震え出し、それが全身に駆け上り、どうにも身体がぶるぶると止まらなくなってしまった。八重垣の視線を痛いほど感じたからだ。

5

「君はあの男を知っているのかね」

八重垣は、本店に帰る車の中で言った。隣に座った八重垣がどんな顔で私に質問しているのか、見る勇気もない。投資家に向けての前向きの経営方針発表をすっかり潰され、さながら糾弾集会のようになってしまった。私はものすごい疲労感を覚えたが、それ以上に八重垣の身体から熱を帯びたような怒りが発散されているのを感じていた。

「いえ、まったく……」

私は俯いたまま答えた。

「そうか……。私にはなんだか君と親しげな様子に見えたのだがね。壇上が遠かったから、勘違いかもしれないが……」

私の脇からは汗が滴り落ちているようだ。佐丹は八重垣が、疑念を抱くことを計算していたのだろうか。それはなんのために？

「古いことばかり持ち出しやがって……。大洋朝日銀行の総会屋事件まで出てくるとは思わなかった。あの事件と私に何の関係があると言うのだ。確かにあのゴルフ場の建設資金融資が焦げ付いたことが、大洋朝日銀行の躓《つまず》きになったようだが……」

八重垣は、ぶつぶつと話し始めた。誰かに聞いてもらわなければ自分のアリバイが証明できないかのようだった。

「結局、大洋朝日銀行に喰らいついていた連中は、どうしようもなくなってその開発用地を藤野《ふじの》先生のグループに渡した」

「藤野先生ですか？」

藤野というのは、旧芙蓉銀行が首都相互銀行と合併するときに大きな役割を果たした闇世界の金庫番といわれる藤野興業の社主藤野豪三《ごうぞう》だ。彼は、既になくなってはいるが藤野興業は引き続き旧芙蓉銀行と取引を続け、スバル銀行になってもそれは変わらない。

「もともとあのゴルフ場は、うちが丸抱えしているゼネコンの鹿谷組の仕事だった。それが開発許可が下りずに苦労していたところ、大洋朝日銀行を食い物にした連中がそのゴルフ場でひと稼ぎをしたんだ。その後、稼ぎ終えた連中は藤野先生のグループ企業にその土地を売った。いよいよ開発するかという際になってあの騒ぎになった。それで仕方なく地元開発会社に仕事をやるからと口説いて、中に入らせて完成させ、今は旧芙蓉銀行グループのゴルフ場になっている。それだけのことだ」

「本来なら計画中断になる計画を成し遂げただけではありませんか」

私は、八重垣の反応を見ながら媚《こび》を売るように言った。

「その通りだ。何もやましいことなどない」

八重垣は正面を睨むように見つめて言った。

私は、ちらりと八重垣の横顔を見た。真剣で厳しい横顔だ。自信に満ち溢れているように見える。

しかし今日の騒ぎはひたひたと人々の口に上ることだろう。佐丹は、具体的な癒着の中身などには触れなかったが、既に調べているに違いない。また彼がやらないまでも今日の会場にいたものたち、またその話を聞いたものたちの中の一人でも関心をもてば、調べ始める。情報とはそういうものだ。最初は不完全でも人口に膾炙するうちに枝葉がつき、そして精度を増していく。その時が恐ろしい。くだらない話だと馬鹿にしていた話で身を滅ぼすことになる。

再び八重垣を見た。彼は何を考えているのだろう。何かが変わり始めたと感じているのだろうか。全てが上手く行っていた潮目が変わり、やることなすことに躓き始めた。WBJとの経営統合の行く末も不透明さを増している。強気な態度を崩してはいないが、本音では弱気にもなっているに違いない。

「本当に知らないんだな」

「はあ?」

「あの若い男だよ」

「は、はい。知りません」

「そうか……」

八重垣は目を閉じた。

「なにか？　ひっかかることが……」

私は恐る恐る訊いた。

「なぜか私の知っている人に似ているんだ。その人は女性だがね」

「えっ。誰ですか？」

「まあいい。君に話すことではない。それにしても投資家説明会になぜあのような男が入り込んだのか、調べておけ」

八重垣は、厳しく言い放った。

6

八重垣の部屋と私にベルゼバブが集められた。八重垣は腕を組み、部屋の中を歩き回った。

「おかしいではないか。何か動きがちぐはぐになっているのではないか」

八重垣がベルゼバブに向かって怒りをぶつけた。

「まさかあのような策を実行に移すとは思いませんでした」

ベルゼバブは頭を下げた。

東亜菱光がＷＢＪに七千億円の資本を注入したというニュースが飛び込んできたのだが、その注入の仕方が、完全にスバル銀行の排除、すなわち八重垣の野望を打ち砕くものだった。

東亜菱光ＦＧは、ＷＢＪの傘下にある銀行の発行する優先株を七千億円引き受けたのだ。

これには多くの人が驚き、目を見張った。東亜菱光ＦＧは上場企業であるＷＢＪの優先株を引き受けると思っていたからだ。

「詳しく説明してくれ」

八重垣はベルゼバブに言った。

「なかなかの知恵者がひねり出した方法です」

「君たちの別働隊がアドバイスしたのではないのか」

「そんなことは絶対にありません」

「君のところは、儲かりさえすれば、私の敵だろうが何だろうが手を組むという話だからね」

八重垣は私を見た。自分でも情けないのだが、私は、思わず彼の視線を避けてしまった。

「なんということを！　頭取、誤解です。そのようなことはありません」

　ベルゼバブの金髪が揺れた。

「まあ、いい。どういう事になるんだ。話を進めろ」

「私どもが仮にＷＢＪにＴＯＢをかけ二割の応募があった場合、また何らかの方法で三分の一超の株を取得した場合など、とにかく東亜菱光ＦＧとＷＢＪとの合併を阻害するものが現れた場合、東亜菱光ＦＧが取得した銀行の優先株に議決権が生じるということになります」

「それで？」

「東亜菱光ＦＧが取得する議決権は四割程度になると思われます。こうなりますと合併などの重要事項に東亜菱光ＦＧが拒否権を行使することが出来るようになります。すなわち私たちスバル銀行がＷＢＪの支配権を確立しても、その子会社である銀行とは合併できなくなります。銀行はＷＢＪの資産の九割を占めますので、銀行を支配できなくては旨味《うまみ》がありません」

「要するにＷＢＪにＴＯＢをかけても銀行を手に入れることが出来なければ、もぬけの殻ということか」

　八重垣はベルゼバブに向かって、かっと目を見開いた。ベルゼバブは一瞬、首をす

くめたが、

「その通りです」

と答えて、深く低頭した。

「しかし東亜菱光ＦＧは紳士面をして、やはり噂にたがわぬしたたかな奴らだ。たった七千億円で総資産約八十兆円、株式時価総額二兆円の銀行を手に入れてしまったのか……」

八重垣は天井を仰いだ。

私は口を挟んだ。

「今回の契約は不当であると訴え出ることは出来ないものでしょうか？」

「どうなんだ。志波の考えは？」

八重垣はベルゼバブに訊いた。

「無理だと思われます。私どもはなんら被害を受けているわけではありません。既にＴＯＢをかけていれば別かもしれませんが、彼らは私どもにその時間を与えませんでした。マスコミに対して不当だと言うことはできるでしょうが、どれだけ耳を傾けてくれますか……」

ベルゼバブには珍しく声が小さい。彼なりに今回のことは予想外だったのだろう。

しかし彼はもともと、この買収劇に八重垣が失敗するかもしれないことは予想していた。とにかく突き進ませることだけを考えていたのだ。こうした結果に落ち着いたとしても彼は何ら痛みを感じていないはずだ。

彼は、いまこそ神妙な顔をしているが、間もなく私に向かって「時が満ちてきた」と囁くに違いない。その舌は裏切りの血で赤く染まっていることだろう。

「打つ手はないのか」

八重垣は搾《しぼ》り出すように言った。

「今回の契約には違約金条項が付いております」

「違約金？」

「ＷＢＪ側が契約違反した場合やＷＢＪの株主総会で否決されるようなことがあった場合、三割のプレミアム付、すなわち九千百億円の優先株をＷＢＪは東亜菱光ＦＧから引き取らねばなりません」

「東亜菱光ＦＧというのは貪欲だ。どんなことがあっても自分は一銭も損をする気がないのだ」

「この契約などもろもろが、ＷＢＪの株主にとって私どもと東亜菱光ＦＧのどちらが有利なのか、選択の機会を与えなかったというのは不当であると、直接株主に訴えるしか手段はないでしょう。ＴＯＢかプロキシファイトをやるしかありません」

ベルゼバブは八重垣をどこまでも走らせる気だ。ここで走りを中止する気はさらさらないようだ。

「勝算は？」

「分かりません」

「たとえそれに勝ったとしても……」

「東亜菱光ＦＧを排除する長い戦いが待っております」

ベルゼバブは静かな口調で言った。

「頭取、戦いましょう」

私は言った。

「そうだな。世間はどういう意見だ」

八重垣が私に顔を向けた。

「日銀の幹部からは、ＷＢＪは選択肢を狭めて、株主の利益を害しているという声もあります」

私は答えた。

「幹部というのはどのレベルだ」

「トップレベルでございます」

「金融庁はどうだ？　なんと言っているのだ」

「私のところには何も情報が入ってきておりません」

「そうか、何も入ってきていないか」

八重垣は声を落とした。

「市場の公平性、透明性のために戦われるのはいいことです。こう言って支持してくれたが……」

八重垣は呟いた。

「それは……」

私は訊いた。

「藪内大臣の言葉だ。ＷＢＪ統合に向けた私へのお墨付きだよ」

八重垣は薄く笑った。

「政治家とはそのようなものでしょう。その時々に勝ち馬に乗らねばなりません。その嗅覚が優れていること、それ以外に政治家の条件はあるでしょうか」

ベルゼバブが言った。

「君もはっきりとものを言うね。すると、私は今や勝ち馬でないということだね」

八重垣が笑みを浮かべて訊いた。

「頭取の意思次第でしょうか。このまま突き進めば、あるいは勝機も見えてきます。止まれば、即座に敗北です。私どもシルバーマン・ブラザーズはどこまでもご支援いたします」

「ありがとう。ところで東亜菱光FGがここまでWBJ統合に執着するのは、規模拡大への憧《あこが》れだけだろうか」

「評論家はいろいろ申します。二百兆円もの規模になり、これが本格的に動き始めれば、もうどこの銀行が立ち向かってもはねつけられることでしょう。ただしその巨大さゆえに恐竜が滅んだように、また時代遅れの大鑑巨砲主義の末路である大和《やまと》のようになる可能性もございます。そうしたリスクを押して統合に走らせたのは、憤怒、激しい怒りでしょう」

「憤怒？　激しい怒り？　誰に対する怒りなのだ」

「それは勿論、スバル銀行すなわち八重垣頭取に対するものではないでしょうか」

ベルゼバブは涼やかな目で八重垣を見ている。

「私に対する怒り？　憤怒？」

八重垣は声に出して笑った。

「東亜菱光FGは自ら金融界の盟主だと任じてきました。菱光財閥の各企業をあわせたグループ力、財務省からのゆるぎない信頼、ブランド力、あらゆるものがトップであるはずなのに金融界においてはいつもスバル銀行、すなわちあなたの後塵《こうじん》を拝するばかりです」

「あたりまえだ。あんな公家《くげ》野郎にこの変化の激しい金融界のリーダーが務まるものか」

「そう思われるのも当然でしょう。しかしその公家集団もいつかはあなたを凌ぎたいと怒りを蓄積していたのです。それが憤怒として爆発し、今回の行動を支えているのです」

「ベルゼバブのような理で動く人間には珍しい意見だな」

「私は、理屈の理と利益の利のみを判断基準にしておりますが、しかし人間というものの観察は怠りません。その人間が集まり、動かしているものが組織であります。東亜菱光FGとて同じことです。人間は傲慢、嫉妬、暴食、色欲、怠惰、貪欲、憤怒の七つの欲望で動くと言われております。今回の東亜菱光FGの行動は、あなたに対する憤怒から起こしたものであります」

「わかった。君の言いたいことはよくわかった。ならば私はもっと怒りを溜め込み、彼らを凌ぐ憤怒の塊になってやろうではないか。そうであればいいのだろう」

八重垣はベルゼバブに言った。

「その通りでございます」

ベルゼバブは微笑した。

「志波君、マスコミ担当に、スバル銀行はまだまだやるぞ、と言ってくれ」

八重垣は叫んだ。その声に頭取室の空気が揺れた。

7

「ばかな！」

斉藤が激しく机を叩いた。

八重垣の部屋から戻ると、斉藤が来ていた。彼は私の顔を見るなり、頭取がＷＢＪ統合を諦めたかどうか確認したのだ。八重垣はますます闘志を燃やしており、これからマスコミ担当にその意思を伝えるつもりであると私は言った。その途端に斉藤の怒りが爆発した。

「もう東亜菱光ＦＧが完全にＷＢＪを手に入れたのですよ。いまさらどうすることもできません。この話は、もともと無謀だったのです」

斉藤は、憤怒の形相をしていた。

「秘書の直美からは、頭取は相当参っていたと聞いていたが、そうではなかったのですか」

斉藤の口から直美の名前が出た。私は心が微妙に痛むのを感じた。もう直美は情報を斉藤に渡している。私には一切何も提供しなくなったというのに……。

「当初は力を失っていたが、ベルゼバブの言葉で戦い続けるしかないというご判断をされた」

「またベルゼバブ……。あの男が、頭取を、そして当行を滅ぼして行くのです」

「しかし頭取のお考えも分からないではない。あれだけ華々しくＷＢＪ統合を打ち出した。そして芙蓉信託が民事裁判をおこしてＷＢＪに賠償金を請求するだろう。そうしたものを見届けてからと思っておられるのではないでしょうか」

私は冷静に言った。

「ＷＢＪ買収合戦から名誉ある撤退を望まれているのでしょうが、名誉なんか気にしていたら、逃げ遅れて全員玉砕します。そうして今度は当行がミズナミグループに買収されてしまうことにもなりかねない。戦いの終わりを決めるのもリーダーの責務です。それこそがリーダーシップではないでしょうか。頭取は本当にどうされてしまったのでしょうか。以前の英明さを取り戻していただきたい」

斉藤は悔しそうに胸を引きちぎらんばかりの顔になった。

「あなたは事を起こすとおっしゃっていたが、どうされましたか。その行動次第では退職も辞さないと」

「ええ、私は今もその考えで動いております。ところで志波常務は、例の投資家説明会に現れた謎の美青年をご存知ですか」

斉藤は真剣な目で私に迫った。知っているかなどと、八重垣と同じようなことを訊くな。私は内心で叫んだ。

「知らない」

私は即座に否定した。

「そうですか？」

斉藤は意味ありげに呟いた。

「私があの若い男を知っていないといけないのですか」

私は憤った。

「頭取から、昔の話としてでもお聞きになったことがあるかもしれないと思いまして……」

「昔の話？」

「頭取は、あの投資家説明会の後、頭取室に入ると非常にくたびれた顔で、ぼんやりと天井を見上げ、ソファに身体を投げ出されたようです。直美が呼ばれてコーヒーを届けました。その時、頭取が直美に訊《たず》ねたそうです。『愛する人を奪った者は許せないものなのだろうか』と。直美は普段とはあまりに違う頭取に戸惑いを覚えましたが、『怒りが途絶えることはないでしょう』と答えたそうです」

「いったいなんの意味でしょうか。よく分かりません」

私は、投資家説明会を思い出した。順調であったはずの投資家説明会が佐丹によって混乱させられた。そのことに八重垣が怒るのなら分かるのだが、愛だのなんだのはいかにも相応《ふさわ》しくない。

「その後、頭取は、投資家説明会のことを話題にして、そこに現れた若者のことを話されたらしいのです。彼に、何か強いショックを受けていたというのですよ」

「それは重要なことなのですか」

　私は斉藤に訊いた。あの日、八重垣は車の中でもくどくどと言い訳がましかったのは事実だ。しかしそれは佐丹から指摘された癒着の問題を気にしていたからだ。その後は、いつもの強気に戻ったことを考えれば、それほどショックを受けていたとは思えなかった。

「まだ続きがあります。直美が、お疲れですねと言うと、頭取は、『昔の人に瓜二《うりふた》つだったのだよ』とおっしゃったそうです。誰がですかと問うと、『質問したあの若者だよ。不思議なこともあるものだ』と……」

「誰に似ていたと言うのでしょう？　説明されたのですか」

「それに関しては、直美が幾ら訊いてもお答えになることはありませんでした。他人の空似だと笑っておられたようです」

　斉藤は腕を組んで、思案げに私を見つめた。

「誰に似ていたのでしょう」

私は呟いた。

「思い当たることはないですか」

斉藤が訊いた。

「全くないです。分かりません。でもそれほど注目すべきことでしょうか」

「私は投資家説明会に行っていませんでしたが、相当、厳しい追及だったというではありませんか。あのような場所にまで出てきて、そうした発言をすることに何か特別な理由があるように思えるのです。普通ではないと思います」

「確かに、言われてみれば、なぜあの場所で質問をしたのでしょう。頭取を満座で引き摺《ず》り下ろさんばかりでしたが……」

「まさにおっしゃる通りで、その若者は頭取を引き摺り下ろそうとしているのではないかと思うのです。その点では、頭取の暴走を止めたいという私と利害が一致するのです。頭取と志波常務はいつも一緒におられます。その中であの若者について、何か分かれば教えていただきたいのです」

斉藤は勢い込んで言った。

かつて佐丹が旧芙蓉銀行関連の不良債権のことを話題にしたとき、情報源は斉藤ではないかと疑ったことがあった。しかしそれは誤解だったようだ。

「私も彼の正体について調べてみましょう。なにか分かれば教えますよ」

私は美保のことを考えながら、言った。

「お願いします。もし会えるようなら、ぜひ会わせてください」

斉藤は深く頭を下げた。

私は斉藤の後ろに直美を想像して、嫉妬を覚えた。もし佐丹のことを紹介すれば、直美のように佐丹も斉藤側に立ってしまう気がした。それはおもしろくない。しかしその時何かが起きる。それは面白いことかもしれない。

8

私は美保の携帯電話を呼び出した。佐丹と再度引き合わせてもらうためだ。美保は、すぐ電話に出てきた。

「すぐに会いたいのだが」

「新宿で打ち合わせをしているから、夕方の六時半ならいいわ」

「それでいい。どこへ行けばいい」

「新宿駅西口を出て、青梅《おうめ》街道の方向に歩くと柏木公園という小さな公園があるわ。その近くに『菊うら』という和食屋さんがあるの。目立たない店だけれど、外からキッチンの様子が見えるし、すごく流行《はや》っているから分かると思うわ。そこに来て。もし迷うことがあれば、電話して」

「分かった。六時半に菊うらだな」

私は携帯電話を切った。

佐丹は、美保のことをパートナーだと言った。美保が彼のことを知らないわけがない。

ドアを叩く音がする。

「どうぞ」

私は応えた。

ドアを開けて入ってきたのは、直美だった。

「直美……」

俯き気味の直美に言った。

「失礼します。頭取がお呼びです」

直美は私と視線を合わせない。私はあまりの他人行儀な態度にいささか腹が立たないではなかったが、それは直美が愛する者に忠実な女だということで納得した。今や斉藤に忠誠を誓っているのだろう。

「ありがとう。直ぐ行きます」

私は冷たく応えた。直美はドアを閉めて、姿を消した。まだまだ埋《うず》み火のように直美に対する思いがくすぶっている。胸が締め付けられるように痛い。直美はどうなのだろうか。女の気持ちは分からないが、案外とあっさりしたものかもしれない。割りきりが早いというか、新しい対象への乗り換えが男より上手いのかもしれない。それに胸の痛みの程度は、新しい愛の対象が存在するかどうかによっても異なる。今の私には対象が存在しないが、直美は斉藤という対象が存在する。これは決定的な違いだ。

ふと、美保を思い浮かべた。彼女なら……。

私は執務室を出て、頭取室に向かった。

「志波でございます。お呼びでございますか」

「おお、悪いが、金融庁の監督局銀行第一課長のところまで行ってくれないか」

「金融庁ですか？　私がですか？」

「私は別の集まりに出なくてはならないのだ。時間がどうしても割けない。相手は伝言するだけだというのだ。頼む」

「企画担当の斉藤常務はいかがなのですか」

「彼もいないのだ。なんだか子供の使いのようで申し訳ないが、相手は監督局だ。ぜひ頼む」

金融庁検査を行うのが検査局、その検査を受けて銀行などを指導するのが監督局だ。銀行法に基づく改善命令なども監督局から発せられる。その監督局でスバル銀行など主要行を担当しているのが銀行第一課だ。

「了解しました。監督局第一課長ですね。伺うようにいたします。直ぐに行って参ります」

私は、急いで頭取室を出て、地下の駐車場から車を出し、金融庁に向かった。

金融庁は霞が関中央合同庁舎第四号館にある。警備員が厳重に警護する中を車は庁舎内に入った。

いったい何を伝言するつもりなのだろう。私はエレベーターで監督局のある八階まで上っていった。

受付で少し待たされたが、課長室に通された。

「すみませんでした。なんだかお忙しそうで」

にこやかな笑顔で課長が入ってきた。ふっくらとした顔立ちで、まだ若い。

私は立ち上がって深々と低頭した。銀行の副支店長程度の年齢だろうが、相手は権力を持つ課長だ。機嫌を損ねては、使いにもならない。

「どうぞ、どうぞ、お座りください」

課長は、私にソファに座るように促した。私は、緊張してソファに座り、八重垣が所用で来ることができないことを謝罪した。

課長は黙って頷き、早速用件を切り出した。

「まずＷＢＪに対する経営統合ですが、どのようなお考えですか」

課長は笑みを崩さないままだ。私は伝言を受けるだけだと指示を受けてきたために、驚いた顔で課長を見つめた。

「ああ、これは一般的な会話です。民間でやられることに介入する気はありません。もはや東亜菱光ＦＧが資本を注入した現段階では、スバル銀行に採るべき道はあまりないように思えますが……」

「はあ、まだ当行は旗を下ろしてはおりません。あくまで統合を求めて行きます」

「わかりました。次はシルバーマン・ブラザーズとの関係です。少し関係が深すぎるなどという情報ですが……」

「問題はございません。ビジネスとして両者は適切な関係を保っております」

「わかりました。次にこうした投書や記事が多く寄せられております」

課長がテーブルに広げてみせたのは、数々の雑誌や情報誌の記事だった。

「見せてくださいますか」

「どうぞ」

私は手に取った。それは佐丹が言っていた旧芙蓉銀行に絡む不良債権問題であり、また八重垣のシルバーマン・ブラザーズとの癒着問題だった。

「ひどい……」

私は目を見張った。記事の内容は読むに耐えないような、八重垣個人に対する誹謗《ひぼう》中傷と言うべき悪意がぷんぷんと臭うものばかりだった。

「最近は、八重垣頭取個人に関わるものが増えてきました。他の銀行に関する量と比較しようがないほど多いですね」

課長は顔を歪めた。

「申し訳ございません」

私は頭を下げた。

「よく注意してください。あまり増えてきますと看過できなくなります」

「わかりました」

「それでは八重垣頭取によろしくお伝えください」

課長は席を立った。私はあっけにとられて、課長を見上げた。

「あのう……」

私は課長にまよいつつ声をかけた。

「何か？」

「伝言があると聞いて参りましたが……」

「ああ、八重垣頭取に今日の話を正確にお伝えくだされればいいでしょう。よろしくお願いいたします」

課長は軽く低頭した。

「は、はい……」

私は訳も分からず、ただ頷いた。課長は出て行った。私は一人残されてしまった。

「正確に伝えろと言っても……」

私は、課長というより金融庁の意図を図りかねた。

9

美保が指定した菊うらは、大都会新宿の中で開発から取り残されたような場所にあった。あたりは高層ビルに囲まれた谷間のようになっており、なんとなく懐かしさを感じさせるような家並みだった。派手なネオンもなく、静かで人の息遣いが聞こえる街だった。

目の前に明るいガラス窓を通して料理を作る板前の姿が見える。白い服が清潔感を溢れさせている。

「いらっしゃい」

引き戸を開けると勢いのいい声がかかる。ぐるりと客が囲んだ白木のカウンターの中で三人の板前が忙しく働いている。

私は、近づいてきた和服の良く似合う細身の女将《おかみ》に美保の名を告げた。

「川嶋美保さんの席ですが……」

「川嶋様ですね。こちらです」

女将は、奥に二席ある個室の一つに私を案内した。

「迷わなかったかしら」

個室には既に美保がいた。そして佐丹も……。私は驚いた。

「君……」

私は佐丹に思わず声をかけると同時に周囲を見渡した。こんなところを誰かに見られたら何を誤解されるか分からない。

「大丈夫よ。ここは新宿の外れだから、銀行の偉い人など誰も来ないわよ」

「ああ、そう願いたいね。しかし驚いたよ。川嶋さんにはいつも先手を打たれて驚いてしまうよ」

私は席につくなり、ハンカチを取り出して汗を拭《ふ》いた。

「生ビールでいい？」

美保が訊いた。私は頷いた。

「ここはね、ちょっと都会じゃない雰囲気でしょう。街が落ち着いていて好きなの。値段も手頃で、料理も美味《おい》しいわよ」

美保が生ビールのグラスを持ち上げて言った。

「なんとなく不思議な街だな。開発に取り残されたのかな」

私は言った。

「私も初めて来ましたが、落ち着きますね。店も清潔ですし……」

佐丹が言った。

「ところで君はいったい何者なんだ？　ただのジャーナリストじゃないいんだろう。頭取が、君のことを誰かに似ていると酷《ひど》く気にしていたようなのだ」

鯛《たい》の塩辛とクリームチーズを和《あ》えたものなど数品の通しが運ばれてきた。

「この塩辛美味《うま》いですね」

佐丹が美しい顔をほころばせた。

「はぐらかさないでくれ」

私はビールを飲んだ。

前菜として菊花と平目の昆布〆とんぶり和え、秋刀魚《さんま》棒寿司、蒸し鮑《あわび》、柿とマスカットの白和えなどが来た。

「どれも板前さんの工夫が生きていますね」

佐丹は全く私の質問に関心を示さない。私は思わずため息をついた。

ビールを飲み終えて、三人ともいつしか焼酎のロックになっていた。

「私は疑われたのですよ。あの質問の後、君が妙に微笑みかけるものだからね」

私はマスカットを口に入れた。こんなに焼酎に合うとは思わなかった。馥郁《ふくいく》とした香りが口中に広がった。

「疑われた方がよかったじゃないの」

美保が笑った。

「それは困る。まるであの質問を私が仕組んだように思われるからね」

お椀《わん》はフカひれ和風姿煮とすっぽん一口鍋《なべ》仕立て、焼きねぎ添えだ。香りといい味といい身体全体に染み透っていく。

「あの質問のデータは全て志波さんから出ていると答えますよ。もし尋ねられたらね」

佐丹が悪戯《いたずら》っぽく笑った。私は顔をしかめた。

「冗談はやめてくれよ。私はゴルフ場開発のことなど何も知らないよ」

「いろいろとお騒がせしたようですね」

佐丹が椀を手に持ったまま微笑んだ。

造りは活き伊勢海老。歯ごたえがあり、ほのかな甘味がなんともいえない。

「止むに止まれぬ気持ちで質問しましたが、私の調査したものを含め資料を金融庁に送付しました」

佐丹は言った。私は伊勢海老を呑み込んだ。

「それは本当か⁉」

「ええ、金融庁には告発レポートと一緒に送りました」

「私は先ほど金融庁に呼ばれて、スバル銀行に関する告白記事の類《たぐい》を見せられたんだよ」

「そうだったのですか。金融庁もまともに採り上げ始めましたね」

佐丹は嬉しそうに伊勢海老の白い身を摘《つま》んだ。

焼き物は、松茸、秋野菜、和牛ひれ肉だ。ひれ肉を酢だちおろし醤油《しょうゆ》で食べる。肉汁がほとばしり出てくるのが分かる。

「志波さんが金融庁に呼ばれたのは、どういう用件なの」

美保が訊いた。

「頭取が、所用で行くことが出来なかったので私が代わりに行った。監督局の課長に会ったが、まずはWBJ統合の話をどうするのか、つぎにシルバーマン・ブラザーズとの関係、そして八重垣頭取に関するスキャンダル投書が多すぎるというものだった」

「八重垣さんには伝えたの？」

「まだ会っていない。明日の早朝に話すつもりだ」

「金融庁は徹底してスバル銀行を洗うつもりですね。私のレポートも少しは役に立ったかもしれない。いよいよ追い詰められそうです」

佐丹は微笑して、満足そうに鱧《はも》と水茄子《みずなす》の冷やし煮物を口にした。

「どういうことかな」

「金融庁は、もうWBJの問題は東亜菱光FGで行くと決めたのです。スバル銀行はこの統合問題から退場させるという結論になったということです」

「そんなことを決める権限が金融庁にあるのか」

「権限とすればありません。しかしこれ以上スバル銀行、すなわち八重垣さんに騒いでもらいたくないと思っているのです。他の銀行が金融庁に対して恭順の意を示しているのに、スバル銀行だけは勝手な動きをしていますからね。それに相変わらず藪内大臣に食いついているのを現場では面白く思っていません。藪内大臣も金融担当を離れましたから、今度はスバル銀行をやっつけてやると言っている官僚も多い。金融庁内部では、八重垣さんを背任容疑で逮捕すべきだとか、退任させるべきだという強硬派と、そうすべきでないという穏健派が対立しているという噂もあります」

佐丹は次に雲丹《うに》のあんかけをスプーンで掬《すく》った。私も同じくそれを口に入れた。濃厚な海の香りがした。

「そんなに金融庁の現場で八重垣は人気がないのか」

「ええ、彼が日本の金融界を牛耳っていることを快く思っていない官僚がいるわけです。彼らは東亜菱光FGとも繋がっています」

佐丹は、少し飲みすぎたのか、顔を赤らめている。

「本当に金融界って魑魅魍魎《ちみもうりょう》、百鬼夜行の世界ね」

美保が呟いた。美保は締めの食事、松茸の炊き込みご飯を味わっていた。美保が魑魅魍魎という言葉を使うと妙にしっくりとくる。美保そのものが魑魅魍魎にも思えてくる。

「すると、今日は正式に金融検査に入るにあたっての課題を、きちんとしておくようにとのサジェッションなわけか」

「そうだと思います。検査に入る前に本当の目的を匂わせたのだと思います。その意味では今日、お会いになった課長は穏健派ではないでしょうか」

「では検査にくるのは強硬派か」

「そうなるでしょう」

佐丹は微笑した。テーブルにはデザートが運ばれてきた。じゅんさいのゼリーと白くてやわらかな杏仁豆腐《あんにん》だ。佐丹は杏仁豆腐を美味しそうに食べた。

10

「いよいよ、志波さん、あなたが八重垣に代わってトップに立つのよ。金融庁やマスコミを含めた世間は、八重垣がＷＢＪ統合に敗れた途端に堰《せき》を切ったように攻め立てて来るわ。彼がファイティングポーズで構えているときは、何もしてこない。むしろ媚を売る。しかしそのポーズを止めたら、直ぐに攻めて来るの。あなたはそのチャンスを逃さずに、彼から頭取の地位を奪い取るのよ」

美保は、また新しく焼酎のロックを作っている。酔っているのか、顔が赤い。

「うまくいくだろうか」

私は不安げに美保を見た。

「何を弱気になっているの。私のところにあなたがやってきた。その時、あなたは悪魔に心を売ったのよ。自分の栄光のためにね」

美保は焼酎を一気に飲み干した。酔うと、ますます美しくなってくる。舌はちろちろと蛇の舌のようで、妖しく私に迫ってくる。

「私が悪魔に心を売った？　そんなつもりはない」

「いいえ。私と契約したことが悪魔と契約をしたことになるの」

美保がはっきりとした口調で言った。

私の周りから音が消え、光が消え始めた。私の身体は闇に沈み、身体がとろけだすような甘い香が焚かれている。暗闇で目をこらすと、美保は大蛇をあしらった玉座に座っていた。まばゆいばかりの王冠を被《かぶ》り、素裸に豪華なストールをまとっている。

美保は手に持った黄金の剣を私に向けた。傍に来い、と命じているようだ。私は慎重に歩を進めた。足が冷たい大理石に触った。玉座への道は白大理石の階段になっているのだ。周囲にかがり火がともった。炎に照らされた大理石の階段を上り、私は美保の前に進み出た。そして命じられるまま、彼女の足元にひれ伏した。目の前には美保の、大理石に負けじと輝く白い足があった。突然、その足が大きく開かれた。驚いて私は顔を上げた。私の眼前に美保の翳《かげ》りが現れた。赤い肉壁が炎の揺れに合わせてゆらゆらとうごめいている。美保は、「舐めるのだ」と私に命じた。私は飢えた子供のようにそれに飛びついた。私が舌を伸ばしたとき、肉壁のほくろが私を睨んだ。

「あっ。あのアスモデウスの館の女！」

　私は叫んだ。

「大丈夫ですか」

　私を誰かが呼び、身体を揺する。私は重い瞼《まぶた》をなんとか引き上げた。

「私、眠っていたのですか」

「そうですよ。お疲れなんでしょう」

　佐丹は優しく微笑んだ。

　私は美保に顔を向けた。

「チャンスは逃さないでね」

美保が輝くように言い、微笑んだ。先ほどまで赤みの差していた顔が嘘のように白い。

「もう酔いは醒《さ》めたの？」

私は美保に訊いた。

「あまり飲んでないわよ」

美保の前には、中身がほとんど手付かずのままの焼酎のグラスがあった。

「夢を見ていたようだな」

私は言った。

「いい夢だったの」

美保が訊いた。

「まああかな。私が君の奴隷になるという夢だったよ」

私は疲れたような笑みを浮かべた。

「あなたが私の奴隷？　それはいいわね」

美保は嬉しそうに笑った。

「ところで志波さん、お願いがあります」

佐丹が真面目な顔で言った。

「どんなお願いだ？」

私は訊いた。

「斉藤さんに会わせてください」

佐丹は頭を下げた。

私は驚かなかった。佐丹の頼むことが不思議なことに事前に予測できたのだ。斉藤はどういう手段を使うのか分からないが、八重垣がこのままＷＢＪ統合に突き進むのを止めようとしている。佐丹は八重垣をスキャンダルで追い詰めようとしている。この目的が共通する二人が出会うことは必然だと思ったのだ。

（会わせてあげなさい。私の予言である怠惰の悪魔ベルフェゴールが動くには、貪欲の悪魔マモンと憤怒の悪魔サタンが出会うことが必要なの。彼らが出会い、事が成《じょう》就《じゅ》すれば、その果実をあなたが受け取ればいいのよ）

私は美保の顔を見た。美保は茶をすすっていた。私の耳に今、聞こえてきたのは、美保の声ではないのか。

「川嶋さん、今、何か言った？」

私は美保に訊いた。美保は、首を横に振った。しかし全てを見通しているような笑みを浮かべていた。

私は、佐丹に頷き、「直ぐ会わせる。向こうも君に会いたがっている」と言った。

佐丹は嬉しそうに笑みを浮かべた。それを見て、私はあらためて佐丹に訊いた。

「君は、いったい何者なのだ」

佐丹は笑みを浮かべるばかりだった。

11

ほの暗いホテルオークラのロビーを私は急いだ。和服姿の女性に案内されて客室へと向かった。

今日は、斉藤に佐丹を会わせる日なのだ。場所は美保が指定した。歴史のあるこのホテルは、確かに私たちの集まりに相応しい。このほの暗さが悪魔の集《つど》いを優しく受け入れてくれるようだ。

部屋を開けた。居間に入ると、既に美保と佐丹が来ていた。私は美保の隣に座った。もうすぐ斉藤が来る。

「ここにベルゼバブがいれば、この集まりをなんて言うだろうか」

私は美保に言った。

「彼は自分が用意した罠《わな》、すなわちＷＢＪ統合という罠に八重垣が見事にはまってくれたことを喜んでいるでしょう。もう八重垣からは吸えるだけの利益を吸ってしまったから、次は誰から吸うべきかだけを考えているわ」

美保は、そう言うと壁を指差した。私は美保の指差す方向を見た。そこに小さくて黒いものが見えた。

「蠅《はえ》だ」

私は言った。こんな高級ホテルの部屋の壁に蠅？

「殺してしまおうか？」

「いいのよ。そのままにしておいて。あれはベルゼバブがこの集まりの様子を知るために寄越したのよ」

美保が笑った。

「まさか！」

私は蠅を見て、唸《うな》った。

「いらっしゃったようです」

佐丹が立ちあがってドアの方に歩いていった。佐丹の姿が消えると、同時にドアの鍵が外れる音がした。そして佐丹に案内されて、斉藤が姿を現した。その後ろに身をかがめるようにして直美が続いている。

居間に全員が揃った。一つの背の低いガラステーブルを囲んで、ソファに座った。

「さあ、始めましょうか」

美保が言った。その声と同時に佐丹が話し始めた。

「今日は志波さんに無理を言い、斉藤さんに会わせていただき感謝いたします。私は佐丹と言い、フリーのジャーナリストをしております。私が八重垣を執拗《しつよう》に追い詰める理由についてお話しいたします」

佐丹は私を見つめて微笑んだ。私は唾を呑んだ。佐丹はかつて、八重垣はバブルの責任を負うべき人間なのだと言ったことがある。

それ以外に彼が八重垣を追及する理由があるのか。八重垣が彼を見て驚いたのはなぜか。私の頭には様々な疑問が渦巻いた。

「私の母は八重垣に殺されたのです」

佐丹は淡々と言った。私は耳を疑った。殺された？　それはいったいどういう事だ。斉藤も美保も直美も皆が言葉を失い、佐丹を見つめている。

「母は旧芙蓉銀行のカリスマと呼ばれた岩村二郎の愛人でした。私はその子供です」

「すると君は岩村氏の子供ってことか！」

佐丹は軽く頷いた。

私はあまりの衝撃に身体が震えて止まらなかった。佐丹が、あのカリスマ岩村氏の忘れ形見とは！　斉藤を見た。彼も衝撃を受けている。

「八重垣は、父を旧芙蓉銀行から追い出しました。全ての責任、旧芙蓉銀行がバブルにまみれた全ての責任を押し付けたのです。当時経営企画室長であった八重垣には、何の責任もなかったのでしょうか。しかし、そうしたことは全く考慮されませんでした。八重垣は、当時の頭取から『岩村を追い出してくれれば、近い将来において君を頭取に推挙する』との約束を取り付けて、行動したのです。

その時、当然、私たち母と子も父との関係の清算を迫られました。裸同然で銀行を追われることになった岩村が、母を面倒みることは出来なかったからです。岩村は八重垣に母のことを頼みました。しかし八重垣は、にたりと笑っただけで私たち母と子も追い出し、世話することはありませんでした。

岩村はその後、本来の家庭に帰りましたが、九年前に死亡しました。憤死です。八重垣の理不尽な扱いに最期まで納得しないまま、名誉回復の道も閉ざされ、寂しく死んで行きました。母も同じでした。岩村とも会うことが許されず、生活も苦しく、彼の死を聞いた時、自らの命を絶ちました。私が高校生のときのことです。

私には岩村の記憶があります。優しい父でした。母は岩村が来る日は、とても嬉しそうにおめかしをして、料理に腕を振るいました。私も彼に思いっきり甘えました。幼い私にはなぜ彼が、そのまま家にいないで、何処《どこ》かへ行ってしまうのか理解できませんでした。しかし母の死の頃には、母の立場を理解していました。それで母を責めたことがあります」

佐丹は目頭を押さえた。私は佐丹の話に聞き入っていた。

「母の死後、日記を見つけました。岩村との出会い、その思い出、私の誕生などの楽しい記述のほかに銀行の仕打ち、特に八重垣に対する恨みが書き残されていました。母は自分たちの生活を追い込んだばかりでなく、名経営者として岩村を持ち上げておきながら、最後に裏切った八重垣を許せなかったのです。一切、岩村の名誉回復を図ろうともしない姿勢にも憤っておりました。

その日記を読んでからというもの、母、そして岩村のために八重垣に対する復讐を忘れたことはありません。そしてこの憤怒は、いつしか八重垣の経営する旧芙蓉銀行、そしてスバル銀行の経営を正して行く方向に向かうようになりました。それでジャーナリストになったのです」

佐丹が話し終えると、小さな嗚咽《おえつ》が聞こえた。見ると直美がハンカチで顔を押さえていた。佐丹の母の運命と自分とを重ねあわせたのだろうか。

「佐丹さんがあの岩村二郎元会長の子供だったとは……」

美保が驚いた顔でぽつりと洩らした。

「だから君を見て、頭取が誰かに似ていると驚いたのだね」

斉藤が直美を見ながら言った。直美も何度も頷いている。

「そうだと思います。私は母に似ていますし、八重垣は当然、母もよく知っていましたから」

佐丹は言った。

「君は個人的な憤怒を晴らすために、頭取を失脚させようとしているのか」

私は訊いた。

「そうではありません。いや、当初は私的な憤怒からの行動でした。しかし今はジャーナリスト佐丹晃として公《おおやけ》の憤怒に基づいています。旧芙蓉銀行の問題を調べれば調べるほど、八重垣が岩村の残した不良債権の上に君臨し、それを自分のために使っていることが分かりました。これでは問題の先送りばかりで、日本の金融は正常化しません」

「残念だが、その通りです。頭取しか旧芙蓉銀行の不良債権問題を解決できないと思ってきました。私たちは頭取に全てをお任せしすぎたのです。そうした私たちの怠惰さが、頭取をカリスマにしてしまいました」

「斉藤常務……」

斉藤は苦痛に歪んだ顔を私に向けた。

「ここに、私がこれまで調査してきた旧芙蓉銀行に関係する不良債権の資料があります。斉藤さんにお会いしたかったのは、これをあなたに利用していただくためです。あなたは一貫して、八重垣に批判的な役員です。そのあなたならこれを利用して彼を退陣に追い込んでくれるでしょう」

佐丹は斉藤の前に厚い資料を置いた。

「私は頭取を退陣に追い込もうなどとは考えたことはありません。頭取に冷静さを取り戻していただきたいと願っているだけです」

斉藤は暗い顔で言った。

私もその資料を見た。三鷹スタービルや表参道駅前ビルなどの状況を細かく調べた資料だった。

「この資料の一部を見たことがある」

私は美保に言った。

「ええ、以前、このエッセンスだけをあなたに見せたことがあったわね。でも、それはほんの一部よ」

美保の言うとおりだった。今回佐丹が提示した資料は、旧芙蓉銀行の不良債権処理のために設立された会社を極めて詳細に調べたものだった。例えばフレンドビルが村田忠興産の事業を継承し、それらが旧首都相互系列の大西洋ゴルフクラブを支配するなどといった具合に各社の系列まで、すなわち不良債権の飛ばしの実態まで明らかにしていた。

「君が推定するに、緊急に処理しなくてはならない不良債権はいくらあるのかね」

私は佐丹に訊いた。

「約二兆円でしょう」

佐丹はあっさりと答えた。私は青くなった。

「私もその数字には賛成です」

斉藤が答えた。斉藤はさほど驚いた様子はない。彼なりに推測していたのかもしれない。

「私が許せないのは、何度でも言いますが、八重垣がこの不良債権を処理しないことで自分の権力を支えていることです。この不良債権には岩村の憤怒がこもっています。私は子としてそれらを早く処理していただき、父の憤怒を解放していただきたいのです。岩村はこんなにいつまでも処理されずに、自分の失敗が残されていることに我慢ならないはずです」

佐丹は斉藤の目を強く見つめた。

私は八重垣に長く仕えてきた。八重垣に忠実であるように装いながらも、自分では八重垣をコントロールしていると傲慢にも考えていた。しかし今、この不良債権の詳細なデータを見せられて初めて分かったことがある。それは、八重垣はこの不良債権を抑え込むためなら悪魔と契約したであろうということだ。いや、実際は既に契約をしているのだろう。その悪魔は私ではなくベルゼバブに違いない。私は取り残されたような気分になった。

斉藤はどうするつもりなのだろうか。苦渋に満ちた顔をしているが、佐丹と手を結び八重垣追及の行動に出るのだろうか。

「私は八重垣頭取には数々の恩があります。裏切ることはできません……」

斉藤が佐丹を見つめて言った。

「裏切るのではありません。斉藤さんが思っておられるように、八重垣を正道に戻すのだと考えたらどうでしょうか。それができるのは斉藤さんだけです」

佐丹は斉藤の手を握った。

「八重垣頭取を正道に戻すことが、スバル銀行や日本の金融界のためになると言われるのですね」

斉藤は佐丹に呻《うめ》くように言った。

「その通りです」

佐丹は斉藤の手を強く握った。佐丹の手が燃えるように赤くなり、それが斉藤に移ったように見えた。佐丹の静かな口調とは裏腹な激しい憤怒が斉藤に乗り移ったかのようだ。その斉藤を直美が頼もしそうに見つめている。

私はただ成り行きに身を任せるしかなかった。何も口を挟むことが出来ない。ふと美保を見た。彼女は、まるでこうなることを見通していたかのように満足げな笑みを浮かべていた。

第八章　審判――ディエス イレ

1

「斉藤常務、お待ちください」

　私は佐丹から提供された資料を抱えて、役員室フロアーの廊下を頭取室へと早足で向かう斉藤を押しとどめた。

「止めないでください」

「何をなさるつもりですか」

　私は斉藤の前に立ちはだかった。

「この資料を頭取にお見せし、全ての処理を迫ります。ＷＢＪの買収などにうつつをぬかしているときではないと申し上げます」

「そんな……」

　私は斉藤のあまりの短絡的な行動に絶句した。

「そのようなことで頭取はお考えを変えられるでしょうか。絶対に無理です」

私は強く言った。

「私にはこの方法しか思いつきません。頭取は、あの英明な頭取は、私が真摯《しんし》にお頼みすれば、必ずお分かりになっていただけるはずです」

斉藤は、苦しそうに言った。今にもその場に崩れ果ててしまいそうだ。恩義のある八重垣に正面から反抗しようとすることに耐えられないのだ。

「無視されるだけです。ゴミ箱に捨てられるでしょう」

私は言った。

「私はこの資料を佐丹君から預けられました。彼は、私に頭取を正道に戻すように頼みました。私は八重垣頭取を信じています。志波常務がおっしゃるようなことにはなりません」

斉藤は怒りを込め、私を睨みつけた。斉藤は、佐丹の憤怒に支配されたまま行動しようとしている。このまま八重垣にぶつかっても撥ね返されるだけだ。そうなれば折角の資料も無駄にしてしまう。佐丹の憤怒と斉藤の行動を最大限に利用しなければならない。

「しかしこれをそのまま頭取にぶつけても……」

「それでは志波常務が取締役会に提案してくださいますか」

斉藤は声を荒らげた。

「しっ」

私は唇に指を当て、周囲を見渡した。

「誰が聞いているか分かりません。もう少し声を落としてください。なんなら私の執務室に行きましょうか」

私は、強引に斉藤の腕を摑み、私の執務室に引っ張り込んだ。斉藤は、資料をテーブルに放り投げるとソファにくずおれるように座り込んだ。

「それにしても佐丹はなぜ、私にこんな資料を託したのでしょう」

斉藤は、半ば泣き出しそうな顔を私に向けた。

「それは、あなたが誰よりも頭取のことを尊敬されていることを佐丹が知っているからでしょう。誰よりも尊敬の念を抱いている人間から、非道を諫言《かんげん》されれば、誰でも正道に戻ろうとするのではないでしょうか。そこに彼は懸けたのではないでしょうか」

「私のこの両手から彼の憤怒が、熱い血潮になって伝わってきました。しかし私にはその憤怒を解放するだけの勇気がありません。どうしても八重垣頭取を裏切ることなどできません」

私は、頭を抱えて嘆き悲しむ斉藤を見下ろしていた。愚かなやつだ。所詮《しょせん》、怠惰のベルフェゴールだ。直美と佐丹という強い味方が現れてもこの体《てい》たらくだ。どうしようもない。私は、斉藤をとことん利用し尽くさなくてはならないと思っていた。ようやく本来のルシファの傲慢さが出てきたようだ。

「この資料は私が預かりましょう」

私はテーブルに手を伸ばした。斉藤は警戒心を顕わにした目で私を見つめると、テーブルの書類を両手で抱え込んだ。

「どうするつもりですか。これは佐丹君の命を懸けた物です」

斉藤は言った。

「私が取締役に根回しをします」

私は冷静な口調で言った。

斉藤が怯《おび》えた目で私を見つめている。

「取締役会にかけるのですか」

「この資料を取締役会にかけるのではありません。頭取解任の動議を提出するのです。もはやこれしかないでしょう。斉藤常務は頭取をなんとか正道に戻したいとお考えです。それには解任しかありません」

私は斉藤の表情を見つめた。細かい変化も見逃さないように。

「………」

斉藤は資料を抱え込んだまま、口を固く閉じている。

「斉藤常務、あなたは、いつか頭取の独断的な行動を止められるなら、辞表を出してもいいと言われましたね」

　私の問いかけに斉藤は小さく頷いた。

「それなら取締役会の根回しは私がやりますから、あなたが動議を出してください。この佐丹君の憤怒が詰まった資料は、必ず取締役を動かすと思いますよ」

　私は微笑した。斉藤が唾《つば》を飲み込む音が異様に大きく響いた。

「本当に上手く行くでしょうか」

　斉藤が不安そうに言った。

「上手く行くかどうかはわかりません。斉藤常務、あなた次第です」

「志波常務は当然、賛成してくださるわけですね」

「勿論です。さあ、その資料をお渡しください」

　私は両手を差し出した。斉藤は資料を持った手を私の方に伸ばした。資料の袋が私の手に触れた。私は、斉藤の手から資料を奪い取った。

「本当に根回しをしてくださるのですね。いつの取締令にいたしますか」

「今週の金曜日の定例取締役会にしましょう」

「三日後だ、そんなに早くですか……」

「早くしないと頭取は何をされるかわかりません」

「山口会長は私が根回しするほうがいいのではありませんか。志波常務は、失礼ですが、あまりお親しくないでしょう」

「その通りです。親しくありませんから、山口会長と私が話をしていても頭取は怪しまれることはないでしょう。斉藤常務なら怪しまれます」

私は説得するように言った。斉藤が疑わしい目で見ていたからだ。

「しかし……、本当に解任動議など出せるでしょうか？　それに私にはそのような役回りはできない……。頭取に不意打ちを食らわすことなど、私には無理だ」

斉藤は苦しげな顔を私に向けた。

「それでは斉藤常務は何をなさるおつもりですか」

「やはり頭取に事態をきちんと説明し、かつての頭取に戻ってもらうのです。その資料はお返しください」

斉藤は、真っ直ぐに私を見つめると、両手を差し出した。

「何を今さら、臆病になっているのですか」

私は厳しく言い放った。

「臆病というのには当たりません。私は頭取を信じております。一度も正面から頭取にぶつかったこともなく、取締役会で解任動議を出すなどというのは私の流儀に合いません。返してください」

「返せない。この資料は、頭取にとって致命的なものだ。私が預かる。あなたは動議を出すべく心構えをしておきなさい。私は秘書として手続きどおり、議事の中に『その他の協議事項』を入れておきます。これを事前に入れておきませんと手続き違反に問われる可能性がありますからね」

「本気ですか、志波常務」

「本気ですよ。勿論です」

「私は反対です。私に頭取を説得する機会をください」

斉藤が近づいてきた。

「嫌です。渡しません」

私は資料を抱えた。斉藤が険しい顔で睨んでいる。誰かがドアを叩いている。

「どうぞ」

私は言った。ドアが開いた。直美がいた。

「頭取室へ来て欲しいとのことです」

直美は私を見つめて言った。

「私に？」

「いえ、お二人にです。主任検査官とのお話に加わるようにとのご指示です」

直美は言った。

「金融検査官との話？」

私は聞き返した。今、スバル銀行には金融検査が入っている。まだいつ終わるか出口は見えない。その段階で主任検査官は頭取と何を話すつもりなのだろうか。

「分かりました」

私は書類を机の引き出しに急いでしまいこんだ。斉藤は直美に気を取られていた。

「行きましょうか、斉藤常務」

私は斉藤に声をかけた。斉藤は慌てた様子で、

「は、はい」

と言い、直美の後ろに従って歩き始めた。私はその後ろに従った。

2

私と斉藤が頭取室に入ると、中には八重垣は当然のこと、山口や他の役員たちも揃っていた。八重垣はいつになく暗く、苛々《いらいら》していた。顔色も悪く、何かに怒っているような顔だった。

いったい今から何が始まるのだろうか。私は気になった。しかし八重垣に訊《たず》ねられるような空気ではなかった。統括検査官が入ってきた。スバル銀行は金融庁検査を受けているが、彼はその責任者だ。威厳のある顔をしている。

「検査官が重大なことを頭取に話すらしいよ」

役員の一人が私に囁いた。具体的な内容についてはわからない。

統括検査官は、頭取の正面に座った。八重垣の顔が緊張している。

「八重垣さん、潔い引き際が大切なのではありませんか。もうそれを考える時期でしょう」

低く、暗い声だ。まさかいきなり統括検査官が八重垣の辞任を言ってくるとは思わなかった。私は驚きに目を見張った。通常、検査が終了する際に、イグジット（出口）ミーティングと称する検査結果の講評が行われるが、今日の会議はそれには該当しない。極めて異例なことだ。

私の左隣には八重垣がかっと目を見開いている。その目は赤い瑪瑙《めのう》を埋め込んだようだ。そこからぬめぬめとした血の涙、悔し涙が滲んでいる。右隣には斉藤が、ぴくりとも身体を動かさず、石のように固まっている。

八重垣の前には山口が座っている。会長としての立場はあるものの、全てを八重垣に牛耳《ぎゅうじ》られており、何をなすことも出来なかった。そうした無為の時間を過ごすうちに、本人自身の中の野望も涸《か》れてしまったとでも言いたげに、特段の表情の変化もない。だが、彼の背中では旧東洋銀行の旧芙蓉銀行に対する怨念《おんねん》の炎が燃えているのが見える。

その他、この場に出席した役員たちは、誰もが無言で瞑目《めいもく》していた。その顔だけを見ているとまるで打ち首にあい、刑場に晒《さら》された首のようだ。

私たちの中央に座った金融庁の統括検査責任者は、八重垣をじっと見つめている。彼の返事次第では、次の一太刀《ひとたち》を浴びせようと息を呑んでいた。

「まだ私には、このスバル銀行を率いていく役割が残っております。WBJとの合併につきましても結論が出ておりません。なんとしてもやり遂げねばと思っております」

八重垣のしわがれた声が、地を這うように室内に響く。

「まだそのようなことをおっしゃっているのですか。それならいよいよシルバーマン・ブラザーズとの不透明な関係について、さらに詳細な調査を継続いたしますぞ。その結果、刑事告発も視野に入れざるを得なくなる可能性があります」

彼は、この場にいる者たち全てにはっきりと聞こえるような野太い声で言った。

「何を根拠に、そのようなことを。私は、スバル銀行の自己資本充実のためにシルバーマン・ブラザーズとの提携を選択したのであります。そこにはなんらやましいこと、ましてや私利を図る意図など全くありません」

「それはじっくりと調べれば、自ずと分かってくる。明らかにならない罪はないと申しますからな。この場にご列席の役員の方々も、あなたと同罪であると申し上げておきます。誰一人として、あなたに反対の意見をした者はいない。もしいたとしてもその議事録は改竄《かいざん》され、全会一致となっている」

　同罪という言葉が、彼の口から発せられたとき、漣《さざなみ》のようなざわめきが起きた。誰かが動揺し、息遣いを乱したのだろう。

「我がスバル銀行は、内部抗争などありません。全て全会一致であります」

　八重垣が押し殺したような声で言った。

「何が全会一致ですか。あらゆる意見を恫喝《どうかつ》で封殺してきたあなたが言える言葉ではないでしょう」

　彼が嗤《わら》いを洩らした。

「どうしても私に退陣しろとおっしゃるのですか」

「そうでなければ私どもにも覚悟があると申し上げているのです。シルバーマン・ブラザーズとの関係において、その意思決定過程、取引条件など、問題視せざるを得ないことが多すぎます」

　統括検査官の言葉の一つ一つに、八重垣の頰がひくひくと痺《しび》れるように反応した。

「また不良債権処理についても他のメガバンクは粛々《しゅくしゅく》と処理を進めている中で、これだけ遅れているというのは、あなたの経営者としての怠慢でしょう。引当金を一兆円程度、思い切って積み、赤字決算を選択するべきでしょう。赤字額は二千億円以上になるでしょうが、それもスバル銀行の将来のためには止むを得ない選択ではないでしょうか」

　彼が冷静な声で言い放った。

　八重垣は、ううっと唸《うな》り、テーブルを叩いた。

「本当のことを指摘されて動揺しましたか？　あなたの頭取としての資質が、今、問われています」

「何を言いたいのだ。なぜ、それほどあなたは私を目の敵《かたき》にするのか」

　八重垣は怒りをほとばしらせ始めた。

「私たちは個人的な考えで、このようなことを申し上げているのではありません。金融の世界は日々変化しております。確かにスバル銀行はあなたの銀行と言ってもいいほどだ。しかしそれが今日《こんにち》では裏目に出ています。そのところを私たちは修正せざるを得ないのです。その修正があなたの手でなされなければ、別のトップでやってもらわざるを得ません」

　彼は容赦ない言葉を浴びせる。隣にいると八重垣の激しい怒りの熱で身体を溶かされそうになる。

「あなたの頭取としての役割は一体なんだったのですか」

　彼が問いかけた。

「世界に伍する銀行を作ることだ」

「その夢は果たせましたか」

「今、そのとば口に来ている」

「あなたのその強烈な思いがスバル銀行を危うくしているのではありませんか。結果としてあなたの人生は空《むな》しいものになるでしょう」

彼が言い放った。

八重垣は、両手で机を力いっぱいに叩き、椅子を蹴って立ち上がった。

「侮辱《ぶじょく》するな。たとえ金融庁だろうが許さんぞ」

八重垣は声を荒らげた。

「八重垣さん、お座りなさい。怒っても仕方がないでしょう。全て聞き終えてから、怒るなら怒る、反省するなら反省するというようにされたらいかがですか」

山口が八重垣をたしなめた。その口調には余裕さえ感じられた。

「私の人生が、空しいものだと軽蔑《けいべつ》されたのですぞ。役人ごときに否定されなくてはならない人生ではない」

八重垣は山口の忠告など耳に入らないようだ。室内に響き渡るような大声で喚《わめ》き散らしている。

「金融界のカリスマ、そうした呼称をほしいままにしてこられましたが、もうその呼称を返上するときではないですか。よくよく思い出せば、その呼称は旧芙蓉銀行元会を歩もうとしておられるような気がいたします。愚かなことでしょう……」

長故岩村二郎氏にも捧《ささ》げられていたものでした。バブル期に岩村氏もその尊称に酔いしれ、道を間違えられました。あなたはその岩村氏を否定したのではなかったですか。その否定からリーダーへの道を歩みだしたのではなかったですか。それなのに同じ道を歩もうとしておられるような気がいたします。愚かなことでしょう……」

統括検査官は悲しげに言った。

「貴様は何を言いたいのだ。いや自分のことを何様だと思っているのだ。民間の銀行の経営を重箱の隅をつつくように粗探しをして、何がそんなに面白いのだ。俺は、お前らの存在など認めん。WBJは俺の物だ。最後まで諦めん」

「もういい加減にしなさい。私たちは、検査結果の如何《いかん》に拘《かか》わらず結論を出していますす。WBJは東亜菱光FGに任せます。あなたは敗北しました。藪内大臣が何をおっしゃったかは知りませんが、それは単なる政治家の約束です。それほど当てにならないものはないでしょう。とにかく一刻の猶予も許すつもりはありません。早く後継を決め、退陣し、不良債権の徹底的処理をする方向を打ち出してください。さもなくば本当に刑事告発せざるを得なくなります。私たちを甘く見ないで欲しい。それだけです」

彼が渾身《こんしん》の声を張り上げた。その声が室内に響き渡り、八重垣ばかりでなく私をも圧倒した。八重垣は、わなわなと震えながらくずおれるように椅子に腰を下ろした。

室内は再び深い沈黙に沈んだ。

まるで深い海の底のようだった。

金融庁統括検査官は、既にこの場にいない。頭取室を出てしまった。室内にはスバル銀行の役員だけが残された。誰もが重々しい空気の中に沈んでいた。

突然、斉藤が立ち上がった。その周りが急にほのかに明るくなったように見えた。

斉藤が八重垣を見つめている。斉藤は、何をするつもりなのだ。八重垣に、自分の思いをぶつけるつもりなのだろうか。あの不良債権に関わる佐丹の資料も持たないで……。

八重垣が大きな音を立てて、テーブルを叩き、すっくと立ちあがった。その目には燃えるような怒りが渦巻いている。

八重垣は、私を挟んで斉藤と睨みあった。

「何か、私に言いたいことでもあるのか」

八重垣が斉藤に向かって大声を上げた。室内の壁が揺れるような大音響だ。斉藤は、一言も口に出来ずに腰を下ろした。

「誰も彼も、役人に口ごたえ一つしない。それでもスバル銀行の選ばれたる役員たちか！　私が屈辱を受けたのをじっと眺めているだけなのか」

八重垣は、役員一人ひとりを名指しした。

「君も、君も、皆、私が登用したのではないか。私は、君たちを助けてきたが、助けられたことはない。今、私に助けが欲しいときに君たちは私に手を差し伸べないのか。もうそこまできているのだ。ＷＢＪを買収して、この国で一番の金融グループを創りあげるという野望の達成が見えているのだぞ。それがわからないのか！」

八重垣の喉《のど》が破れ、血がほとばしり出るような気がした。彼の発する言葉の勢いに圧され、私も斉藤もただ俯いていた。斉藤は、自分のふがいなさに怒りを抱くかのように唇を噛み締めていた。

金融庁は八重垣を見放した。東亜菱光ＦＧのＷＢＪに対する態度がはっきりしなかったときは、八重垣に参戦を促したはずではなかったのか。彼らの意向を受けて八重垣もＷＢＪ買収に名乗りを上げたはずだ。しかしもはや流れは決まったようだ。そうなるといつまでもＷＢＪ買収の旗を降ろさない八重垣が邪魔になっていたのだろう。それが今日の統括検査官の考えだ。私は、この流れにうまく乗らなくてはならない。自分で起こした流れではないが、構うことはない。先ほど、斉藤に提案した取締役会での解任動議の発議について真剣に考えねばならない。他に、八重垣をさらに追い詰め、権力を我が手に奪う手段は無いものか……。

八重垣が、私を見下ろし、

「志波君、行くぞ」

と吼《ほ》えるように言った。

「はい」

私は、夢から醒《さ》めたように慌てて立ち上がった。

八重垣は、何をしようとしているのか。彼の顔は、激しい怒りで、もはや爆発寸前のようだ。

「どこへいらっしゃるのですか」

斉藤が訊いた。

「どこでもいい。とりあえずこの場は解散だ」

八重垣は、言い捨てた。

「八重垣さん、お待ちなさい。金融庁の見解に対する答えを検討せねばなるまい。全てあなたに関わることだ」

山口が威厳を保ったように言った。

八重垣は、山口に向き直った。

「好きに検討してくれて結構だ。私には私の考えがある。必ず巻き返してやる。TOBをやる方針に変わりは無い」

八重垣は、テーブルを回り、わざわざ山口に歩み寄ると、その両手を握り締めた。

「会長、あなたと二人で最大最強の金融グループを作ると誓ったではないですか。もう少し私に時間をください」

八重垣の力が強く、山口は痛さに耐え切れないのか、顔を歪めた。

「志波君、戦いだ」

八重垣は、私に言った。

八重垣がどこへ行くのかはわからないが、彼を追い詰めようとしているものに対して戦おうとしているのは事実だ。この戦いの渦中にこそ、権力を彼の手から奪い取る機会が潜んでいるに違いない。その機会を逃すものか。

3

八重垣は地下駐車場で頭取専用車に乗り込むと、「霞が関」と言い、ある合同庁舎名を運転手に告げた。

やはり八重垣は、あの男を最後の頼りにしているのだ。

「藪内大臣にお会いになるのですか」

「そうだ。それしかない」

八重垣は真っ直ぐ前を見つめていた。

「今、いらっしゃいますでしょうか。公務で席をお外しになっているようなことは……」

八重垣は私を睨みつけ、

「いる」

とだけ言い切った。

車は、庁舎の地下駐車場へと滑り込んで行く。途中、何人かの衛視に会ったが、彼らは八重垣の顔を見るなり、即座に敬礼をした。八重垣が何者か、誰に会いに行くのかを知っているのだ。

八重垣は、藪内との面談を事前に予定していたのに違いない。金融庁との関係が悪化することを見越していたに違いない。もしそうだとすればなんというしたたかさだ。

車が停まった。八重垣は運転手がドアを開ける暇も与えず自らドアを開け、飛び出した。私も急いで彼の後に従った。

受付の秘書も八重垣の顔を見るなり、立ち上がり、

「どうぞ」

と八重垣を大臣室に招き入れた。

広い大臣室には背もたれの低いソファが並べられている。執務机の側には日本国旗が掲げられていた。全体に簡素だが、きりりとした厳格さが漂っていた。

私は緊張した。八重垣は、秘書が運んできた茶を飲んだせいだろうか、湯気が立ち

上っているようだった。怒りが収まらないのか、息が荒い。いったい何を頼むつもりなのだろうか。藪内は現在では金融庁担当をはずれている。八重垣の立場に同情したとしても、何もできるはずがない。

「遅い。大臣は何をやっているのだ。この私が来れば、いの一番に来なくてはならん」

八重垣は、独りごとのように呟き始めた。まだここに私たちが到着して二分と過ぎていないのに、長く感じるとは八重垣の焦りは深い。

「お待たせいたしました」

藪内が、にこやかに笑みを浮かべて入ってきた。

八重垣は弾《はじ》かれたように立ち上がった。彼の顔は悲壮感が漂い、藪内の笑顔と、完璧な対比をなしている。

「大臣！」

八重垣は、大きく叫んだと思うと、藪内に向かって足早に進み出た。そして私が見ている前で、床に跪《ひざまず》き、両手をついた。

「助けてください。もう一期で構わないんだ。頭取をやらせてほしい」

八重垣は、藪内を見上げて叫んだ。私は、あまりの姿に呆然《ぼうぜん》としてその場に立っていた。

「志波君！　お前も、ここに来て頼まないか！」

八重垣が私を睨んだ。

私は言われるままに八重垣の隣に跪いた。

「大臣、金融庁は私を何がなんでも退陣させようとしている。もう一期あれば、スバル銀行を世界一にしてみせる。なんとかしてくれ」

八重垣は、床に頭を擦《こす》りつけた。私も彼に倣《なら》った。

「八重垣さん、面を上げてください。ゆっくりとお話を聞きますよ。落ち着いてください」

藪内は、全く戸惑いも見せずに落ち着いた口調で話した。八重垣よりも十数歳も若いはずだが、年齢差を微塵《みじん》も感じさせない余裕だった。

八重垣は、藪内に手を取られ、ゆっくりと立ち上がった。そして膝頭《ひざがしら》の埃《ほこり》を払った。

私も彼に続いて立ち上がった。この二人のこれから始まるやり取りを見物させてもらい、その上で、私は行動を決めることにしよう。

「さあ、どうぞ」

藪内は、中央のソファに座り、その隣を八重垣に勧めた。八重垣は勧められたソファに座った。私はその隣だ。

「さあ、どうされたのですか。豪腕で鳴らす八重垣さんとは思えないですよ」

「金融検査官が、シルバーマン・ブラザーズとの関係や当行の不良債権処理の遅れを指摘して、私に責任をとれと迫ったのです。巨額の引当金を積め、赤字決算をやれ、と強《し》いてきたのです。それにWBJの買収を断念すべきだとも彼らは告げてきました。私としては、何もかも許せない。承服しがたいことばかりです」

八重垣は、押し出すように身体を藪内に向けた。

「赤字はいかほどですか」

藪内は訊いた。

「二千数百億になるでしょう。引当金を一兆円近く積めと言ってきた。めちゃくちゃだ」

「当初は黒字計画でしたからね。ショックでしょうね」

「ショックなんてものじゃないですよ。役人風情《ふぜい》が、私に頭取を辞めろとまで言いました。金融庁の中に私を辞めさせたい者がいるのでしょうな」

八重垣はテーブルを拳《こぶし》で叩いた。だが、大臣室に飛び込んできたときとは、顔つきが急激に変化している。藪内の対応に安心したのか、八重垣の顔から怒りが消えたのだ。

「はっ、はっ、は……」

藪内は声に出して笑った。

八重垣よりはるかに若いこの男が、現政権の政策のキーマンであるなどと誰が信じられるだろう。現に、床に土下座しながらも八重垣の態度は極めて横柄《おうへい》だ。まるで優秀な、出世した息子の下に転がり込んで来て、愚痴をこぼす父親のような態度だ。

「八重垣さんは敵が多いですから」

藪内はいとおしげに微笑んだ。

「それほど悪い男ではないと思うのですがね」

八重垣は寛《くつろ》いだ笑顔を見せた。先ほどの大げさな土下座はいったいなんだったのだろう。

「金融庁の官僚中には、ちっとも言うことを聞かないあなたに腹を立てている者も多いのですからね」

「役人の言うことなどいちいち聞いて銀行経営などできません。銀行経営は生ものと一緒で、ちょっと目を逸《そ》らすと腐ります。なにしろ足が早い」

「その通りで、私が金融再生プログラムを世に問おうとしたときも、金融庁の官僚はこぞって反対だった。私は、早くしないと腐って取り返しがつかなくなると言ったのに、私の足を引っ張ろうとした」

「金融界も大臣の足を引っ張ったのでしたな……」

八重垣は懐かしそうに目を細めた。

「特に先の読めないWBJのトップなどはバカな発言をしました。だが、あなただけでした、私を全面的に支援するとおっしゃってくださったのはね」

　藪内が小さく頭を下げた。私は、驚いた。今や政権中枢で飛ぶ鳥を落とす勢いの代名詞に使われている藪内が、八重垣に低頭したからだ。背筋になぜかゾクゾクとした痺れが走った。

「そうだったですかね。私は、あなたが世に出られる前から有望な方だと見込んでおりましたから」

「それは恐縮です」

「あなたの一番素晴しいのは、官僚が嫌いだということでしょう。普通はあなたのようにシンクタンク出身者であれば、官僚と癒着した研究者であってもおかしくない。政策提言をするに当たって官僚の力を借りなければ、何もできないですからな」

「私は、官僚の傲慢さ、人を人とも思わない性《さが》が許せない。散々、シンクタンク時代にはバカにされましたからね。何もわかっていない、政策など語るなと……」

　藪内は、何か嫌なことを思い出したのか、顔を歪めた。

「彼らは、まるで習性のように我々民間をバカにしますからな。大臣の今日《こんにち》の活躍も彼らがあなたをバカにしたお陰だとしたら、彼らはとんでもない人物をバカにしたものですな。はっ、はっ、は」

　今度は八重垣が笑った。

「あなたは他の銀行の頭取に比べて、格段に先見性があった。私の政策を最もよく理解した頭取ですよ」

「私は大臣のお考えの通りだと思いました。表向き、銀行業界で反対表明をするなど、歩調は合わせましたがね。直ぐに全面的に支持する旨をご連絡いたしました」

「心強かった……。それに選挙でも全面的な応援をいただいたことは、終生忘れることはできません。政治家にとって選挙は命以上に重要ですからね」

藪内は微笑した。

確かに藪内が選挙に出馬したときの八重垣の応援振りは特筆に価するものだった。グループ企業に自ら藪内への支援を呼びかけたものだった。その甲斐《かい》あって藪内は高得票で当選したのだ。

選挙は三代祟《たた》るという諺《ことわざ》がある。これは政治家の選挙において裏切りなどがあった場合、三代に亘《わた》ってその恨みが残るというものだ。逆に、選挙で受けた恩は三代残るとも言えるだろう。

「今の政治家を見渡しても、あなたほどのビジョンを描ける者はいない。首相の座を狙うべきだ。そのために今の政権に露払《つゆはら》いをしてもらえばいい」

八重垣が声を強めて言った。

「現政権が露払いとは、八重垣さんも大胆な発言ですね」

私たちの背後で声がした。聞きなれた声だ。振り向くとそこに金髪の髪をなびかせて、ベルゼバブが立っていた。

「ベルゼバブ……、なぜ君が……」

私は驚いた。だが、八重垣も藪内も私ほど驚いていない。

「大臣、早く首相になってくださいよ」

ベルゼバブは、なれなれしく語り掛けながら藪内の背後に立った。

彼らは皆、仲間なのだ……。

私は再び、ゾクリと凍りつくほど寒いものが背中を走るのを感じた。

4

「ベルゼバブ君にはいつも感謝しているよ。大臣から君を紹介されて以来、なにかと助けてもらった。お陰で金融庁からは君との癒着を問われてしまったがね」

八重垣は、藪内の背後にいるベルゼバブを見て、薄く笑った。

「お騒がせいたしますが、なんの問題もありません。金融庁の官僚たちは、私とあなたとの関係を調べることで、私と大臣との関係をも何か胡散臭《うさんくさ》いことはないかと探しているのです。しかし私は官僚に見つかるようなへまはしませんからね」

ベルゼバブは、自信たっぷりに胸を反らした。

「ベルゼバブは大臣からの紹介なのですか……」

私は八重垣に小声で訊いた。八重垣は、小さく頷いた。

「それにしても本当に君はどこにでも現れる男だな。儲け話があると直ぐにやってくる。君のお陰で、どれほど八重垣さんが迷惑されたかもわからないのに……」

藪内はベルゼバブを非難めいた目で見た。

「もうしわけございません。自己資本充実策などに関して少し当方ばかりに取引が集中し、他社から睨まれたようです。しかし驚くには値《あたい》しません。当方はアメリカ合衆国政府の代理人のようなものです。通信、金融など規制開放分野においてその先兵の役割を担《にな》っております。そのことを理解していれば、賢い役人なら当方を多少たしなめることはあっても摘発などいたしません。それはアメリカ合衆国そのものを敵に回すことにもなりかねないからです」

ベルゼバブは言った。落ち着き払った口調だった。私は彼が非常に尊大であることは知っていたが、今日ほど尊大に見えたことはない。

藪内がベルゼバブに微笑みかけた。その姿は、まるで愛《いと》しいわが子の成長を見つめる慈父のようだった。

ああ、と私は思わず呟いた。藪内は、ベルゼバブの上に君臨する悪魔なのだ。それは悪魔を司《つかさど》る神……。

「私は、もう一期頭取をやりたい。なんとかスバル銀行を最大、最強にしてから引退したいのだ。なんとかなるのでしょうな」

八重垣は、当然の権利のごとく自分の立場を擁護するように言った。

藪内はベルゼバブと顔を見合わせ、僅かに眉根を寄せた。

「なんともならないなどという、つれないことは言われまい。私という存在が、あなた方にどれだけ役にたったか、それは言葉につくさないでも分かるはずだ。その結果、金融庁などという分からず屋の役人に攻め落とされてはたまったものじゃない」

八重垣は大げさにソファに背中を預け、足を組んだ。藪内とベルゼバブに尊大さを印象づけているかのようだ。

「なんともなりませんね。この際、金融庁の指示に従うのもお考えとして正しいかもしれません」

藪内は淡々と言った。僅かに微笑みさえ浮かべている。

「今、なんとおっしゃいましたか?」

八重垣の顔が、みるみる青ざめ、身体は前へつんのめり、今にもソファからずり落ちそうだった。

「金融庁の指示に従うのが肝要かと、申し上げました」

藪内は、笑みを浮かべたままだ。

「金融庁に従えと……、大臣、それは本気で申されているのですか」

八重垣の息遣いが荒くなった。

「本気です」

藪内の声が大きく室内に響き渡ったような気がした。

「ベルゼバブ？　聞いたか」

八重垣は、請うような目つきで藪内の傍に立つベルゼバブを見つめた。

「聞きました」

ベルゼバブは静かに言った。

「志波君？　聞いたか」

八重垣は私を見つめた。その目は大きく見開かれ、暗く虚《うろ》が広がっているように見えた。

「聞きました」

私は答えた。

「大臣、今まで私はあなたにどれだけ尽くしてきたか……。今も感謝していただいたではないですか」

「感謝しております。あなたとの友情も限りのあるものではありません。ですが今回は、力になることはできません」

「友情？　それが、私にとって慰めになるとでも思っておいでなのですか？　ベルゼバブ君、君はどうなのだ」

八重垣はベルゼバブを見た。

「私は、あなたの言われるままに行動します。それが仕事ですから。政治家ではありません。投資銀行にモラルや友情はありません。打算、計算のみです」

ベルゼバブは薄笑いを浮かべた。

八重垣は立ち上がった。足元がふらついていた。

「頭取、大丈夫ですか」

私は、八重垣の身体を支えた。

「大臣、あなたに見捨てられるとは思わなかった。あなたにとって私は、もはや利用価値のないただの老いぼれだと言うのか。よくぞ政治家になられたものだ。あなたほどの冷え切った心をお持ちなら、今後、必ずや大成されることでしょう」

八重垣は、藪内に向かって唾を飛ばさんばかりに大きな声で叫んだ。藪内は、相変わらず微笑したままだった。藪内は、微笑みながら八重垣を切ったのだ。

「金融庁は、私の後任大臣と長官、そして長官の後釜を狙う局長たちとの人事抗争の真っ最中です。後任の大臣は私以上の存在感を出すために、実力長官が邪魔になっているのでしょう。その長官もすんなりと後任に身を譲る気はないといった状況です。そこを衝《つ》いて、八重垣さんに対する追及を緩めるようにしてみましょう」

藪内は、温厚な笑みを湛えて言った。

「だめだ！　そんな曖昧《あいまい》なことでは。あなたのことなどもう当てにはしない」

八重垣は、眉を吊り上げた。八重垣にしてみれば、もっと確実な立場の保証が欲しいのだろう。それにしても藪内に対する強気の態度は、秘書の私でさえ知らない濃密な関係があるに違いない。

藪内は、胸のポケットから黒革の財布を取り出した。彼は、財布の中からカードを取り出した。それはゴールド・ブラックカードだ。

「このカードに誓って、私はあなたを見捨てはしません」

藪内は強い口調で言った。

「本当かね。ベルゼバブ？」

八重垣は、ベルゼバブを見た。ベルゼバブは微笑を浮かべていた。

「そのゴールド・ブラックカードは、選ばれし者の印です。アメリカ合衆国支配のグローバルなパスポートです。いわばフリーメーソンの証《あかし》のようなものです。そのカード保有者である八重垣さんを、私たちが見捨てるようなことなどありません」

ベルゼバブも落ち着いた口調で言った。

「そうか。分かった。だったらベルゼバブ、私はＷＢＪに対するＴＯＢをやるぞ。いいな」

八重垣は、ベルゼバブに言った。

「頭取……」

私は、八重垣の身体を支えながら驚きの声を上げた。

「なんだ？　志波君、反対なのか。君は銀行の中でもＴＯＢには最も積極的ではなかったのか」

八重垣は私に身体を支えられたまま、睨んだ。

「反対ではありません。ですが、藪内大臣」

私は藪内に向かって呼びかけた。

「私のような者が大臣に口をきくことをお許しください。大臣は頭取に金融庁の指示に従えと申されました。その意見に従いますと、今、頭取が言いましたＷＢＪに対するＴＯＢには反対ということでしょうか」

私は強い口調で言った。

「もういい、志波君、政治家は当てにしない」

「いいえ、そういうわけにはいきません。頭取と大臣は長く深い関係がおありになるのでしょう。その関係において、頭取が勝負に出ようとされていることに対して賛成か反対かは言ってもらわねばなりません」

　私は藪内を見た。藪内は、ほんの少し考えるような振りを見せたが、

「その件に関しては何も申し上げることはありません。八重垣さんがおやりになりたいのなら気が済むまでおやりなさいというのが私の意見です。ただし金融庁との関係は最悪になるでしょうね。これでいいですか」

　と、微笑を浮かべて言った。

　なんという突き放した意見だ。これが政治家というものか。八重垣が、金融庁から責められ、その利用価値がなくなろうとした瞬間に、全く関係がなかったもののように切り離しにかかるとは！　私は、八重垣を徹底して暴走させ、その果てに彼が倒れてしまうように仕組むつもりだ。しかし思いがけなく八重垣が、最も頼りにしていた金融庁や藪内から捨てられそうになっているのを見て、哀れに思えてきた。ちょうど今、彼を支えているように、彼を倒れないようにしてやりたいという思いがふつふつと湧いてきてしまったのだ。だが、これは私にとってまたとない権力奪取の機会だ。とにかく八重垣を暴走させるのだ。その果てにあるのが私の栄光だ。

「シルバーマン・ブラザーズは本気でＴＯＢを支援するつもりですか」

　私はベルゼバブに訊いた。

「私はクライアントの要望に忠実に対応いたします。如何様《いかよう》にも協力します」

ベルゼバブは金髪を手で梳《す》いた。

「君は、相変わらずだね。クライアントを引き止めるなどということは君の辞書にないんだね」

藪内が笑った。

「では頭取、当初のお考え通り、ＴＯＢをやりましょう。すぐに役員たちの了解を得なくてはなりません。もうここにいても仕方がありません。帰りましょう」

私は八重垣を支えながら、藪内を睨むように見つめた。

「せいぜい頑張ってください。陰ながら応援をいたしましょう」

藪内は言った。

「頭取、行きましょう！」

「分かった」

八重垣は、呟いた。

私はベルゼバブに目を向けた。彼が一瞬、私に微笑みかけた気がした。

今から、緊急に役員たちを集め、その場で八重垣が、ＷＢＪにＴＯＢを仕掛けると言えば、彼らはどういう反応をするだろうか。賛成などするはずがない。八重垣解任の根回しなどは必要ないのだ。金融庁によって見放された頭取に付き従う役員はいないのだから。後は、一押しが必要なだけだ。その一押しが、あの佐丹の資料だ。

「ベルゼバブ！　さあ、行きましょう！」

私は興奮に満たされていた。

5

私は、八重垣とベルゼバブと三人で車に乗った。私は助手席に座った。

「銀行へ戻れ」

八重垣は運転手に告げた。車は静かに発進した。

「所詮、政治家というのはあんなものだ。人を裏切ることなどなんとも思っていない」

八重垣は激しく言い放った。

「その通りです。政治家を頼りにしたのが、間違いです。勝ちましょう。このＴＯＢに勝てば、誰も何も言いません」

私は、八重垣に振り向いた。

「私たちシルバーマン・ブラザーズは全面的に支援いたします」

ベルゼバブが言った。

「本当だろうな。君も金にならないとわかると、さっさと消えてしまうからな」

八重垣は口元を歪めて言った。

「そんな不義理な人間ではありません。もしそうであったとしても、まだここには金の匂いがするということでしょう。私が座っているところをみると……」

ベルゼバブは微笑んだ。私はベルゼバブと視線を合わせた。彼の口が小さく動いたように見えた。言葉なのか、呪文《じゅもん》なのか分からない。だが、私には、機会が到来したと告げているように聞こえた。

私は、背後の二人に神経を集中させていたが、妙に気分が落ち着かない。なにかざわざわとしている。この胸騒ぎに似た気分はどこから来るのだろうか。私は、周囲に目を走らせた。

景色？　景色が違う？

いつもの見慣れた景色ではない。霞が関から銀行に戻るだけだ。なぜいつものルートを使わないのだ。

私は運転手に問いただそうとした。私は思わず叫び声を上げそうになった。運転手が違うのだ。運転席に座っていたのは、佐丹だった。

「き、君……」

私は小さく驚きの声を発した。佐丹は私を振り向き、人差し指を口に当てた。目は笑っていた。

私は後ろを振り向いた。八重垣は目を閉じていた。考え事をしているのか、眠っているのか……。

　ベルゼバブが私を見た。

「どうかしたのですか」

　彼が訊いた。

　私は、佐丹とベルゼバブの顔を交互に見た。何も言葉を発することが出来なかった。

「道が違うようだが」

　ベルゼバブが言った。

「うん？　なんだって」

　八重垣も目を開け、外の景色の異常に気づいた。私と目があった。

「志波君、道が違うぞ？　どこに行っているんだ」

　八重垣が訊いた。

　私は佐丹に向かって、

「どこへ行くんだ。銀行に戻せ」

　と叫んだ。

「いったいどうしたんだ？」

　八重垣が言った。

「志波さん、どうしたんです」

ベルゼバブが険しい顔を見せた。

「運転手が入れ替わっているのです」

佐丹の名は言わなかった。彼のことを知っていると八重垣にばれたら、どのような疑いをかけられるか、私は恐ろしくなった。

「別に取って喰おうとしているわけじゃない。ちょっと付き合ってもらうだけだ。静かにしてくれ」

佐丹は言った。

「そういうわけにはいかないぞ。こんなことをしたら、どうなるか分からないぞ」

私は、佐丹の腕を持った。車が急に止まった。身体がフロントガラスに向かって飛んだ。頭を両手で押さえた。辛《かろ》うじてガラスを直撃するのを防ぐことが出来たが、腹部をしたたかに打ってしまった。

「うっ」

私はうめき声を上げた。後部座席の八重垣とベルゼバブも身体を前後に思いっきり揺さ振られて、うめいた。

車が再び発進した。

「大丈夫だ。目的地は直ぐだから安全運転をさせてくれ。もし暴れるようなら痛い目に遭わせざるを得ない」

佐丹は、ポケットから拳銃を取り出し、私に見せた。それは銃身の長い改造したような拳銃だった。

「拳銃じゃないか。そんなもので脅すのか」

私は声を荒らげた。

「志波君、止《よ》せ。その運転手は、私に質問したジャーナリストだろう。違うのか？」

「そ、そうです」

「彼のやりたいようにさせろ。まさか殺しはしないだろう。私は彼のことを知っている……」

八重垣は、ソファに身体を預けて目を閉じた。

「さすがに八重垣さんだ。度胸がいい。もう直ぐ着く」

佐丹は言った。

八重垣が覚悟を決めたのなら仕方がない。私もじたばたするのを止《や》めて、改めてシートベルトを締めた。

八重垣は妙な事を言った。佐丹のことを知っていると確かに言った。八重垣は佐丹が岩村の子供であることに気づいているというのか。

車は新宿に向かっているようだ。首都高速に乗り、新宿で降りた。副都心の高層ビル街を抜け、しばらく車は走った。目の前にトタンで囲われた荒地のような場所が見えた。新宿にこのような荒地が残っていたとは驚きだった。車は、そのトタンで囲われた中に入った。

「どこに行く？　この荒地を見せたかったのか」

私は訊いた。

「あそこだ」

佐丹は、工事現場でよく見かけるプレハブの建物に向かって車を走らせた。

車が止まった。

「着いたのか」

八重垣が言った。

車が止まると同時に佐丹は外に出た。私も自分でドアを開けて、外に出た。

「どうぞ頭取、お降りください」

佐丹は、ドアを開けた。

「ありがとう」

八重垣は、落ち着いて礼を言うと車から出た。ベルゼバブは反対のドアから出た。

私を含めて誰も慌ててはいない。それは八重垣が極めて冷静だったからだ。私とベルゼバブは、八重垣の脇を固めるようにした。

「ここは新宿だな？」

八重垣が佐丹に訊いた。

「そうです」

佐丹は微笑を浮かべた。

「随分、ひろびろとしている。意外と空気が美味《うま》い」

八重垣は嬉しそうに目を細めた。

「旧芙蓉銀行の不良債権になっております」

佐丹が八重垣を見つめて言った。

「知っておる。昔はイトショウの持ち物だった。それが村田忠興産、アキルノ産業と移って、今は、君のところだ」

八重垣はベルゼバブを見た。

「当方が所有しているのですか」

ベルゼバブが驚いた顔で周囲を見渡した。

「さすがですね」

佐丹も驚きの声を発した。

「私は旧芙蓉銀行のことなら、蟻《あり》が通る穴だってどこにあるか分かっている」

八重垣は声に出して笑った。

「この土地で父は失脚しました」

佐丹が言った。

「岩村さんは素晴しい頭取だった。しかし最後は自分の成功に酔ってしまった……」

八重垣は言った。佐丹の顔がさっと赤らんだ。やはり八重垣は、佐丹が故岩村二郎の遺児であることを知っていたのだ。

佐丹は黙って八重垣を見つめた。

「あの投資家説明会で君の目を初めて見たとき、身体に電流が走ったように感じた。その原因を考えていた。そして思い出したのだよ。バカな昔をね。それは岩村さんにこっぴどく叱られたときの目だった。怖かったからね」

八重垣は微笑んだ。

「そうですか。確かに私は岩村の息子です。思い出していただいて感謝いたします」

佐丹は軽く低頭した。

「さて、その息子さんが私に何の用なのかな。殺して、ここに埋めようというのでもあるまい」

八重垣は訊いた。

「答えはこの中にあります。どうぞお入りください」

佐丹は背後のプレハブの建物を指差した。

「わかった。行こうか。志波君、ベルゼバブ君、変わった趣向が楽しめそうだよ」

八重垣が一歩を踏み出そうとしたとき、佐丹が赤い液体が入ったワイングラスを私たちに差し出した。

「これをお飲みください」

佐丹が言った。

「ワインかね」

「味はワインのようですが、中身は古代キリスト教で聖なる儀式に用いられた『全てを見、全てを感じ、そして全てを忘れる』という秘薬です」

「佐丹、毒ではないんだな」

私は訊いた。佐丹は頷いた。

「面白いじゃないですか。頭取、飲んでみましょう」

ベルゼバブは、グラスを取るといっきに飲み干した。ごくりという喉を通る音がした。

「なんともないですか」

私は訊いた。

「ああ、なかなか美味い。もう一杯欲しいくらいですよ」

ベルゼバブが笑った。

「志波君、いただくことにしよう。私の最もお世話になった岩村さんの息子さんの頼みだ……」

八重垣は、グラスを手に取り、ゆっくりと飲んだ。

私も飲まないわけにはいかない。グラスを取り、飲んだ。少し薬草臭いワインといった味だ。喉を過ぎ、胃に入ると急に全身が熱くなってきた。目の前が急に暗くなり、立っていられないほど動悸が激しくなったかと思うと、がくりと膝が折れた。

6

まわりがとても騒がしい。うるさくてたまらない。私は目を開けた。

「ここはいったいどこだ……」

私は、思わず呟いた。

私は広い聖堂の中にいた。大きな広場の真ん中で、天井は空を覆うように高く、黄金色に輝いていた。その輝きの中に見事な装飾画が描かれている。テーマは旧約聖書のようだ。

アダムとイブらしき裸の男女、二人を唆《そそのか》す蛇、怒り狂う神、ノアの箱舟……。リアリティに富んだ筆遣いで、息を呑む見事さだ。視線を天井から正面に移すと、そこには大きく右手を振りかぶったキリストの姿があった。彼の側には、若く美しい聖母マリアが寄り添っている。右手には殉教者バルトロマイが、自分自身の剥《は》がされた生皮を握り締め雲に跨《また》がっている。聖ペトロが大きな目をむき出しにして、キリストを見つめている。左手には洗礼者ヨハネ。頭上には天使たちが舞い、十字架やいばらの冠など受難のシンボルを持って集まってきている。地上からは次々と使者たちがキリストの祝福を受け、天上へと召されていく。反対に天上から地獄に落とされていく死者たちがいる。彼らは鬼たちに鞭《むち》打たれ、冥界《めいかい》の審判者ミノスによって更なる地獄へと引きずりこまれていく。

どのように穢《けが》れのない人物が見ても恐ろしくて目を背けたくなる場面だ。

これはどこかで見たことがある。そうだ。ローマのバチカンにあるシスティーナ礼拝堂だ。これはミケランジェロによる「最後の審判」の壁画だ。

「ここはアスモデウスの館か？」

私は呟いた。あの色欲の全てを、めくるめく快感の中で解放し尽くした世界にも描かれていた壁画だった。

しかしどこか違う。私は、もう一度壁画を見つめた。そこに描かれているのは、美しく気高いキリストではなかった。醜く歪んだ形相の異形の悪魔だった。その側に寄り添う聖母マリアも慈しみに溢れた優しい微笑ではなく、耳もとまで真っ赤に裂けた口を開き、キリストの股間からいきり立つ性器をまさに咥《くわ》えんとしていた。

私は、その絵画から放たれる悪意の臭気に鼻と口を押さえざるをえなかった。そしてもう一度天井画を見ると、そこには旧約聖書の物語などではなく、煉獄《れんごく》に焼かれ、悪魔に生皮を剝がされ、肉を切り裂かれる亡者たちが無数に描かれていた。鬼のように頭から角を生やした悪魔は、若い女性を後ろから襲い、自分の巨大な性器を女性の股間に突き刺していた。それだけでは飽き足らないのか、青竜刀のような大きな剣を、快楽に目を細める女性の首に突き立てていた。私は、女性が放つ切り裂くような叫び声を聞きたくないと、両手で耳を塞《ふさ》いだ。

「いったいここは……」

私は、必死で記憶を手繰《たぐ》り寄せた。

頭取……。八重垣と一緒だったはずだ。どこだ……。頭取はどこだ……。

「ルシファァ、始まるわよ」

ルシファァ？　それはなんだ？

私は自分の身体を見た。素裸で、真っ黒。背の方に目を向けると、黄金色に輝く孔雀《くじゃく》の羽のようなものが羽ばたいている。両手を見ると、細くくねくねとした指の先には長くねじれた爪が尖《とが》っていた。

「いよいよだな。リバイアサン」

自分の意思とは関係のない言葉が、私の口をついて出る。

隣に座っているのは美保ではないか？　豊かな乳房を蓄えた身体は、ぬめぬめとした照り輝く緑色をしていた。美しい顔の中の目は、片方は赤く、もう一方は青い。頭には蛇が何匹もとぐろを巻き、ちろちろと赤い舌を出している。私は、自然と美保のことをリバイアサンと呼んだ。

中央の玉座には、黒光りする逞《たくま》しい肉体の美しい顔立ちの若者が座っていた。羽ばたきをすれば、誰もが飛んでしまうかもしれないほど、大きなこうもりのような翼を背中に折りたたんでいた。

「佐丹だ……」

「そうよ。今日はサタンの裁きの日よ」

「ベルフェゴールもマモンもいるな」

サタンの脇に黒いロバのような下半身を横たえ、ベルフェゴールが大儀そうな目で周囲を窺《うかが》っているのが見える。あの目は斉藤の目だ。その隣にぴったりと寄り添う小柄な愛らしい顔立ちの女性の悪魔がいる。全身は黒猫か黒鼠《くろねずみ》のような毛で覆われているが、丸くて形のいい乳房だけが白く浮き出ている。その乳房でベルフェゴールの顔を撫《な》でている。あの丸い乳房は直美のものだ。

「ベルゼバブは？」

「あそこよ」

リバイアサンは指差した。そこにはうるさい羽音を立てて、金色の触角を揺らしながら飛び回る蝿がいた。

「彼は、ただ一人、被告の弁護人を買って出ているのよ」

「アスモデウスは？」

「あそこにいるわ。彼女は今日もこの館の取り仕切りをしているわよ」

指差す方向には、全身を黒光りさせ、七色の宝石が輝く薄絹を身に纏《まと》った女性が召使に指示を出していた。顔は牡牛の角が生えたマスクで隠されているが、そこから覗いている目は、あの館、アスモデウスの館であった謎の女だ。私は彼女の股間に見つけたほくろを思い出して、思わず生唾を飲んだ。

「アスモデウスは君だとばかり思っていたよ。君と同じくらいセクシーだからね」

「私は私であって私でない。私はリバイアサンであり、アスモデウスであり、またあなたでもあるのよ」

リバイアサンは優雅に笑みを湛えた。

「この世は、全てが一つに解け合っているのか」

私は、この場所の不思議な気分に圧倒され、彼女の言葉に納得した。

大きなドームのような館には、階段状に席が設けられ、そこには亡者たちが無数陣取り、うごめいていた。このうるさいほどのざわめきは彼らの声だったのだ。

「今日裁かれるのは誰だ」

「彼よ」

リバイアサンが、眼下に広がる複雑な幾何学《きか》文様の大理石でつくられたフロアーの中央を指差した。

そこには素裸の痩《や》せた老人が、太い鉄の足枷《あしかせ》に繋がれ、横たわっていた。

「誰だ？　あの老人は？」

「あれは、八重垣惣太郎よ。スバル銀行頭取……」

リバイアサンが私の耳元で囁いた。

「頭取！　八重垣頭取！」

私は、思わず叫んだ。リバイアサンがあっけにとられて私を見つめた。

私の声が届いたのか、八重垣が顔を上げた。身体は痩せてはいるが、トレードマークの銀縁眼鏡の奥に鋭い目が光っていた。私は、あまりの彼の視線の鋭さにたじろいでしまった。

「殺せ！」

「死刑にしろ！」

八重垣に向かって亡者たちが叫んでいる。

「サタンが罪状を読み上げるわよ」

リバイアサンが中央に目をやった。黒く照り輝く美しい肉体を持ったサタンが、自分の倍ほどもある翼を広げて立ち上がった。惚《ほ》れ惚《ぼ》れとするような美しさだった。

「罪人、八重垣惣太郎よ。立つのだ」

サタンは、よく響き渡る声で言った。

八重垣がゆっくりと立ち上がった。足枷が食い込んだ足首が痛々しい。亡者たちが彼を断罪する声がドームに響き渡る。

「お前はバブル真っ盛りにこの国の金融を支配しようと、銀行合併を繰り返し、野放図に融資を実行し、その多くを不良化させ、そして放置し続けた。それに関して一切の反省もせず、多くの人々に貸し剝がし、貸し渋りという塗炭の苦しみを与えた」

サタンの声に反応して、亡者たちが騒ぎ出す。

「我が父を返せ！　我が母を返せ！」「我が命を返せ！」

「八重垣、あの声が聞こえるか。お前に融資を断られ、回収され、自殺した者たちの声だ。ある者は首を吊り、ある者は自ら火中に飛び込んだ。その苦しみが分かるか」

八重垣は黙ってサタンを見ていた。

「お前の行った融資はこの国の経済の根幹を腐らせ、その立ち直りに未《いま》だに苦しんでいる。それにもかかわらず、お前はなんら責任をとろうとしない」

サタンは厳しい口調で言った。その声はドーム全体に響き渡った。

「それは彼だけの責任ではない。彼だけがこの国の経済の崩壊に責任があるわけではない。そもそも昭和六十年九月二十二日におけるＧ５で、ドル高を修正するための為替協調介入の合意、すなわちプラザ合意で、日本経済を完全にアメリカ経済に追随させた政治家共が悪いのだ。この結果、国内は内需拡大の掛け声の下に、公定歩合を引き下げ、金融を自由化していった。これが金融暴走の始まりだ。そのころ彼はまだ、取締役でもない。経営の意思には関与していない」

大きな羽音がしたと思うと、真っ黒な蠅の姿をしたベルゼバブが八重垣の隣に立ち、サタンに反論をした。

「ベルゼバブの言うとおりだ。私は何も悪くない。前任、前々任の仕事を今日まで引き継いでいるだけだ」

八重垣も大きな声を上げた。

「なんという責任回避の言葉か！　お前が決める経営方針に従って多くの人々が追い詰められ、失意と憤怒の中で死んでいった。彼らはその限りない憤怒のために未だに冥界を彷徨《さまよ》っているのだ。お前も同じ責め苦に遭わせなければ、彼らは天上に召されることがない」

サタンは言った。

「だが、彼は、見事に銀行を再建しつつあるではないか。この失われた十年といわれる不況の中を経営者として見事な舵取《かじと》りを見せているぞ」

ベルゼバブが言った。

「私は前任たちの後始末をし続けてきたといっても過言ではない。未だにその苦労を続けている。そんな私に何の責任があるというのだ」

八重垣は強く言った。

「経営を再建したといっても、政府の銀行救済政策に乗り、一般の預金者に利息も払わず、税金の注入を受け、ようやく息を吹き返しただけではないか。ところがお前は、業績が回復する過程で、当然やるべき不良債権の処理をひたすら先送りしてきた。それは自らの責任を回避するためだ。このことが全て前任の責任だというのか」

サタンは言い放った。

「濡《ぬ》れ衣《ぎぬ》だ」

八重垣は叫んだ。

「できもしない大型合併をベルゼバブと画策し、他人の目をくらますことで自分自身の延命と私利私欲を図った罪は重い」

ベルフェゴールが静かに言った。

「貴様、貴様だって合併には賛成したはずだぞ」

ベルゼバブが叫んだ。

「あなたが頭取でいる限り、この銀行は、この国の金融は再び暴走を始めるだろう。あなたの熱気が他を刺激するからだ。もう責任をとって退陣すべきだ。全てがそれを望んでいる」

ベルフェゴールが叫んだ。彼の側にはマモンが寄り添い、優しげな目をベルフェゴールに向けていた。

「まだ、退陣などしない。まだ道半ばだ。世界の金融を支配するまでは辞められん」

八重垣は叫んだ。

「八重垣よ。この国は誰もバブルの責任を取らなかった。これからも、責任を取るようなサムライは誰一人として現れることはないだろう。これではこの国は、未来永劫《えいごう》腐りきった国になる。そこで、お前だけでも潔く責任を取るという決意をしないか。そうでなければ、お前を憎む、あの幾千、幾万の亡者たちの怒りがおさまらない」

サタンががらりと口調を変えた。その時、「殺せ！」「責任を取らせろ！」と一人の亡者が叫び、矢を放った。その矢は真っ直ぐに八重垣に向かって飛んだ。

「あっ！」

私が叫ぶ間もなく、矢は八重垣のわき腹を貫いた。八重垣は、がくりと膝をついた。

「亡者たちはお前を死刑にすると決めたようだ」

サタンが叫んだ。

「待て！　まだこの八重垣を殺しても、第二、第三の八重垣が出るだけだ！」

ベルゼバブがサタンや亡者たちに声を限りに叫んだ。

「俺が出て行く。俺があいつの代わりになる」

私は、羽を広げた。

「行きなさい。いよいよあなたの出番よ。ルシファ」

リバイアサンが赤い舌をちろちろと動かしてみせた。

私は、苦痛に顔を歪めている八重垣のすぐ近くに降り立った。

「どうした、ルシファ」

サタンが訊いた。

八重垣が顔を上げた。汗がまるで脂のようにねっとりと顔にまとわりついている。

「志波君、助けてくれるのか。やはり君が頼りだ」

苦しそうに八重垣が言った。私は冷たい目で彼を見ていた。

「ルシファは、あなたの味方ではありません。あなたの失脚を狙っているのですよ」

ベルゼバブが八重垣に囁いている。

「本当なのか！　志波君。君も私を裏切るのか！」

八重垣が悲鳴のように叫んだ。

「裏切るのではありません。交代を迫っているのです。八重垣さん、あなたはスバル銀行を基盤にしてこの国の金融界に君臨してきました。その結果が、これだけの亡者に憎まれたのです。もう私にその地位を譲りなさい。私が、第二の八重垣になりましょう！」

「なんということを！　貴様はそんな男だったのか！」

八重垣は床に再び膝をついた。

「ようやくルシファも本当の思いを顕《あらわ》したのだな」

サタンが、乾いた笑い声を上げた。

「八重垣の下で、問題債権の先送りや貸し剥がし策の計画を立案したのは、このルシファだ。もし罪があるならルシファも同罪だ」

ベルゼバブは私を指差して言った。私は驚きでのけぞった。

「何を言うか！　ベルゼバブこそ八重垣と組んで、この国から多くの富を簒奪《さんだつ》していった元凶ではないか。このベルゼバブこそ八重垣以上の罪がある。さあ、サタンよ。裁断を下せ！」

私はサタンに向かって叫んだ。

サタンが天を仰いでいる。

「バブルの栄華も崩壊も、その失敗の全てを見てきた生き残りは八重垣のみだ。彼はその渦中で這い蹲《つくば》り、泥水を飲んできた。その彼が、その責任を一身に受けることを神は望んでおられる」

サタンが言った。

「そんなことはない。神は、もっと多くの者たちに、この国を傷めた責任があるとおっしゃっている」

ベルゼバブは自信ありげに言った。八重垣は、荒い息を吐きながら、薄目を開けた。その目には、もう力がない。

「神は、私に八重垣に代われとおっしゃっているはずだ」

私は叫んだ。

「何もかも嘘だ！」

ベルフェゴールが大声を上げた。

「何が、嘘だ！」

ベルゼバブが怒鳴った。

「ベルゼバブは神の名をかたっているが、八重垣と組んで大もうけをしようとしているだけだ。彼らはこの国の富を徹底して奪い取るつもりなのだ。またルシファには野望しかない。自分の欲望のためだけに動く者を八重垣の後につければ、さらにこの国は悪くなるだろう」

ベルフェゴールが怒りに声を引きつらせた。

「ベルフェゴールの怒りはもっともだ。八重垣は、バブルからバブル崩壊にかけての責任を彼に取らせるために、今日まで存在を許されたのだ。亡者たちに聞く。八重垣に生か、死か！」

サタンは、亡者たちを睥睨《へいげい》し、問いかけた。

亡者が騒ぎ出した。

「殺せ！」「神の名をかたる不届き者を殺せ！」「八重垣に死を！」

幾万もの亡者が一斉に立ち上がった。彼らは八重垣に向かって次々に矢を放った。

「亡者たちは死を選択した。もはやこれは止められない。八重垣こそこの国のバブルからその崩壊にかけての象徴だ。そして責任をとらずして退陣した多くの経営者を代表して、亡者たちの怒りを受けるのだ。もしもこれだけの矢を受け、生き残ることが出来れば、神の許しを得たものとしようではないか」

サタンが両手を大きく宙に広げた。怒濤《どとう》のように亡者たちの歓声がドームを揺らした。

亡者たちは、八重垣に矢を放つ。その矢は正確に八重垣の身体を射貫いた。血がほとばしりでて、肉が引き裂かれる。八重垣はうめき声を何度も上げた。唯一の弁護人であるベルゼバブは、小さな蠅となって八重垣の周囲を飛んでいる。死者の魂は蠅に姿を変えて冥界に行くという伝説がある。ベルゼバブは蠅に姿を変えた。八重垣から抜け出る魂をじっと待っているかのようだった。

私はのた打ち回る八重垣を、羽をたたんで眺めていた。彼は全身を真っ赤に血で染め、大理石の床をのた打ち回っていた。

「八重垣は、このまま死ぬのだろうか」

私は、心を通わせてリバイアサンに訊いた。

「さあ、神の意思次第ではないかしら」

リバイアサンは、壇上で愉快そうにこちらを見ている。

「神の意思というのは、どういうものだろうか？」

「神は穢れだから、彼を生かすことで、この国を滅びへと導こうとしているかもしれないわね。なにも神の意思はいつも正しい方向を示すとは限らないからよ」

リバイアサンは言った。

八重垣の身体は、形さえ判然としなくなった。肉は抉《えぐ》られ、裂けた皮膚からは、真っ赤な血がほとばしり出た。倒れこみ、ピクリとも動かなくなった。

八重垣は、息を吹き返すだろうか？

ベルゼバブの羽音が、ドーム内にうるさく響く。

「ルシファ！」

頭上で私を呼ぶ声が聞こえる。私が見上げると、そこに巨大なサタンが羽を広げていた。

「いったいなにごとだ」

　私はそのあまりの巨大さに恐れおののいた。

「ルシファは八重垣の影だ。罪は深い」

　サタンは、腕を伸ばし、手を大きく広げた。私はその手で頭をつかまれ、引き上げられた。手足を動かして暴れるのだが、サタンの手から逃れられない。息が苦しくなる。助けてくれ！　と叫ぶのだが、周囲の亡者は笑うばかりだ。リバイアサンは黙って見ているだけだ。ベルフェゴールやマモンは微笑みさえ浮かべている。助けてくれ！

　私は大声で叫んだ。サタンが口を大きく開けた。真っ赤な洞窟のような口が開いた。私の顔はその洞窟に押し込められ、バリバリという骨が砕ける音がし始めた。どこかで見た景色だ。そうだ、わが子を喰らうサトゥルヌスだ……。

7

　頭が痛い。私は目覚めた。ようやくはっきりする視界の中で車の中にいることがわかった。慌てて後ろを振り返った。そこには八重垣とベルゼバブがまだ眠っていた。運転席には誰もいない。

「いったいここはどこだ？」

私は外に出た。空気が冷たい。

目の前には雑草が生い茂《お》る荒地が広がっていた。

藪内のところから車で帰ろうとしたとき、佐丹に拉致《らち》され、赤いワインのようなものを飲まされたところまでは覚えている。だがそれ以後の記憶がない。気分が重い。何か悪い夢を見たかのようだ。

「ここは我が銀行の隠れたる不良資産の場所だ」

突然、後ろから聞こえてきた八重垣の声に驚いて、私は振り向いた。八重垣が車の側に立っていた。

目覚めが悪いのか、苦しそうな顔をしている。

「私たちをここに連れてきた佐丹も、そのように申しておりましたが……」

私は言った。

「この土地に、我が銀行は数千億円という巨額の資金を融資した。それも何度も、何度もだ。一旦、融資をし、それを買い戻し、融資を償却し、また融資……。正確に鑑定すれば、そんな金額など融資できるはずがない」

八重垣は周囲をゆっくりと見渡した。

「私は、時々、ここに来る。何かを決めるとき、何かを考えるときに。この土地を見ているど、人間とはなんと愚かしく、判断力の全くない存在であるかが分かるのだ。そう思うと、安心もし、私は結論を下すことが出来る。私は、この愚劣な土地を支配しているのだと確認することで自信が湧いてくるような気がするのだ」

八重垣は、強い口調で言うと私を見た。

「佐丹はどこに行ったのでしょう」

「知らん。どこかへ消えてしまった」

「彼は、どうして私たちをここに連れてきたのでしょうか」

私は、訊いた。

「私に責任を取れと迫りたかったのだろう。彼の存在は多くの罪を私に蘇らせ、自覚させた」

その時、私は血しぶきを上げ、のたうち回る八重垣の姿が見えた気がした。私は黙って八重垣の次の言葉を待った。

「君も我がスバル銀行の舵取り候補の一人だ。私は塩漬けになった多くの土地を、この先も隠蔽《いんぺい》しながら歩むしかないのだが……。それを分かってくれる者に後任を頼みたい」

八重垣は静かに言った。

「どうされましたか？　急に何をおっしゃるのですか」

私は、自分の声でないほどに上ずった。

「よく見ておけと言っているのだ。もし君が運よくトップになれるとしたら、その時からこの腐った土地を踏み続けなければならないのだからな」

八重垣は笑った。その声は、だだっ広い空間に空しく吸い込まれていった。

私は、八重垣が、腐った土地という地面を踏みしめた。これが佐丹の資料にあった土地の一部なのだ。もし私が八重垣の後になることができるのであれば、あの資料をこの土地の地中深く埋めなくてはならないということだ。決して誰の目にも触れさせてはならない。あの資料を斉藤から奪っておいたことが、幸運に働くかもしれない。あの資料を封印することが、スバル銀行のトップの条件なのだ。

「さあ、行くぞ。車は君が運転しろ」

八重垣が車に向かった。

「どこへ？」

私は訊いた。

「何を寝ぼけているのだ。取締役会を招集して、ＷＢＪへのＴＯＢを決めるのだ。官僚や大臣の言いなりなんぞになるものか！」

八重垣は、力をこめて言った。

「わかりました。行きましょう」

私は言った。しかし頭が痛い。目の奥に、妙な映像が浮かんでいる。不吉な映像だ。わが子を喰らうサトゥルヌスの姿……。

「私は、今回のＴＯＢに失敗するかもしれない。そうなれば君が後をやれ！」

八重垣はきっぱりと言い切った。

「頭取！　今、なんとおっしゃいました？」

私は踊りだすほど興奮した。不吉な映像は吹き飛んだ。

「私の後をやれ、と言ったのだ。その代わりに裏切るな！」

八重垣の銀縁眼鏡の奥の目が鋭く光った。

ただ今の瞬間に、私の野望が実現したというのだろうか。

「頼むぞ。これからもこの荒れ野を隠し続けるのだ。本当にこの荒れ野の下には死体が埋まっているかもしれない。それがうごめきだしたら大変なことになるからな」

八重垣が近づいてきて、私の耳元で囁いた。

車が動き出した。ベルゼバブはまだ眠っている。彼はこのまま眠らせておいたほうが、いいように思える。私は、荒れ野を振り返った。そこに再び不吉な映像が揺らめいていた。どういうことだ。何が不安なのだ。たった今、八重垣から頭取禅譲の約束を取り付けたというのに……。

8

八重垣が怒鳴りつけるように提案を説明している。

「最強最大の金融機関になるためには、ＷＢＪへのＴＯＢを実行する」

取締役たちは何も発言しない。不思議なほど静かだ。

「私は、頭取の案に賛成します」

私は立ち上がって、意見を表明した。これで八重垣の信任は得られたことだろう。

斉藤はどこにいる。山口の隣で、静かに口をつぐんでいるではないか。その瞬間に、怠惰のベルフェゴールのまま終わるがいい。斉藤が暗い目で私を見つめた。凍りつくような寒気が足元から全身に行き渡り、私は細かく震えた。どうしたというのだろう。

この奇妙な沈黙は……。

八重垣を見た。八重垣も不安そうに取締役たちを見ている。

「他に、意見はないのですか。このような重要な案件に、スバル銀行の役員は誰も意見を言わないのですか」

私は不安を打ち消すように、笑みを浮かべた。

斉藤が立ち上がった。

「斉藤常務……。何か意見か」

八重垣が訊いた。

「緊急動議を提案します」

斉藤が言った。

「動議？　そんなもの議題にない。手続き違反だ」

八重垣は不機嫌そうに言った。

「違反ではありません。その他の議題として事前に提案しております」

斉藤は重々しく言った。

私は、足が異常に震えだし、そのまま腰を下ろした。取締役たちの冷たい視線が私に注がれているような気がする。

「違反ではないよ。八重垣さん」

山口が斉藤に同意をした。

私は、隣に座る八重垣の身体に両手を添えた。

「どうした？　気分でも悪いのか」

「頭取、もう取締役会は終わりにして、この場を出るのです」

私は息を切らせて言った。八重垣が笑っている。

「何を馬鹿なことを言っているのだ。しっかりしろ。次の頭取だぞ」

八重垣が笑みを浮かべている。その顔が虚《うつ》ろに見える。私は斉藤を見た。その顔が、苦しそうに歪んだ。

「頭取、取締役会を終わりにしてください」

私は泣きそうになるほど大声で叫んだ。八重垣が声に出して笑った。

「八重垣惣太郎氏の頭取解任、および志波隆氏の常務取締役解任を提案します」

斉藤が搾《しぼ》り出すように言った。

「なんだと！」

八重垣が大声を発した。

「賛成！」

「賛成！」

私と八重垣以外の取締役全員が立ち上がった。

「動議は可決されました」

斉藤が泣きながら、大きな声を張り上げた。私は力なく椅子に身体を預けた。

「なんだと！　こんなことは許さん！」

八重垣が叫んだ。

その時、会議室のドアが開いた。直美だ。書類を抱えている。佐丹の資料だ。直美は斉藤に近づくと、彼にその資料を渡した。斉藤は、テーブルに資料を置いた。直美が会議室を出て行く。私とは視線を合わせない。

「ただ今より、この資料に基づき、八重垣氏からスバル銀行の不良債権の実態について説明をいただくことにします。取締役会は、山口会長をリーダーにして不良債権の実態解明の調査委員会を発足し、スバル銀行の再生の一歩を踏み出したいと思います」

斉藤が言った。斉藤はハンカチを取り出し、目を拭っている。八重垣は憮然《ぶぜん》と腕を組み、斉藤を睨みつづけていた。

私は、ふと頭上が暗くなったような気がして、顔を上げた。そこには真っ赤な口を開けたサトゥルヌスが私に向かって手を伸ばしていた。それは佐丹の顔をしていた。

本書は二〇〇八年十一月に徳間書店より刊行された『背徳経営』を改題し、加筆・修正しました。

なお本作品はフィクションであり、実在の個人・団体などとは一切関係がありません。

文芸社文庫

背徳銀行

二〇一六年十月十五日　初版第一刷発行
二〇一八年一月三十日　初版第二刷発行

著　者　江上剛
発行者　瓜谷綱延
発行所　株式会社　文芸社
〒一六〇－〇〇二二
東京都新宿区新宿一－一〇－一
電話　〇三－五三六九－三〇六〇（代表）
〇三－五三六九－二二九九（販売）

印刷所　図書印刷株式会社
装幀者　三村淳

ISBN978-4-286-18039-7

［文芸社文庫　既刊本］

火の姫　茶々と信長
秋山香乃

兄・織田信長の命をうけ、浅井長政に嫁いだ於市は於茶々、於初、於江をもうけるが、やがて信長に滅ぼされる。於茶々たち親娘の命運は――？

火の姫　茶々と秀吉
秋山香乃

本能寺の変後、信長の家臣の羽柴秀吉が後継者となり、天下人となった。於市の死後、ひとり残された於茶々は、秀吉の側室に。後の淀殿であった。

火の姫　茶々と家康
秋山香乃

太閤死して、ひとり巨魁・徳川家康と対決する於茶々。母として女として政治家として、豊臣家を守り、火焔の大坂城で奮迅の戦いをつらぬく！

それからの三国志　上　烈風の巻
内田重久

稀代の軍師・孔明が五丈原で没したあと、三国志は新たなステージへ突入する。三国統一までのその後のヒーローたちを描いた感動の歴史大河！

それからの三国志　下　陽炎の巻
内田重久

孔明の遺志を継ぐ蜀の姜維と、魏を掌握する司馬一族の死闘の結末は？　覇権を握り三国を統一するのは誰なのか!?　ファン必読の三国志完結編！

［文芸社文庫　既刊本］

トンデモ日本史の真相　史跡お宝編
原田　実
日本史上の奇説・珍説・異端とされる説を徹底検証！　文庫化にあたり、お江をめぐる奇説を含む2項目を追加。墨俣一夜城／ペトログラフ、他

トンデモ日本史の真相　人物伝承編
原田　実
日本史上でまことしやかに語られてきた奇説・珍説・伝承等を徹底検証！　文庫化にあたり、「福澤諭吉は侵略主義者だった？」を追加（解説・芦辺拓）。

戦国の世を生きた七人の女
由良弥生
「お家」のために犠牲となり、人質や政治上の駆け引きの道具にされた乱世の妻妾。悲しみに耐え、懸命に生き抜いた「江姫」らの姿を描く。

江戸暗殺史
森川哲郎
徳川家康の毒殺多用説から、坂本竜馬暗殺事件の謎まで、権力争いによる謀略、暗殺事件の数々。闇へと葬り去られた歴史の真相に迫る。

幕府検死官　玄庵　血闘
加野厚志
慈姑頭に仕込杖、無外流抜刀術の遣い手は、人を救う蘭医にして人斬り。南町奉行所付の「検死官」が、連続女殺しの下手人を追い、お江戸を走る！